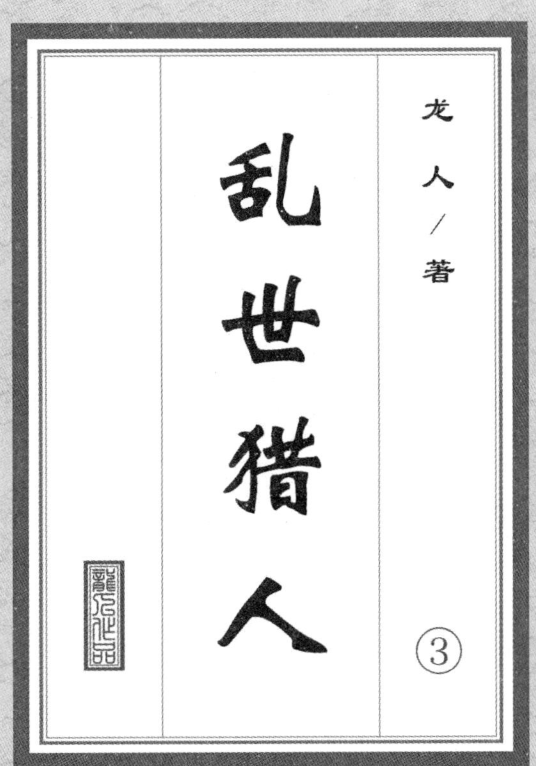

二十一世纪出版社集团
21st Century Publishing Group
全国百佳出版社

图书在版编目(CIP)数据

乱世猎人:全 14 册 / 龙人著. -- 南昌:二十一世纪出版社集团, 2017.10

ISBN 978-7-5568-3104-3

Ⅰ.①乱… Ⅱ.①龙… Ⅲ.①长篇小说–中国–当代 Ⅳ.① I247.5

中国版本图书馆 CIP 数据核字 (2017) 第 243763 号

乱世猎人:全14册 龙 人 著

责任编辑 敖登格日乐
出版发行 二十一世纪出版社集团
(江西省南昌市子安路75号 330025)
www.21cccc.com cc21@163.net
出 版 人 张秋林
经　　销 新华书店
印　　刷 北京龙跃印务有限公司
版　　次 2018年2月第1版 2018年2月第1次印刷
开　　本 710mm × 1000mm 1/16
印　　张 224
字　　数 2327千
书　　号 ISBN 978-7-5568-3104-3
定　　价 700.00元(全14册)

赣版权登字—04—2017—746

目　录

第二十九章　绝剑复苏

张亮快马赶至阳邑将这个消息告诉了蔡伤，并将彭乐的信交给了蔡伤，将高欢与尉景对蔡风所知的事也讲了一遍，更有崔暹的将军印及百两黄金。

蔡伤相信太行七虎，他也知道崔暹，因为崔暹曾是他一手提拔上来的，为人他自然清楚，所以他呆住了。十几年来辛辛苦苦为的是什么？只不过想将他养大成人，却没想到长大了，却没有活下去，这十几年的潜隐只不过是白白耗去了，怎不叫他呆住了？但他却依然很平静，平静得有些异常，他便像那柄挂在墙上也不知是否已经生锈的沥血刀，没有人知道他在想什么，便像没有人知道那柄刀究竟饮了多少贼子的血一般。

蔡风宁死不降，这究竟是应该值得骄傲还是应该感到悲哀，蔡伤不知道，但黄海却在目光之中射出了无限的杀机。

张亮不知道他要干什么，但张亮却感觉到了那种像坚冰一般真实而阴寒的杀机，他想到了剑，一柄无坚不摧的剑，因为黄海的整个人便像是一柄无坚不摧的剑，给人的只是一种透不过气来沉闷得想哭的压力。

长生、马叔也都在，还有十几位最优秀的猎手，张亮知道这些人无一不是最优秀的猎手，只要任意组合便不会比什么速攻队差，这是一种感觉，一种真实存在的感觉，在这一刻张亮似乎才真的了解为什么官兵数十次对阳邑小镇的围剿，结果只有损失惨重的原因了，因为那都是早已注定的现实。

蔡伤并没有挽留张亮，但张亮却知道蔡伤会去杀人，绝对会，那是一种难以捕捉的杀意。

要杀人的人绝对不少，黄海的杀意比蔡伤更重，毕竟蔡伤这十几年来对佛学的参悟使他的杀意变淡了许多，要杀人的人还有长生、马叔，还有那一群最优秀也最可怕的猎手，没有人能理解他们对蔡风的感情。

张亮返回了平城，蔡伤没有去。

这一日，在由邯郸至武安的那道入太行山的口径处的小酒店中来了几个比较别致的人。

有一点不同的只是他们那阴沉的脸，其中有一个极有气势，或许是因为那人肩上的那件虎皮披风，真正的虎皮，在行家的眼中，这件披风至少可以值上数百两银子。这人的头上却戴着一顶貂皮帽子，脸上的线条虽然有些僵硬，却绝无法掩饰那种由骨子里透出的冷峻，与那种自然而然的霸气。

除这人之外，仍有五人，每个人的衣衫绝对都不普通，但却极为协调，无论是哪一种色调，都勾勒出了豹子般的活力。每个人都很年轻，年轻并不表示什么，表示了一点意义的应该是他们腰间的一点东西，那便是一柄刀，每个人的身上都有两件兵器，这给人的感觉就是不同，的的确确有些不太一样。

“几位大爷要些什么?”店小二极为热情地问道，他的眼睛绝对是雪亮的，这之中的每一个人都似乎是他所惹不起的，何况是六人，虽然这些人的脸冷得有些不太近人情，他却不能不假装应酬。

那披着虎皮披风的中年汉子，只是两手轻轻往后一拂，披风便若一片云彩一般向后飘了起来，这才大模大样地坐在一张椅子之上并不应声。

“去叫你们掌柜的来说话!”一名青年冷漠地道。

这一批人正是黄海、长生、小三子诸人，另外三人却是阳邑小镇之中极为优秀的猎手，说话的正是长生。

那店小二吃了这一闭门羹，却不敢有丝毫怨言，只好赔笑道：“小的这就去!”

“哈哈……”一阵淡然的笑声传了过来，正是掌柜的那含了许多水分的笑声，道，“有贵客到来，真是本店的荣幸，不知几位贵客要点什么呢?”微胖的掌柜摇晃着身体行了过来，阿谀地道。

“你就是掌柜的?”长生冷冷地望了对方一眼，漠然地问道。

“正是!”掌柜依然带着职业性的笑容答道。

“很好，我要毒酒!”长生向桌旁的椅子一坐冷漠地道。

“毒酒?”掌柜和店小二同时色变，惊问道。

“不错，越毒越好，最好是见血封喉，抑或是见肉即腐的毒酒。”长生并不理会掌柜的惊异和骇然，淡漠地道。

掌柜的脸色有些不好看地嗫嚅道：“这……这……本店没有毒酒可以卖，只不知几位爷要毒酒有何用途呢?”

长生冷冷一笑道：“当然是喝了。”

“喝毒酒?!”店小二和掌柜似乎有些不敢相信自己的耳朵反问道。

“不，还有一个用途，那便是用毒酒泡脑袋，所以毒酒不能少，至少要可以将几个人头泡在里面。”另一名青年人冷漠地插上一句道。

“泡人头?”掌柜的和店小二脸色同时大变问道，目光有些惊疑不定地望了望长生诸人。默默无声的黄海，一直都在品着桌上那壶碧螺春，很认真，很仔细，似乎是要将茶叶之中的所有味道全部品出来。

让掌柜的惊异的不是黄海正在嚼茶叶的姿势，而是黄海的那双手，竟像玉一般晶莹洁白，像竹笋一般修长，却又毫不能怀疑他具有那种难以说出的动感和力感。

他见过的手绝对不在少数，但这一双手似乎极为例外，因为他自己也是个行家，行家的眼睛往往是雪亮的，但这一次他却并未能看出黄海有多深，那便像是一团没有底的水潭，深邃得让人心有些发寒。因此他只做了一件事，那便是去拿最毒最毒的酒，他并不想惹这种深不可测的人，谁也不想惹。

掌柜很识趣，搬了一大坛，大大的一坛，在任何人之前装糊涂都可以，却绝对不能在行家眼前装糊涂，他很明白这一点。

长生望了店小二那惊异的眼神一眼，冷冷地一笑，对掌柜道：“你果然很识趣，我还要再点几道小菜，你快去给我准备。”

“不知客爷还要什么菜，小店立刻为你准备。”掌柜似乎微微地吁了一口气，这群怪人真是怪得可以。

“去给我弄几颗人头来，要鲜活的，刚砍下来，我还用血浸酒。”长生毫无感情地道。

“鲜活的人头?”掌柜和店小二的脸色变得无比难看地惊疑问道。

“很对!”长生冷漠地道。

“客爷要人头似乎找错了……”

“不知客爷要谁的人头?”掌柜一拉店小二的肩膀打断他的话声，变得果决地问道。

“好，干脆，我要的人头不是很多，也不是很少，在两个月前，你们似乎做了一次极好的生意对吗?”长生淡漠地一笑问道，目光却幽幽地斜了掌柜的一眼。

掌柜的脸色大变，沉声问道：“客官想是记错了!”

“错没错，各人心底都有一本账，我只要上次所有参与这场生意之人的脑袋。”长生语意之中杀意渐浓地道。

“我不明白客官在说些什么!”掌柜的脸色极为难看地冷漠道。

“你可记得你们生意的对象有个叫蔡风的?”长生身上杀意更浓地问道。

“你们到底是什么人?”掌柜的冷声喝问道，他知道这件事情已是不可能和平解决的了，对方只要提出蔡风这个名字，自然是因为那个蔡风而来。

“来替蔡风讨命的!”长生低喝道。

“我们并没有杀死他!”掌柜似乎并不想惹太多的麻烦，应声道。

“但若不是因为你们，他便不会死，而任何对他起过杀心的人全都得死!”长生目光中射出浓得像液体一般的杀机狠声道。

“朋友，你这样说似乎有些过分了吧?”掌柜的脸色有些愤怒地道。

长生和诸人并不理会，长生只是慢条斯理地道：“你知道蔡风是什么人?”

“不知道，我只知道有人叫我们杀他，我们只认钱不认人，这是我们的职业。更何况，我们并没有杀了他!”掌柜知道一切都无须再装，便毫不掩饰地道。

“很好，谅你也不知道，若知道，即使给你个天大的胆也不敢打他的主意，不过什么不知者不罪全他妈的狗屁，今天我来告诉你他是什么人!”长生冷酷地望了店小二一眼，那像冰刀一般的目光只让他激灵灵地打了个寒战。

“他是什么人?”掌柜的脸上罩上了一层阴影，仍忍不住问道。

“天下第一刀蔡伤蔡大将军的儿子!”长生慢条斯理地道，却像是惊雷一般把店小二和掌柜给震呆了。

他们怎么也想不到，竟会惹上这样一个魔星，的确，若早知如此，便是给他们一个天大的胆子也不会去惹这样一个人物，加以照顾还来不及呢。在太行山，没有谁不知道蔡伤的人，没有谁不知道蔡伤的刀，在整个北魏，也没有人不知道蔡伤，虽然十几年过去了，在江湖人的眼里，那仍然是一个不可以攀登的神话。

“蔡伤的儿子?”掌柜与店小二禁不住猛地倒退了两大步，像是撞到鬼一般沙哑着惊呼道。

“现在该知道怎么做了吗?”长生一手掀开那毒酒的坛盖，冷漠地问道。

掌柜的脸上呈现出一片死灰的苍白，声色俱厉地道：“我们并没有害他，便当是我们有眼不识泰山，我们去向他老人家亲自赔礼道歉好了，相信他老人家定会体谅我们的。”

“说得倒好听，那次是谁出的价?”长生冷哼一声道。

“是叔孙世家的公子叔孙长虹!”掌柜慑于蔡伤的威势，哪还敢隐瞒。

“还有呢?”长生目中寒芒暴射地问道。

“没有，只是叔孙长虹的属下。”那店小二也诚惶地补充道，他们心中都极为清楚，在太行山一带，只要蔡伤一句话，要杀他们的人数也数不清，无论是北太行还是南太行，各路寨头的人马又有谁不服蔡伤，各路英雄好汉又有谁不愿为蔡伤做事？

“冉长江可在其中？”长生冷冷地问道。

“你都知道？”那店小二惊异地问道。

“若是不知道，又为何会到你这里来，你们曾出手的人，每个人留下一根指头，让我带回家以祭蔡公子之灵，看你们并不知情也便放你一回。”长生傲然地道。

那店小二脸色霎时变得有些苍白，而这时候，一直在喝茶的黄海突然抬起了头，怔怔地望着那店小二的眼睛，手指头向下指了指，作一个放下手的姿势。

掌柜的也骇然变色，店小二却一声狂呼，袖中射出一片银芒，像是一片云彩向六人罩去，同时身形向后飞跃，若受惊的野兔。

掌柜似乎也被这突如其来的变故给呆住了，但更让他呆住的却并不是一片银芒，而是一道闪电，晴空里的一道闪电。

没有谁知道这道闪电来自哪里，目标在哪里，但这道闪电在空中亮起之后，那片朦胧的银芒却成了暗影，最后消失。在银芒消失的时候，所有的人目耳中都荡漾着一声凄惨无比的惨叫，这声惨叫便像是一排尖刺刺在每个人的心上。

闪电灭了，便像他来的时候一般突然，根本就没有半点征兆，也没有半点踪影，便像没有人知道它是从哪里来一般，没有人知道它回到哪里。

但那掌柜的有一个感觉，那闪电出处和归速都是那并未开口却在独自品茶的中年人，只看他那漫不经心的神态和悠闲自得的气势，便让人涌起一种曼妙无比的感觉。

店小二再也没有声息，但谁都知道那声惊心动魄的惨叫是由他的口中传出来的，只是此刻他已经没有任何心情发出声音，也没有任何力气发出声音了，因为他已经死了，静静地躺在地上成了一种悲哀的宣誓，血从他的咽喉缓缓地涌出，是一种不可否认的凄惨。

一切变化得是那般快，甚至许多人都没有反应过来，这一切已经发生了。

掌柜的呆成了木鸡，谁也无法想象，这个世间竟会有如此快如此可怕的剑法，几乎已经寒透了他的心底。

店小二的咽喉是剑伤，很薄很锋利的剑，才可以有如此的破坏力。

黄海依然很悠闲地咽着那泡湿了的茶叶，但在掌柜的眼中，便像是在嚼着滴血的人头，那是一种来自心内的阴寒，也是一种出自本心的惊恐。

长生却似乎是没事人一般捻动着一根落在桌面上的银针，笑道："这种针做工还不错嘛!"那种轻描淡写的气势只压得掌柜的喘不过气来。

掌柜的目光重重地落在黄海的脸上，惊惧地问道："他是你杀的?"

黄海只是淡淡地点了点头，并没有过多的表示，便像只是刚刚踩死一只可怜的蚂蚁一般。

"他该死，我们本来只要他一根手指，而他却想要我们的命，因此他该死。"长生冷漠地道。

"你到底是什么人?"掌柜的目光之中闪过一抹凶狠，但在瞬间又有些泄气地问道。

黄海并没有说话，只是冷冷一笑，手中立刻奇迹般地多出了一柄剑。

掌柜的并没有看清这柄剑是怎么来的，因此吓了一跳，但他却认识这柄剑上的两个字，两个让人魂惊的字——黄海。

"'哑剑'黄海！你就是黄海?"掌柜的两腿一软，差点没坐到地上惊呼道。

黄海冷哼一声，那柄剑又像神迹一般不见了，刚才的一切便像是做了一场难醒的梦。

掌柜的好长时间才从惊骇之中醒了过来，闷声不响地从怀中掏出一柄小刀，将左手的小指齐根切下，只是微微皱了一下眉头，再也没有哼半声。

长生从怀中掏出一个小布袋轻轻地放在桌上，掌柜的极为乖巧地将这只小指放入布袋之中，转身向内屋行去。

黄海没有动，他仍然在轻轻地嚼着嘴中的那几片茶叶，长生也没有动，其他的几人没有动。

掌柜的再出来的时候，掌心多了四根血淋淋的小指，每一根都是左手的小拇指，绝对没有半点掺假，然后忍着滴血的痛苦，将那四根小后指默默无声地放入布袋之中。

“只有四人仍活着!”那掌柜的似乎挺硬朗，说话的声音连颤都不颤一下。

长生腰中的剑，突然冲了出来，只是剑柄朝前，一下子撞中那装满毒酒的酒坛。

“哗——”酒坛立刻枯败而碎，毒酒一下子全都流了出来。

而此刻，六人的身形几乎在同一刻立身而起，转身头也不回地向店外走去，便像是什么事情都未曾发生过一般。

唯一让人以为刚才并不是做梦的便是店小二那静躺着的尸体和破碎的酒坛，还有一摊喷洒成一道美丽图案的鲜血，那是掌柜手指根溅出的血。

当黄海诸人消失在视线之中时，掌柜的这才长长地吁了一口气，忆起那仍在流血的手指有些疼痛，不过这一切并不能算什么，对于他来说，这种结局算是一种幸运。

掌柜的并不恨黄海，并不恨蔡伤，他只有些恨冉长江，恨叔孙长虹，为什么不说清楚蔡风的身份。他自然不知道，冉长江和叔孙长虹也不清楚蔡风的身份，否则恐怕又是另一种结局了。普天之下没有几人敢同时招惹蔡伤与黄海这两大可怕的高手，连尔朱荣都不敢。当初宣武帝元格都不敢在蔡伤活着的时候对付他家人，只是在得知蔡伤阵亡之时，才敢下令抄家，可见当时蔡伤在朝野之中的威势。因此，掌柜的此刻只不过如此而已，自然感到极为幸运。

十几日过后，蔡风对这小村庄大致也熟悉了，大部分也是以狩猎居多，而凌伯却是这小村庄之中的大夫，其医道之精，几乎达到可将死人救活的地步，因此村中的人全都尊敬他，便像是尊重父母一般。

每天都有人送来猎物，每天凌伯的事似乎都是采药，凌伯治病似乎从来都不曾收钱，至少对整个村庄之中的人都是这样，猎人总免不了会受伤，总免不了要大夫，人总免不了要病，也不能少大夫，所以凌伯在村庄之中生活得很好，很受尊敬。

蔡风还知道凌伯为穷人治病是不收诊费的，给那些临近镇上的富人治病却是很少。

这十几天中，蔡风更认识了村中的几位德高望重的老者，有凌能丽称之为二叔的凌跃，还有村中几名极年轻的猎手。不过，这几名年轻的猎手对蔡风并不是很友善，其中最不友善的便是叫杨鸿之的年轻猎手，在这个小村庄，似乎只有他的狩猎技巧最好，在众人眼中大概公认为最优秀的猎手。

蔡风并不在意这些，因为他只是寄人篱下的病人，他更知道那些年轻的猎人对他的不友善还是因为凌能丽，几乎每一位年轻的猎手心中都将她定格在第一位，而蔡风这可恨的病人，居然能得到凌能丽的照顾，这是许多人做梦都梦不到的事，怎不叫那些年轻的猎手们嫉妒，怎么不叫他们气恼？

村里也有几个小孩，喜欢缠着蔡风的却是凌跃的儿子凌通，十二三岁，与那些人上山打猎回来便会来缠着蔡风讲故事给他听，最羡慕蔡风那闯荡的一些经历，更佩服蔡风受了二十几处伤仍然能支持下来，所以在这个村里除了凌能丽之外就数凌通与蔡风最熟络。

蔡风在这十几日之中，自然对凌能丽的性格有了一些了解，她那种刁蛮、精灵古怪的作风，只让蔡风感到每一天的生命都有着一种异样的欢快，每一次都忍不住受窘，每一次都觉得好笑，总让人感觉不到腻烦，甚至将人本性中的那种纯真完全激发出来，每一天都充满活力。因此，蔡风的伤势好得比较快，风寒之症已经基本上康复，可以走下炕活动活动，但他却知道离体内重伤痊愈还有一段很长的时间。他的伤的确太沉重了，唯一庆幸的是，这十五日的休养之后，手的灵活度基本上已恢复，不过却并没有什么力气，握握笔倒还行，有凌能丽陪着倒不感到寂寞。更好的，却是蔡风可以学着辨别药草，居然对医道也有一些兴趣，因为他那日在山谷中乱采的一些草药，只使伤口腐烂了，并没有什么大的作用，因此蔡风跟着学起医术来。他想到以后受了伤可以自己治，这一条便足够成为学医的动力。他的确是怕那种病的滋味，他从来没想到病痛居然是如此可怕的。

蔡风自小便与蔡伤一起兼修文武，看过的书也不知有多少，练武之人的手劲到位，蔡风的剑法和刀法本就是由写字练起，因此，他的字极有风格，也极有力度。这几天他为凌伯抄写《医经》，那若行云流水般的笔法，那入木三分的笔力，只叫凌伯称赞不已。

凌伯免费为蔡风医好了病，而自己无以为报，便只以此为报，因此抄写得极为认真，而凌通自然也缠着蔡风教他写字认字了，蔡风反正没事，也并不推却。

这日，蔡风正在抄写《金匮药方》第十九卷，凌能丽却悄悄地走到他身后，大叫一声，吓得聚精会神的蔡风一大跳，却在稿纸上写了个大墨团。

凌能丽却得意地笑得不亦乐乎。

蔡风只好无可奈何地停下笔，苦笑道："大小姐真是顽性不改，让蔡风又罪孽深重地浪费了一张珍贵的纸。"

凌能丽见蔡风那种故作寒酸之态，不禁笑骂道："看你什么时候学得酸溜溜的，若再过几天恐怕真的要成书呆子了。"

"非也，非也，鄙人乃是就事论事罢了！"蔡风故意摆头晃脑地答道。

"一点不长进，咱们一起去河边晒太阳，瞧你整日待在屋里抄字，都闷出傻病来了。"凌能丽转了一下美丽的大眼睛提议道。

想到河边，蔡风心头不由一动，道："我们一起去河边钓鱼怎么样？"

"钓鱼？你会钓吗？"凌能丽惊异地问道。

蔡风得意地笑道："钓鱼不是难事，岂会难得了我？你可知道我参军时候怎么对考官说的吗？"

凌能丽大感有趣地问道："难道你说你会钓鱼，考官就把你录取了？"

蔡风哑然失笑道："你怎么不用点脑子想一想，那考官又不是白痴，上阵打仗又怎会与钓鱼拉上钩呢！"

凌能丽也有些哑然，大感兴趣地问道："那你对考官说些什么?"

蔡风得意地笑了笑念道："上山能擒虎，下海能斩蛟，上阵能杀敌，马上步下都无忌，箭穿百步杨，刀斩风中吹……"

"吹牛，我看你呀，上山怕野兔，下水怕蚂蝗，上阵就发抖，马上步下皆不行，箭不能满弓，刀不能砍柴。"凌能丽说着竟忍不住大笑起来。

蔡风一呆，不由得大呼冤枉道："你太小看我蔡风了，我此刻是虎落平阳时，龙处浅滩上，待伤好后，定给你抓一头大虎来看看。"

"好哇，你敢将我比作犬和虾子，看我怎么收拾你!"

"哎哟!"蔡风还来不及躲开，便被凌能丽的纤纤玉手重重地拧了一下，只痛得一声惨呼，大叫"求饶"。

"哼，不知道本姑娘的手段，还得意起来了。"凌能丽得意地道。

蔡风唯有苦笑，问道："你去不去钓鱼?"

"用什么钓?"凌能丽问道。

"你去拿根好针来，一段丝线！其他的由我负责。"蔡风自信地道。

河水不是太深，但也并不怎么浅，也不是太宽。

蔡风和凌能丽选择了一处河水转角处坐下，这里水比较静，让鱼钩和诱饵不会漂走。

这小河之中钓鱼之人似乎极少，捕鱼的人或许不少，但鱼儿还是极多，很轻易地便连续钓上几条，只让凌能丽高兴得差点没欢呼，蔡风也暗自庆幸那几日在邯郸城中向陶大夫学得这水中之技和钓鱼之技，否则，这会儿只怕丝线都会拉断掉。

凌能丽自然不甘落后，硬要蔡风教她如何钓，竟然也钓上了两条，只让她给得意死了，只是鱼儿上了钩，太紧张了，若非蔡风帮忙，只怕不是丝断便是鱼儿逃掉了。

正在两人忙得不亦乐乎的时候，蔡风却感觉到一阵不舒服，极为不自在的感觉由他心头升起，不由得扭头一看，却见到杨鸿之那嫉妒得快要喷火的眼睛，看样子似乎恨不得将蔡风给吞下肚子。

正在聚精会神钓鱼的凌能丽似乎也感觉到了这种异常的氛围，不由得也扭头望去，杨鸿之却敛去眼中怨毒之色。

“杨大哥，这么早便回来了吗？看我钓鱼的本领多好！”凌能丽毫不知情地炫耀道。

“是吗？”杨鸿之勉强地笑道。

“自然是了，今日要不要来吃我做的鲜鱼汤？”凌能丽毫无芥蒂地道。

杨鸿之似乎心头放开了些，对蔡风的那种嫉恨之意也似乎淡了一些，因为凌能丽对他的那种亲热之语并没有丝毫做作，这对他来说的确是一种安慰。

“好哇，我倒真想尝尝能丽的手艺哦！”杨鸿之高兴地道。

蔡风心中暗笑，却并不作声。待杨鸿之走后，蔡风不由得问道：“你会不会做鲜鱼汤哦？”

“废话，我怎会做呢？我从来都很少吃过鱼，哪里会做什么鲜鱼汤！”

“那你刚才怎么叫人家来吃你做的鲜鱼汤呢？”蔡风不禁大愕，讶然地问道。

“我担心什么，你既然会钓鱼，自然会做鱼汤喽，难道你会不帮我？”凌能丽得意地望着蔡风狡黠地笑了笑道。

“我？”蔡风伸手指着自己的鼻子反问道。

“自然是你了，难道还是我啊？”凌能丽笑道。

蔡风耸耸肩苦笑道：“今日真是惹了祸喽！”

“这个主意是你出的，这自然由你承担责任了，这也是给你一个活动的机会，给你一个表现的机会，怎么样？”凌能丽得意地道。

“我还有什么话好说呢？不过这一次我做了，下次便你做了，一定要好好学哦！”蔡风摊摊手道。

“真是小气的男人，一次怎么能够学会呢！”凌能丽皱了皱眉道。

“哈，你也有难倒的时候呀，看你可怜样，便教你三次，三次学不会，那就是你太笨了哦！”蔡风得意地笑道。

“三次，好吧，是你自己说的哦。每种做法三次，大不了吃了三次后，以后不再吃鱼罢了。”凌能丽极为得意地道。

“啊!”蔡风一愣，不禁笑道，“这么点信心都没有，真是叫吃鱼的人大失所望。”

“你是不是也大失所望呢?”凌能丽头一歪反问道。

“我怎会呢?”蔡风立刻声明道，旋即语调一转道，“不过，我有些生气，居然没有人学我烧鱼的本领，教一个没信心的弟子。”

“好哇，谁说要做你弟子了……”

“快，快，有鱼上钩了。”蔡风打断凌能丽的话呼道。

凌能丽一惊，还来不及看清便重重地向上一提。

一条沉甸甸的鲤鱼在空中划过一道美丽的弧线，拖起一串亮丽的水珠。

“好大，好大，好大的一条……啊——”

“扑通——”凌能丽还没有来得及叫好，丝线已经绷断了，鲤鱼又重重地坠入河中。

唯有蔡风和凌能丽望着那一串收缩的水纹发呆，良久，两人却相视大笑起来……

蔡风烧鱼的技术是由巧手马叔那儿学到的，什么清蒸，红烧，酱辣，烤烧，鲜汤……几乎是每样皆会。

巧手马叔，不仅仅是极会布机关制兵器、暗箭，还烧得一手好菜，这一点却是因为家里有一头河东狮，管得极死，甚至连烧菜做饭这类的家务活都由马叔亲自来。

马婶是一个极美也极有个性的女人，其能干程度连马叔、蔡伤也不能不称赞，那些虎皮、狼皮、熊皮、貂皮只要一经马婶的手，便很快可成为一件绝美的艺术品。马婶不仅能干，而且贤慧，在阳邑可是有口皆碑。传说，马婶嫁给马叔，便是因为马叔做得一手好菜，马婶认为一个男人若是能做得一手好菜，其品味、其细心程度自然不像那些粗汉子，一个男人会烧一手好菜，那这个男人绝对是一个尊重女性的人。更何况马叔的心灵手巧是出了名的，在外有男子汉的豪气，在内却可以像温柔的妻子，体贴无比，因此马婶便嫁给了马叔。蔡风听说，马叔俘虏马婶芳心的便是几道鱼，阳邑有滏阳河的支系，但那河中的鱼并不甚大，马叔并不会游水，但为了以示诚意，亲自到河中去抓大鱼，那一次差点给淹死，终还是让他抓到了两条大鱼。

马婶说那次所吃的鱼是她从前从来都未曾吃过的美味，连“四季发”的名菜也不过如此而已，便这样有很多人都嫉妒得要死，恨不得把马叔给蒸得吃掉，只不过，能够打过马叔的人，在阳邑不是很多，也没有几个。更何况马叔和马婶后来生活得那么好，又那么受人尊敬，时间久了，也便不再恨马叔，只是羡慕罢了。

蔡风还听人说，马叔为了让那些人心中不再有阴影，便特意做了一顿鲜鱼，请来那些本嫉妒得要死的人，那些人本不想吃，但是嗅到那香气，竟忍不住都吃了，吃了还嫌没吃够，从此便不再恨马叔了，因为他们服气了，谁吃了这么好的美味，都不会想再吃别的了，他们也都明白为什么马婶会选择马叔，于是阳邑的小镇上便有“鲜鱼换美人”的说法，而马叔更将这鱼叫“解恨鱼”。

蔡风小的时候，最爱吃马叔烧的菜，穿马婶做的衣服，因此，他便把马叔那手烧菜的绝活给学了过来，烧几条鱼那只不过是小事一桩而已。

凌能丽站在窗台旁望着蔡风手脚利落地东抓一下，西抓一下，那些作料便像是变戏法一般地落在锅中，这其中有蔡风专门去找的作料，对于很少吃鱼的人来说，这些佐料并不具备，因此，蔡风特意去找了几味，这之中竟有些是药材，凌伯采回、晒干了的药材。

凌能丽从来都没有想过这种药材还可以当佐料的，极为怀疑，但蔡风那自信的样子却让她打消了怀疑。

凌通忙着烧火，时不时地探出头来问道：“好了没有，好了没有?”

害得蔡风和凌能丽都骂他没耐心。

蔡风将钓来的鱼分了好几大类，有大鲩鱼，鲫鱼，鲤鱼……什么鱼怎么做，一一说给凌能丽听。

第一道是“五柳大鲩鱼”，什么五柳菜二两，白醋半碗，红辣椒切丝，芫荽，姜丝，只让凌能丽大感新鲜，也大感有趣，更可怕的却是那诱人的香气，只让烧火的凌通口水都流了出来，还大叫好香啊。

第二道却是“沙参、玉竹煲水鱼”，这一道是放在一旁的瓦罐之中吊着烧煮，倒不用费多大心思去管，何况沙参，凌伯采回的药材之中本就有，玉竹，山上随处可挖，红枣村中也有，陈皮也是药材，这些材料自然易配。

第三道是“糖醋鲤鱼”，主要用料是醋、糖、酱油、盐、汤、葱末、姜末、蒜末等，先将鲤鱼油炸，使得鱼全部呈金黄色，然后，再将烧浓的佐料全部浇在鱼身上，只看得凌能丽目瞪口呆，那种香味飘得满屋子都是，连蔡风自己也忍不住猛吞口水，凌通却忘了烧火，眼睛直瞪地盯着鱼身子，恨不得就一口吞下去。

“姐，蔡大哥，我可不可以这就尝一下？”凌通忍不住小声乞求道。

蔡风与凌能丽不由得相视望了一眼，哑然失笑道：“这不行，那你岂不太不尊重人了。”

凌通无奈地吞了两口口水，道：“那快做吧，做好了，我可一定要尝一下喽。”

蔡风望了望凌能丽，那两眼放光的情景，不由得笑道：“做好了，你也不是第一个吃，还有你能丽姐也忍不住要吞口水呢！”

“见你的鬼去吧！我哪里吞口水了！”凌能丽不禁辩驳道，但眼睛却仍禁不住狠狠地瞪了那糖醋鲤鱼一眼。

蔡风“哈哈”一笑道：“第四道是‘清蒸鲫鱼’！”说着拿起菜刀在几条大鲫鱼肉厚的地方划出十字形刀纹，把酒、盐巴熟练地抹在鱼身内处，整齐地放在瓦盘中，再把葱切断，姜切成丝，肥膘肉、香菇切成丝，撒在鱼身上，再放熟猪油，再将盘子放入蒸笼之中，同时迅速移蒸笼于烧沸的水上，大蒸特蒸。

“这一道比较简单！”凌能丽道。

“算是比较简单，但怎么样把这些酒、盐巴抹匀，怎样将这些料调好，却大有学问喽，你别以为简单，学起来就不容易了。”蔡风提醒道。

“慢慢学嘛，反正你的伤也不知什么时候好，每天便为我做鱼吃好了。”凌能丽眼珠一转笑道。

“啊，你不是说只教你三遍吗?”蔡风一惊，却不知又被凌能丽算计了一招，问道。

“没错呀，你只教我三遍，以后你烧鱼的时候大可以不教我呀!”凌能丽得意地道。

蔡风一听这才明白过来，不由得苦笑道：“又被你算计了，总斗不过你，不过只要你喜欢，我可以每一天都做给你吃。”

“真的?”凌能丽惊喜地问道。

“一个大男人为什么要骗一个小女孩?”蔡风故作大义凛然地道。

“谁说我小了?”凌能丽一嘟嘴争辩道。

“哦，算我说错了，蔡风怎会骗能丽呢，对吗？那岂不是罪大恶极!”蔡风忙投降道。

“那我每天都到这里来吃好了!”凌通不失时机地插上一句道。

“馋鬼!”凌能丽笑骂道。

凌通也不恼，只是扮了个鬼脸，嬉笑道：“姐姐不是比我更馋吗!”

“你!”凌能丽忍不住脸一红。

“好了，这一道是熏鱼。”蔡风打断凌能丽的话道，同时拾起一条比较大的鱼道，“这叫青鱼。”

“嚓、嚓”两声，竟把鱼头和鱼尾剁掉了，再将鱼中段洗干净，道：“这刀应该由脊梁骨批入。”说着极为利落地将青鱼身子剖成两片，将鱼刺扔掉，再斜斜地批成一分多厚的坡形瓦楞块，再放入瓦盆中，加上一些酱油、黄酒，再放在火上微微烧干，再放入已经烧热的油锅中。重新起锅，放入茶油，待油烧热，便将葱结、姜块、茴香放入炸得香味四溢之时，才放下一瓢水、酱油、糖、黄酒，将汤汁烧浓，改用小火烧得卤汁似滚非滚之时，才将鱼块投入，用筷子翻动，待鱼块充分吸收卤汁后，便取出冷却，再斩块装盆，香味浓得凌通有些魂不守舍了。

最后蔡风便将鱼头与鱼尾及剩下的几条鱼打成鲜鱼汤，而凌伯却正好由外面回来，还未到屋便高声喊道：“什么东西这么香？什么东西这么香？”

“爹，你回来了！”凌能丽像小鸟一般欢快地飞了出去，却将凌伯挡在屋外。

“是什么东西这么香？”凌伯忍不住重复地吸了口气，满面惊奇地问道。

“你猜，猜出来了才让你进去。”凌能丽像个顽皮的小孩子一般缠住凌伯撒娇道。

凌伯放下背上的药篓，重重地吸了一口气，赞道：“真香，我猜不出我的乖女儿做出了什么东西，因为我的乖女儿不可能有这么好的手艺。”

“哈，你别从门缝把人看扁了，那你说这是谁做的？”凌能丽不依道。

“这个嘛，是不是你二婶做的？哦，不对，不对，你二婶怎么会做出这么好的美味呢？那定是你陶婶，咦，也不对呀，是……”凌伯大惑不解地自言自语地叨念道。

“猜不到了吧？”凌能丽得意地转了一下眼珠笑道。

“我的确是想不出谁有这么好的手艺，我们村里有手艺这么好的人吗？”凌伯不由得惑然反问道。

凌能丽不禁大感好笑，娇声道：“我们村里自然是没有，若有的话爹爹你还会没吃过。”

“难道你竟到蔚县去请来了好厨子？也不对呀，你什么时候去的，怎会这么快？”凌伯有些不敢相信地自语道。

“哈哈，大伯，这是……”

“你别说，说了下次我不让你吃。”凌能丽像个小孩似的喝道，只把凌通那句话给吓转去了，只好伸伸舌头扮了个鬼脸。

“好哇，你存心不让老爹吃上好东西是吗？”凌伯笑骂道。

凌能丽得意地笑了笑道：“我只是告诉爹，你的酒喝完了。”

“对了，对了，酒的确喝完了，这么好的菜没酒怎么行。”凌伯一拍脑袋笑道，眼睛一转道，“快告诉我是什么菜？”

凌能丽望了望凌伯那似小孩一般好奇的眼神不由得失声笑了起来，正要说，凌伯又吸了一下鼻子，扭头惊奇地向一旁正吊在空中被火烧煮的鼎罐。

“哇，这里面也煮了东西，好鲜啊!”说着竟忍不住移步向那鼎罐走去，伸长鼻子嗅个不停，一副馋样只叫凌能丽大感好笑。

“嗯，有沙参的味道，还有陈皮，怎么又放红枣呢?这是药还是吃的哦，怎么这样鲜?”凌伯自言自语地道。

“当然是吃的喽!”凌能丽笑道。

“有这种吃法吗?又放沙参陈皮的，这可是药哇。”凌伯怀疑道。

“那你说这味道香不香，鲜不鲜?”凌能丽反问道。

“那自然香了。”凌伯伸手摸了摸鼻子吸了口气道。

“能丽，鱼汤做好了吗?”杨鸿之老远便喊道。

“鱼汤，哪来的鱼?”凌伯眼中光亮一闪，脸上禁不住露出欢喜之色问道。

“哦，大伯回来了，这鱼自然是能丽钓回的喽!”杨鸿之向凌伯打了个招呼笑道，刚说完忍不住也重重地吸了口气道，“好香！好鲜!”

“你会钓鱼?”凌伯一脸不敢相信地打量着凌能丽，像是刚认识她一般，围着她缓缓地走了一圈，只看得凌能丽心头发毛。

“难道除了我之外便没有别人会钓哇?”凌能丽脸一红应道。

“哈哈，我还以为我的女儿啥时候学了这个本领呢，原来是别人钓的。”凌伯恍然道。

“有什么稀奇的！我明天保证钓几条大鱼给你看看。”凌能丽不屑地道。

“大伯，可以开饭了吗?我都馋死了，你们别光在外面争，里面的东西才叫好吃呢。”凌通忍不住叫了起来。

“是吗?”凌伯忍不住大步向屋里跨去，一走进屋不禁大呼一声“哇——”说着竟立在门口不再走动，两只眼睛直盯着桌面上那色香味都无比分明的几道菜，口水直吞。

“怎么样?”凌通得意地问道。

“还不去把爹叫来，大伙儿一块儿吃，别忘了叫他带十斤酒来，我等不及去买酒了。”凌伯说着缓缓地向餐桌旁移动，便像是提着重物一般，双手扶着桌子狂嗅。

“怎么样?”凌能丽微微有些得意地道。

“自然是从未见过比这更好的了。”凌伯兴奋得直搓手。

“哇！能丽烧菜的手艺竟如此好。”杨鸿之一声惊呼道。

“这是谁烧的?”凌伯怀疑地问道。

“能丽都忙了整整一个下午，才做好这些菜，我都看得直流口水。”蔡风忙在一边插口道，并在同时向凌能丽扮了个鬼脸。

凌能丽见蔡风如此说，也不再辩解，只是道：“外面还有一罐鲜鱼汤，杨大哥去帮忙端过来吧。”

杨鸿之大感受用，立刻大步踏了出去，凌伯却迫不及待地举起筷子，夹了一块糖醋鲤鱼放入嘴中，像是吃了人生果一般受用，竟闭上眼细细地品味良久，才长长地吁了一口气，呼道：“好吃，好吃，真好吃，外脆里嫩，香味扑鼻，又酸甜可口，真是美味呀美味。”

“好香，好香，小家伙果然没有夸张。”凌跃的声音欢喜地传了进来。

“老二，快来，再不进来，这个什么鱼我便要吃完了。”凌伯呼道。

“还有一份清蒸鲫鱼呢?”凌能丽端起正冒着热气的鲫鱼优雅地摆在桌子之上。

“哇哈，这么多鱼，用什么东西钓的?”凌跃吞了口口水问道。

“当然是用鱼钩鱼竿钓的了，难道还会是用手脚指钓的!”凌能丽顽皮地笑道。

“哈，看我都糊涂成了这个样子了，管是用什么钓的，先来喝酒吃鱼再说，吃完了再谈，这刻都被这香味熏得不知说什么好了!”凌跃笑道。

“我和姐姐早就忍耐多时了。”凌通毫无忌讳地道。

“去你的小鬼头，怎么把你姐姐也拖下去呢?你口馋便是你口馋嘛!”凌跃笑骂道。

“是啊，咱都来吃，都来吃。”凌伯有些忍耐不住地倒了一碗酒，附和道。

“今日真是有口福，要是山娃他们知道了，不羡慕死才怪呢!”杨鸿之得意地道，他还以为凌能丽是专门给他做的呢。

蔡风心中暗笑，暗赞自己真是幸福，居然能够吃上这么多的好菜，看来会做菜的男人并不是一件坏事。

六人中，蔡风吃得最少，他体内的伤虽然并不碍他基本的行动，但是他五脏并不能完全复位，因此胃口并不是怎么好，这段时间能吃下饭和鱼肉已经很不错了。其他几人，似乎全是第一次吃到这种美味，自然是吃得狼藉一片，几杯老酒便将几人灌得差不多了，不过那十斤酒已经喝下了一半，才把凌伯几人灌倒。凌能丽并没有喝酒，凌通却被劝着喝了两杯，蔡风因身上有伤，便没有喝酒，若是蔡风能喝的话，这些酒肯定不够喝，不过此时却因无法提聚内气，无法运用那千杯不醉之法，因此，他也并不喝酒。

凌能丽和蔡风望着桌上醉得一塌糊涂的三个人，不禁哑然失笑。

“真看不出来，你做的菜这么受欢迎!”凌能丽望了蔡风一眼由衷地道。

“这倒是句实话，我都为我自己做的菜给诱出了口水，自然是受欢迎的了。”蔡风有些得意地道。

“你为什么不去开酒楼而要上战场打仗呢?”凌能丽有些不解地问道。

“开酒楼用得着我去开吗?如果我现在是四十岁了，你这般问我还可以，我如此年轻便去干什么劳什子酒楼似乎是极为对不起自己的年龄，对吗?人生得意须尽欢，或许我受不了太多的约束，这才没想到开酒楼。”蔡风哑然道。

“你的确有些与常人不同。明天还去钓鱼吗?”凌能丽望了蔡风一眼，似乎有些深意地问道。

“只要你喜欢，自然行。这段日子若不是你照顾着我，恐怕我都会寂寞得快要疯掉，若是我不教会你钓鱼，岂不是太对不起自己了吗?”蔡风望了凌能丽一眼，温和地笑了笑。

“你说话怎么老喜欢夸张得那么大，有这么严重吗?”凌能丽似乎极为欢悦地拂了一下头发笑道。

蔡风也不禁哑然失笑道："加一点点夸张似乎听起来有意思一些，因此能丽不能怪我，我这是在为了让大家感觉更好一些而已。对了，要不要给每人泡一碗醒酒汤?"

"那鲜鱼汤已经够醒酒的了，看来是的确醉得很厉害。"凌能丽无奈地道。

蔡风也只得苦笑一声，把凌通、凌伯、凌跃全扶上炕躺着，凌伯和凌跃口中仍不断地呼喝道："再干三杯……看谁先倒……下去……"只让凌能丽哭笑不得。

"杨兄怎么办?"蔡风问道。

"待会儿鸿雁哥会来扶他回去的。"凌能丽解释道。

"村里人打猎都回来很晚吗?"蔡风疑问道。

"那当然是要看收获好不好了!"凌能丽笑应道，旋又深深地望了蔡风一眼道，"我们到外面去坐坐，好吗?"

蔡风一愣，心中升起一股异样的惊喜，脸微微一红，禁不住有些结巴道："是，是我吗?"

凌能丽禁不住掩口笑骂道："真是个呆头鹅，这里有几个人没喝醉?"

第三十章　灭族之灾

黄昏其实极美，那浅浅滑落的太阳，那由头顶若惊鸿般划过的归巢之鸟，那淡薄的流云，通红的晚霞，湛蓝的天空，便像是梦一般甜美。

微微的风拂起几片地上棕色的树叶，与那片片艳红挂于树梢的树叶沙沙地响成一支黄昏曲。

风轻轻拂起凌能丽那柔顺的秀发，如丝般洒在那照人的俏脸之上，竟比整个天地加起来更美丽，更动人。

蔡风的目光不敢落在她的脸上，那似乎是一种罪过，一种有贬圣洁的罪过，因此蔡风的目光变得悠远，变得深邃，像整个天空一般深邃而空洞，之中却似储满了无尽的思绪。

凌能丽接住一片正翻飞而下的红枫叶，禁不住扭头望了望头顶的老枫枝，已经成光秃秃的一根，这似乎是最后一片由树上飘下的叶子，想着不禁深深合上双掌，很珍惜地夹了一夹，才扭头望了蔡风一眼，好奇地问道："你有心思吗?"

蔡风悠悠地收回目光粲然一笑道："倒是没有什么大不了的心思。"

"那你在想些什么呢?"凌能丽摊开手掌，目光停留在手中的树叶上，不经意地问道。

"我在想我爹和我的朋友们肯定在担心我了。"蔡风吸了口气道。

"你有很多朋友吗?"凌能丽扭头有些羡慕地望了望蔡风问道。

"我是有很多朋友，他们都对我非常好，非常关心我，很理解我。"蔡风有些神往地轻声道。

“他们都是干什么的呢?”

“他们有的像村里许多人一样是猎人，他们每个人的本领都极好，也有的是富家子弟，却总喜欢拉着我四处惹祸，然后到处跑，常常把别人揍得鼻青脸肿。而我不在时，他们又经常被别人揍得鼻青脸肿，也有的朋友这一刻恐怕正在跟敌人拼命。”蔡风微微露出稍许幸福的微笑道。

“你们男孩子真好，有这么多朋友!”凌能丽竟有些落寞地羡慕道。

“你难道不是也有这些人呵护你吗?”蔡风奇问道。

“他们要不是将我当小孩子看，便是对我百依百顺，这是一种朋友吗?”凌能丽笑了笑，拂了一下额前沿的头发，反问道。

蔡风不禁有些哑然，苦笑道：“这大概不能算是朋友，只能算是亲人，也或许什么都不是，这个叫我也说不清楚。”

“你应该是明白，只是你不愿意说而已，我虽然并没有出过这一片山岭，但却知道世间并不是如我想象的那般好，每个人都有着不同的目的，这或许是我为什么会没有朋友的原因了。”凌能丽望着那渐渐下沉的落日，优雅地笑了笑道，洒脱之中却难免有一丝苦涩。

蔡风望了望她那亮若星辰的眼睛，不由得吸了口气，淡然地将视线转向落日，缓和地道：“我一直以为你一定很开心，不过，这一刻却发现你似乎并不是那样，我想不到你会有这种想法。”

“那你一直怎么看我呢?”凌能丽扭头认真地望了蔡风一眼，却有说不出的平静。

“我以为你有些不通世情，不会考虑，这些不过是我错了，也让我似乎明白了一点什么。”蔡风若有所思地道。

“你明白了什么呢?”凌能丽有些好奇地问道。

“美丽的东西都似乎很寂寞，便像这西下的夕阳，这一天之中或许只有这一刻是最美丽的，而这一刻真正能理解它的人又有几个?”蔡风淡然道，说着又意味深长地望了凌能丽一眼。

“美丽的东西都是寂寞的，似乎的确有些道理。”凌能丽不由得叨念道。

“美丽的东西能由内心去理解它的人绝对比用眼睛去欣赏它的人少得多，这或许便是世俗的悲哀。”蔡风声音很平静地道。

“你说的话似乎很有禅机。”凌能丽不禁有些讶然道。

“我说过，我这人有些喜欢就事论事，更喜欢去想，想什么东西都可以，这或许是我爹给我的习惯。”蔡风悠然道。

“你爹到底是什么人呢？我从来都没有听你说起你爹的事。”凌能丽似乎对这件事极有兴趣。

“我爹是一个很了不起的人，这个世间能比过他的人，大概没有几个。”蔡风眼中射出崇敬的神色道。

“是吗？你烧菜是从你爹那里学的吗？”凌能丽转口问道。

蔡风哑然道：“我爹是不会烧菜的，我烧菜的本领是向一个对我极好的叔叔学的。”

“他是在酒店之中的厨子？”

“不，他也是个猎人，在我们镇上，比他更好的猎人也没几个。”蔡风否定道。

“真是奇怪，他不是厨子，怎会烧得了这么好的菜呢？”凌能丽嘀咕道。

“你不能理解的事多着呢，我就没有想到过我会受这么重的伤，但这一次却偏偏差点去见了阎王了，幸亏你这一千五百六十四岁的大仙降临驱走了勾魂二鬼将我带到了阳界，才幸免一死，真是幸运之极！”蔡风笑道。

“哇，你还记得这么清楚，是不是要算我的账呀？”凌能丽一嘟嘴问道。

“自然是了，大仙今年一千五百六十四岁，我便应该做一千五百六十四道菜给大仙品尝，以算报恩喽。”蔡风似笑非笑道。

“哇，这是你自己说的哦！”

“只要大仙高兴，小子愿尽出绝活，保证大仙到时候把玉皇大帝给羡慕得死去活来。”蔡风夸张地道。

“你这人就是喜欢油嘴滑舌！”凌能丽笑骂道，旋又叹了口气道，“你们男子汉应该去建功立业，哪能为一个小女儿家做菜呀。”

蔡风笑道：“你是不知道那几道鱼在我那个小镇上有个‘鲜鱼换美人’

的说法，更有人将那鱼叫作‘解恨鱼’呢!”

“好哇，你敢欺负我!”凌能丽一呆，还以为蔡风故意占口头上的便宜。

“冤枉，你听我讲完嘛!”说着便把当年马叔的故事讲了出来，只把凌能丽听得呆住了。

“世间会有这样的男子?”凌能丽听完之后瞪大美丽的眼睛自语道。

“这个世间并没有什么事情是不可能的，只是想不到而已。”

“只不过，我却认为男儿应该成就功名，这才不枉活上一场。”凌能丽有些坚持地道。

“其实每个人都有着自己不同的活法，也有着不同的思想，在这种世道之中，成就功名又如何，只是帮别人操刀杀死另一帮人，到结果功名却依旧归于尘土，有何用。”蔡风感慨地道。

凌能丽不禁微微一呆，大不苟同地道：“但这世上若是没有谁操正义之刀，又怎能让天下百姓安定呢。若每个人只想着自己不去替别人杀人，天下或许会平静，可是你是这样自己不去害别人，但这个世间并不像你想的一般，总会有人去害人，若每个人都像你这般心思，这些害人的人岂不永远毫无顾忌，永远不停地害人?成就功名，并不一定便是为谁不为谁，而只是看你是否是在对着良心做事，是不是的的确确为了天下百姓做事。”

蔡风不由得呆住了，好像第一次见到一种极为奇怪的动物一般望着凌能丽，目光之中尽是惊讶。

良久才吁了口气诚恳地道：“能丽说得极对，我的确有些自私，或者说我这人脑筋有些不对头，听了能丽的话，真叫人汗颜。”

凌能丽似乎有些不好意思地笑了笑道：“我爹是个大夫，来治病的都是穷人，我却知道这是为了百姓做事，他从不收费，只是尽力，虽然他并不是什么大人物，但在我眼中，他便是最善良、最好的人。若一个人不为百姓想想，那他这一生又有什么好想的呢?”旋又吸了口气，笑道：“你似乎很能够接受人的意见哦?”

蔡风哑然失笑道：“能丽当我是个傻子，好坏不分吗?虽然蔡风不才，倒也读过不少书，也懂得一些道理，只要说得有理，我便会服气。”

凌能丽欢悦地一笑，道："要是我用刚才那口气说我给我杨大哥他们听，他们肯定很不耐烦。"

"你说给他们听过吗？"蔡风反问道。

"没有，因为我知道他们是不会愿意静静地听我说话，他们根本就不会明白我。"凌能丽黯然地道。

蔡风心中一阵感动，吸了口气道："我真的很感谢能丽这样看我。"

"你似乎很特别，与他们根本就是两种不同类型的人。我也不明白这是怎么发现的，只是我感觉到你与他们不可能是同一类人。"凌能丽认真地道。

"你不是也很特别吗？你若是一个男孩子相信会更好一些。我本以为我这人已经够不将尘世庸俗繁华看在眼里了，而现在才发现你似乎更不在意尘世的庸俗和繁华。"蔡风慨然道。

"这叫只恨投错了胎，女儿身，男儿志，却是生在乱世。"凌能丽洒脱地笑了笑。

"难怪你喜欢穿男装。你想不想仗剑闯天下呢？"蔡风似乎在怂恿道。

"你想我去闯天下吗？"凌能丽扭头反问道。

"那可不是我想不想的问题，而应该是你自己的决定。不过我看你还是不要出去的好，出了这个小山村，恐怕要迷倒一大群公子哥。"蔡风笑道。

"你嘴巴真烂，没得正经。"凌能丽骂道。

"你会打猎吗？"蔡风收住笑声问道。

"我喜欢打猎，可是二叔他们总不让我去，偶尔去了，也只能在一旁捡猎物，根本没出手的机会。"凌能丽怨道。

"你大概也不会有什么狩猎的经验，对吗？"蔡风认真地问道。

"没有！"凌能丽摇了摇头道。

"你想不想学？"蔡风笑问道。

"你教我？"凌能丽怀疑地望了望蔡风道。

蔡风不禁大感好笑道："你别这样看着我，说到狩猎，不是我吹牛，连大黑熊都猎过，只是此刻的确是虎落平阳时，龙在浅滩上。”

“我怎么看你都不太像猎熊的人，只觉得你像个书呆子。”凌能丽只有笑着道。

蔡风哂然道：“无论是书呆子也好，猎手也好，重要的是实际。明日我去设一路兽夹和陷阱给你看看，让你看看效果怎样。”

“开玩笑，我当然相信你，若是你不是个厉害人物怎会全身上下有二十多道伤口呢？只凭这一点，足以见识你并不是一般人，只要你愿意教我，我便愿意学。”凌能丽神色一正道。

蔡风一阵哑然，片刻，欢喜道：“那真是太高兴了。明日除了教你钓鱼、烧鱼之外，还教你怎样去布陷阱、兽夹，保证你后天便会有收获，到时候定叫凌伯大吃一惊。”

“你不是说要做一千五百六十四道菜给我吃吗？我干吗还要学做菜呢？”凌能丽毫不在意地道。

“你自己会做不是更好吗？更何况这些菜学起来也很有趣，我习武是由练字开始，你习狩猎习武还不是可以从做菜开始，到时候一柄菜刀打遍天下无敌手，那不是更好玩吗？”蔡风笑道。

“是吗？那我倒真的要学怎么做菜了。”凌能丽欣喜道。

“天要黑了，我们回去吧！”蔡风提议道。

“好吧……”

晋城，当家做主的似乎是叔孙家族。

叔孙家族的确很强大，晋城中的产业几乎有一半是叔孙家的，而晋城中的任何有关兵力的问题，似乎也全与叔孙家挂钩。

晋城叔孙家行事的确有些乖张，便因为他们有财，有势，他们并不需要什么靠山，自身便是靠山，自道武帝拓跋珪攻入中原，统一水疆，叔孙家就一直很走运，经过一百多年的运作，叔孙家便成了朝中一支极庞大的支系，叔孙家族便像是一株大树，根系四通八达。在北魏这种大树并不多，元姓自然是一株，而尔朱姓便是第二家，叔孙却算得上第三，改

“刘”姓的孤独家却可以称得上第四家，另外尚有一些家族，但晋城，却只有叔孙家。

晋城极为繁华，皆因其交通极为便利通达，也是串联洛阳、平城、太原等地的枢纽，歼灭起义军的粮草、后备都要由晋城经过，更因为晋城处在北魏的中心地带，所以，这里倒成了人们避难之所，也便使晋城变得繁华热闹了。

叔孙家族一向极有手段，所以晋城一向都极为安定，包括那些难民来投之后，叔孙家族的家将也便增多了，叔孙家族的亲兵也便增多了。这种年代，最让人有安全感的，便是手中有别人打不败的军队，这样绝对会有安全感，而有别人打不败的军队，先必须有别人不能够比的钱财，这样一切便极容易解决，因为这是乱世，有财有势，有很真实而又强大的力量的人，往往极为开心。

叔孙家族有手段，因此，他绝对不会放过做这种人的机会，因此，天下乱了，他们会比较高兴，其实每一个像叔孙家族这般强大的家族都应该高兴。

叔孙家族这一段日子的确很高兴了一阵子，只不过近来却又有了一些烦恼和麻烦。

说不麻烦那肯定是骗人的，叔孙家族骗人当然有，但他们却绝对不会骗自己，他们并不是一群喜欢骗自己的人，因此，他们不仅有烦恼还大为光火，也极为震怒，更多的却是惊骇和慌恐，叔孙家族的每一个人都是如此。

很难以想象这样的一个庞大的家族居然也会有这种恐惧和愤怒，不过这些都是事实。

试想若一家二十口人，而这二十个人中，在连续几天中不断地无缘无故地死去十人，那么剩下的十人是不是该感到恐惧，该感到愤怒呢！

当然谁也没有这个本领让叔孙家族在短短的几天之中死去一半人，但叔孙家族死了人那是不争的事实。

谁都知道，人都总有死的时候，若是死去的是一群将死的老头子，那情况又是另一回事，那顶多只是悲哀一下而已。而这一群死去的人却并不尽是老头子，还有年轻人，生龙活虎的年轻人，但是这两天过去之后，竟死了十几个，那些死去的老头子，都是至少可以吃上三大碗饭，喝上三斤酒的人，前两天还是满面红光，但今日却已经没有半丝血色。

这些人并不是病死的，病死人并不可怕，他们是被人杀死的，都是致命的一剑，这些也并不是怎么可怕，剑是死物，是杀人的死物，杀人的人并不怎么可怕，可怕的是不知道那杀人的人是谁。

这的确是一件极不好玩的事，也的确是一件很可怕的事，一个似乎无处不在的敌人，无论是谁都会感到心寒，便是叔孙家族的那些养尊处优的人也无不在心头蒙上了一层阴影。平时那种趾高气昂的感觉，只在这一刻似乎全都沉入了一片慌恐之人。

两天之间便死去了十人，绝对不是普通的人，全都是叔孙家里的精华，十个人之中有九个是高手，而另一个不是高手，却是叔孙家的管家。

随管家一起的有五个护卫，五个可算得上是一流的护卫，只是这五个护卫已经成了废人，绝对的废人，没有眼睛。据他们说，他们的眼睛是被别人一剑刺瞎的，五名一流的护卫，五双明亮的眼睛居然被一剑给刺瞎。更让人惊骇的却是这五个人根本还没有看清对方的面孔，便全部被刺吓了眼睛。这是怎样一种可怕的剑法？这是怎样一群杀手？没有人可以想象。

那五个仍然活着，每个都少了一只右手，在他们还来不及反应的当儿，便觉得右肩一凉，到后来，他们才发现自己的剑已感觉不到了，而拿剑的手也不知道哪儿去了。他们自然听到了管家那惊惧恐慌而绝望的呼叫，但是他们已经再没有任何能力去护他了，这也是让他们终生难以忘怀的怒叫，那般凄厉，那般惊心动魄。留给他们最深的印象便是一道强若骄阳般刺眼的光芒，感受最深的便是将他们撕成碎片的剑气，再后来他们便回到了叔孙家的府上，一切都已经成了现在这个样子。

晋城，是叔孙家族的地方，但这一刻，叔孙家族却对自己扎根了百多年的地方进行大清查，只可惜，一切都只是枉然。值得怀疑的竟是城中每一个人，这让叔孙家族的人大为丧气，也大为惊惧，他们的敌人几乎是无处不在的。那虽然是一种错觉，但这个错觉又是那般真实，又是那般清晰。

看不见的敌人才是最可怕的，这一点绝对不假，因为没有谁知道敌人的真正意图、动向，也没有人知道敌人是什么时候出袭，这使得周围的每一个人都成了怀疑的对象，没有人可以想象在这种无形压力之中生活的状况。叔孙家的兵丁确实很多，但却绝对不会比城中的百姓和难民多，因此，叔孙家族之中的人的确是应该为之烦恼，也应该深感麻烦。

杀手是谁？便像是空气一般消失的人，没有谁知道杀手到底是谁，但杀手绝对存在，绝对！因为今天又有五人死于剑下，依然是叔孙家族之中的人，是亲系之人，都是死在一柄似乎极薄又极为锋利的剑下。更有两人是眼睛被刺瞎，断去右手。这似乎是一个规矩，每天只有五人，多余的便只刺瞎眼睛断去右手。这是一种残忍，抑或是一种恐怖。

叔孙家族之中的高手极多，那些追踪搜索高手并不少，但那一群神秘的敌人似乎更精通这种潜踪之举，因此，叔孙家出动的高手，全都成了枉然，有的似乎是发现了什么，但却再也无法说出来，因为死人是无法说话的。

是谁与叔孙家有这般的深仇大恨？知道的人并没有几个，而叔孙家族里的人并非都是没有头脑之人，他们当然想到了一百零八种可能，而实有可能的只有一个，那便是邯郸元府。邯郸元府本是与叔孙家族有着极为亲密的关系，但是叔孙家族的人却知道，如今已经并非如此，那是因为叔孙长虹，也是因为那一块不为外人所知的圣舍利。只可惜这一刻圣舍利并没有得到，损兵折将之下，又交上了这样一个势力庞大的敌人，这或许是一种悲哀。

叔孙家族之中的有些人有些后悔，当初不该有这种举措，只是这一刻已成了绝对无法更改的事实，能够做的便只有硬着头皮干到底。他们知道元府并没有拿到任何凭据，所以绝对不敢公开地对付叔孙家族，能做的大概只有暗中出手。这与当初叔孙家中的人一样，因此他们全都以为这正是元府的报复手段，元浩和元费或许不会是这种作风，但元府的老三却绝对不会是个很讲道理的人，也绝不会是一个愿意吃哑巴亏的人。因此，最有可能的，那便是元府老三，元飞远的主意。不过，在这一百零八种可能中算漏了一个，也是最重要的一个人。当然，他们并不知道这一点，因为他们打心底就没有怎么看好这个人，所以他们错了，错了的结果是很容易引起误会，误会后的结果便很难预料，也很难收拾，那是因为这个世间的仇恨永远是无休无止的。

晋城之内似乎有一点祸不单行的味道，那便是城中几家当铺居然被窃，失去的只不过是数万两银子而已，但这已经足够让叔孙家族一个头两个大，因为失窃的当铺是叔孙家的产业。

谁也会想到，这一群贼会与那杀人的是一伙的，只不过这一群的形迹的确是极为神秘，没有谁知道他们是躲在一个什么地方。这些是有意报复吗？或许是的，但没有人答复。

叔孙家族的老祖宗，今年已是活到了八十六个年头，最生气的当然是他，八十六岁，却仍然火气不减，他骂人、打人绝对没有人敢还手。哪怕你知道他那愤怒的一掌可以将你击毙，但却不能避。

老祖宗这几天心情极度不好，他并没有什么力气下地去走动，但骂人、指挥人的力气仍是有的。

老祖宗这八十多年来，从未见过像今日这般情况，从来没有谁敢对付叔孙家族，可是这几天连连受打击，怎叫他不怒？于是他下了一个命令，那便是对最有嫌疑的对手给以同样的报复，那便是出袭邯郸。

叔孙家族的老祖宗是一个雷厉风行的人，办事最不喜欢拖泥带水，说的话，一般都是立刻施行，他也并没有考虑到后果，但他对叔孙家族更有信心。

叔孙家族的老祖宗很宠爱他那最小的孙子叔孙长虹，因为他很欣赏叔孙长虹的那股狠劲，而且极为识时务，很会看形势行事，因此，他这次仍然用叔孙长虹率人去邯郸。

在叔孙长虹的属下，最得信任的便是冉长江，因为他的刀法很好，更会出主意，也是因为冉长江很能得他属下的尊敬，因此，在叔孙长虹去执行任务时，冉长江一般都会随行。冉长江对于叔孙长虹来说，便像是一条手臂那般好使。

叔孙长虹的行动甚为秘密，其实，在叔孙家族之中，随便哪里都可以调出几十名甚至上百名好手出来，这绝对不是一支容易忽视的队伍，更不是一支容易对付的队伍，这次行动便是一个秘密，一个不可让外人知道的秘密，否则，便绝对不是一个很好的结局。

叔孙长虹可以瞒过很多人，甚至连自己家族里很多人都瞒了过去，但是却瞒不了一种人。

那是猎人，有心的猎人，这并不是猎狐猎狼的猎人，而是猎人的猎人，要猎的人正是叔孙长虹和冉长江，因此，叔孙长虹的行动再谨慎小心，也无法躲过这些人的耳目。

猎人的猎人，的确很可怕，因为正是那些不知名的敌人，比叔孙长虹更为神秘的人，因此这些看叔孙长虹那种神秘，便像是在看戏，看一台比较好笑的戏。

晋城到邯郸的路并不是很近，山路却不少，走的山路多了，总会遇到虎狼，这句话似乎极为有理。

叔孙长虹的属下是分两批而行，这是一个减小目标的做法，冉长江在上次便提议分散入邯郸，那次若不是有蔡风这个角色在中间插上一手也真还成功了。更不会让叔孙长虹的诡计败露，说不定已经人宝两得，携得美人归了，只可惜蔡风却像是他的克星一般。

当叔孙长虹诸人快至鹤山之时，却让一件东西给呆住了，而且呆得很沉，像个傻子，不仅仅是叔孙长虹呆住了，连冉长江也呆住了，更有叔孙长虹的属下五十余人全部呆成了一株株凄凉的寒枫。

天气的确渐渐变寒了，都已近十月，北方天气自然都变得寒意更深了，树叶已经秃得光光的，那曾经殷红的色调便像是叔孙长虹的脸褪去了，变得有些单调而空洞。

所有的人手心都冒出了汗，但这时的寒风已经有少许刺骨的味道，他们的手心居然都出了汗。

汗是冷的，冷得有些寒心，其实比汗更冷的是血，鲜血，鲜红鲜红的血，但在寒冷的风中竟似快要干枯的颜料，淌出一地的凄艳。

流血的是人头，还不止一颗，而是排得极为整齐的五十颗人头，在地上排成一个极大的血色十字。

叔孙长虹等人是见惯了杀人流血的场面的，但是这一刻却只感到心底的寒意一下子升上了脊梁骨，再升至脑顶。因为这五十颗人头正是他遣往邯郸的第一路人马，一个不少地摆在他的面前，便像是在等待他的检阅，所以叔孙长虹的脸色变成了死灰色，冉长江的脸色也成了死灰色。大概这是他们平生第一次感到无比的恐怖和惊慌。

“世子，我们快退回去！”一名大汉慌急地提醒道。

“没有机会了！”冉长江极为识时务地吸了口凉气，阴沉地道。

叔孙长虹的神经便像是麻木了一般，怔怔地盯着那五十颗排得极为整齐的两个大十字，目光之中射出的不只是惊恐，还有无限的杀意。

一条身影便像是巨鹰一般由马背之上飞掠而下，轻轻地落在两个十字之间，伸手提起一个人头，像是欣赏一件极美的工艺品般仔细打量着这个脑袋，甚至连每一根头发都不放过，看完一个又提起一个，以同样的仔细去打量着。

越看脸色越变，越变心越寒，手都有些打起战来。

“卫老五，怎么回事？”冉长江忍不住问道。

“这些脑袋上涂有毒液。”那被唤作卫老五的汉子脸色变得凄惨。

“你为什么还不放下？”叔孙长虹突然开口呼道。

卫老五摇头苦笑道：“我不能动，一动这里的机关便会启动，这些脑袋都用细线牵着，不能放，也不能扔。”

“啊——”冉长江和叔孙长虹都不禁骇然惊呼。

“世子，现在怎么办？”一名大汉急切地问道。“斩断那细线！”叔孙长虹果决地道。

那汉子身形便若离弦之箭，手中的剑便若惊虹一般划出一道极为亮丽的轨迹，看起来的确极为赏心悦目。

“吱吱……”“嗖、嗖……”一阵细响，那地上成双十字排列的人头竟因这一剑全部都向一个地方集中移动，而也便在这时，两个十字之间的地面竟凹下一个坑，无数的暗箭，像是满天的蝗虫疯狂地扑出，形成一片异样的云彩。

叔孙长虹身子一旋，竟若灵狸般蹿至马腹之下，几乎所有人的速度都差不多。当然，也有人并不是蹿至马腹之下，冉长江便不是，他的刀法的确极好，在身前马前划出一团亮丽的光影，那一簇箭便像是被磁石拉住了一般，全部流向他刀芒最盛之处，然后便全部坠落在地上。

惨嘶的是马儿，惨呼的是卫老五与那名斩断细线的剑手。

那名剑手的剑法的确很好，要他命的还不是那埋于地下的暗箭，而是由树林之中飞蹿而出的劲箭，比那名剑手手中的剑不知道快了多少倍，更是极为灵便地刺入那剑手的咽喉，似乎一切都是上天注定的一般。

能够立于马上的人并没有几人，人并没有什么大碍，有碍的只是那些马，全都跟一只只奇形怪状的刺猬一般。

叔孙长虹有些灰头土脸地由马下钻了出来，眼中却尽是骇然和惧意，连愤怒也忘记了，只是怔怔地盯着那由密林之中走出的两道身影，粗野之中给人以无限动感的身影。

冉长江的眸子之中似乎可以射电芒，罩在那两道身影之上，却变得极为沉默，他不知道该说什么好，因为对方那冷漠的脸上似乎已标明了一切。

“你们是元家的人？”叔孙长虹声色俱厉地吼道。

那两个人的脸色依然很阴沉，但眼角却不经意泄出一丝悲哀的情调，叔孙长虹知道这种情调只不过是向他们发出的而已，两个人摇了摇头，动作极为优雅和轻松。

“那你们到底是什么人？我好像记不起与你们之间有何恩怨！”叔孙长虹似乎微微松了口气道。

“但我知道，我已与你结下了怨！”一个极为冷漠的声音由林中淡淡地传了出来，然后一名与叔孙长虹年龄差不多的年轻人从树林之中很优雅地行了出来。

“你是什么人?”叔孙长虹微微感到讶然，对方居然也会是如此年轻。

“长生，长城的长，生死的生。”那年轻人极为舒缓地道。

“长生？我们似乎从未见过面?”叔孙长虹有些疑惑地道。

“但我却见过你，那是在晋城!”长生淡然道，目光之中迸射出一缕淡漠的杀机。

“这些人全是你杀的?”冉长江声音也极为冷漠地道。

长生淡然一笑道：“我只割下两个人的脑袋，其他的便是由兄弟们代劳。”

“我们究竟有何冤仇，你们竟如此狠下杀手?”叔孙长虹这一刻才记起悲愤，怒极问道。

“我们说起来仇恨并不大，只是你们记不起曾做过一件事情，因此，你们便只有一条路可走。”长生狠声道。

“我不明白你在说什么!”冉长江淡漠地道，目光却始终不离长生的身上。

“你会明白的，你想来应该没忘蔡风这个人吧?”长生冷漠地道。

“蔡风?!”叔孙长虹与冉长江同时惊呼反问道。

“不错，正是蔡风，他是我最好的朋友，更是一个你们惹不起的人物。”长生依然不改声调道。

“哼，我叔孙长虹还从未遇到过惹不起的人物!”叔孙长虹不由得怒气上涌道。

“但你惹了蔡风便不会有好结果。”长生声音变得极为冷厉地冷笑道。

“蔡风到底是什么人?”冉长江脸色变得难看道，因为在他的心底，隐隐地涌出一个人的名字。

长生冷哼了一声淡漠地道：“蔡风便是天下第一刀蔡伤蔡大将军的儿子，更是黄门左手剑唯一的传人，想来你该明白这是怎么回事了吧?”

叔孙长虹和冉长江同时惊骇得身子微微晃了一晃，脸色变得苍白若死灰，他们的确没有想到蔡风会有如此可怕的两大高手在背后撑腰。他们自然想不到这两大高手同时调教出来的传人竟会去养狗，而这一刻竟发现事情竟变得如此荒唐。

“蔡伤又怎么样？只不过是朝廷的一个逆贼而已，还有什么脸充大将军。简直是让天下人都笑掉大牙，也不知羞耻！”叔孙长虹微微吸了口气压住心头的惧意，骂道。但他手下的一群好手的脸色早就变得不成人色，他们的确不敢想象这两大传奇高手同时出手，那会是怎样的一种场面，那会是怎样的一种结局呢？但眼前似乎已经有例子，那五十颗头颅便是一个极好的例子，因此，每一个人都在发寒发冷。

长生并不在意叔孙长虹的骂语，只是优雅地道：“我只要叔孙长虹与冉长江及所有参与围杀蔡风的杀手的脑袋，其他人与之并不相干，可以免于一死。”

有些人的目光微微亮了一亮，似乎是对这句话有些动心，但却并没有作任何表示。的确，谁也不想与江湖之中这两大传奇高手为敌。但叔孙家族的势力却也绝对不小，并不是没有与两大高手抗衡的力量，只不过，若两大高手并不是明刀明枪地斗，恐怕偌大的叔孙家族结局可能会惨得可怕。

“晋城的那些人全都是你们杀的？”叔孙长虹愤怒地问道。

“你说的并没有错，若不是这样你们定会龟缩于院子之中不出来，这样似乎更麻烦一些，因此死上十几个人只是让更多的人活下去，若你们再不出府的话，大概每天五个人的杀局会一直进行下去，直到将叔孙家族的最后一个人诛杀为止。”长生丝毫不带感情地冷漠道。

“你们不嫌狠了一些吗？”冉长江心中变得极凉地漠然问道。

“不是我们要狠，而是这个世上，若想活得好，便必须心狠，要怪只能怪这个世道太残酷。”长生冷然道。

“你以为你可以杀得尽我们？”叔孙长虹环了四周一眼，冷冷地问道。

“我自然没有这个能耐，但我的兄弟们有，我甚至根本就无须出手，你们便只有一条路，那便是死。”长生淡然地笑了笑道。

便在长生笑得很淡然的时候，叔孙长虹、冉长江和他们的手下全都变了脸色，因为他们发现，四面都有劲箭瞄准了他们，只要这些人一放手，保证能够活下来的绝对不会有几个，这是一种直觉。

“归泰龙！”冉长江脸色变得极为难看地低呼道。

叔孙长虹也吓了一大跳，他自然听说过归泰龙这个名字。在太行大盗群中，归泰龙排行第二，不仅仅武功高绝机智过人，更可怕的却是他手下的那一帮简直可以说是不要命的兄弟。这一群不要命之人的可怕程度，是谁也不能否认的，连叔孙家族的老祖宗都告诫过他们，没事最好不要惹归泰龙，可此刻却是归泰龙找上门来了，怎不叫他惊骇呢？

“冉兄弟的眼力果然好，一眼便认出我归泰龙来。只可惜，你没有认出蔡老爷子的公子，否则我们也不必见面如此尴尬了，说不定我还会请你到寨子中去喝上两大碗美酒呢。”一个满脸络腮胡子的大汉粗犷的声音飘了过来，极为洪亮。

“没想到你也甘为一个逆贼做跑腿的！”冉长江故意讥讽道。

归泰龙淡然一笑道：“是你孤陋寡闻了一些而已，在我们太行，谁不愿意为蔡老爷子办事，便是做外跑腿的也是一种荣耀。”

“这叔孙家平时对你也并不是很坏吧！”叔孙长虹的声音竟有些微微的软弱道。

归泰龙摊了摊手道：“叔孙家的确是与我并没有什么冤仇，但我却不能与你们为伍，我也并不想与叔孙家为敌，但你们不该去对付蔡公子，你们一向不是很傻，却为什么不去查清楚再下手呢？”

“我并没有杀死蔡风，你们用得着下这种狠手吗？”叔孙长虹身边的一名大汉气愤地道。

“但蔡公子却是因为你们而死，所以你们难逃其责，那酒店中的杀手也没有一个人逃过责罚，所以你们只好认命了。”归泰龙声音也变得有些冷漠地道。

“蔡风死了？”叔孙长虹惊讶地问道。

“若没死，也不会有人找你麻烦，但他却是因为你们所逼，才会这么年轻便死去！”长生冷冷地微带悲伤地道。

“我不信，以他的武功，天下又有几个人能够胜得过他?”叔孙长虹眼中闪出惊疑不定的光芒道。

“你说得不错，但杀的人是他自己，而逼他自杀的人却极多，这一切你并不必知道得很详细。”长生有些黯然地道。

“我也说一遍，没有参加围截蔡公子的人并不必死，你们可以让到一边，我们所要的只是逼蔡公子人的脑袋。”归泰龙淡漠地道。

“杀!”叔孙长虹一声暴吼，他知道这一战是不可避免的，死可能成为现实，但他绝对不甘心，他并不想死，哪怕仍有千万分之一的机会，他仍不想死，所以他便狂喊着冲了出去。

第三十一章　哑剑黄海

风依然有些寒，阳光虽然仍是那般灿烂，却似乎是蒙上了一层纱的美梦。

蔡风禁不住伸了个懒腰，坐直身子放下手中的笔扭头望了正在一旁忙碌着的凌能丽一眼，吁了口气，关心地问道："累不累？"

凌能丽扭过头嫣然一笑道："都已经习惯了，哪里知道累不累，比起你那什么站桩可就轻松多了。"旋即神色一改，转了下眸子，突然问道，"是不是你故意找个借口来折磨我？我都站了一个月的桩也没发现什么好处。"

蔡风不由得哑然失笑，道："我都站了四年的桩呀，小姐，你才站这么长时间的桩便会怀疑这之中的功效，真是太不信任我了吧。那我教你的呼吸之法可有用处？"

凌能丽不好意思地笑了笑道："这个似乎有些效，感觉到精神舒畅了很多，也似更灵活了一些。"

蔡风得意地笑了笑道："这不就是效果好处？你刚开始站桩的时候，只站那么一会儿便叫苦不迭，可现在随随便便一站都可有大半个时辰毫不动摇，这难道不是效果？这还是遇到我这个名师指点，否则别人便是练上一年也达不到这个效果。"

"你少盖了，这是我勤学苦练的结果，哪像你说的，占那么多功劳！"凌能丽不服气地笑道。

“真是不得了，才学一个多月，便不承认师父了，真是叫我好生生气，也好生伤心！”蔡风装作感叹地道。

“谁要你做我师父了！”凌能丽俏脸微微一红，娇嗔道。

蔡风不由得心头一热，冲口道：“那你要我做你什么？”

凌能丽更是俏脸飞霞，不由得嗔骂道：“你这死家伙，竟敢戏弄我，看我不摘下你的耳朵做药引子。”说着放下手中的药材便向蔡风奔来。

蔡风吓了一大跳，还来不及喊投降，耳朵已被揪了起来，不禁痛得一声惨哼。

“你还敢不敢欺负我？”凌能丽得意地望着蔡风装作凶狠地问道。

蔡风头不由得倒在桌子上，苦着脸道：“我的姑奶奶，哪一次不是你欺负我，我哪里敢欺负你呀！真是贼喊捉贼，大大地冤枉好人。”

“什么，谁是贼了？你给我说清楚！”凌能丽不由得好笑。

“我是贼，我是贼好了，你是好人，你是好人，再这么用力，恐怕又要浪费药材了。”蔡风一脸苦相道。

凌能丽不由得又好气又好笑道：“我又没用力，又没揪，只是这么轻轻一捏有这么严重吗？”

蔡风把头一歪，摆脱凌能丽的手，笑道：“原来你真的只是这么轻轻地捏着，我还以为耳朵已经没了呢，把我吓了一大跳。”

凌能丽不禁掩口笑了起来，似骂非骂道：“你装模作样的本领倒也真高明。”

“你的动作也太快了，把我教的本领全部都用来教真功夫，要不然，真来揪下我的耳朵，就麻烦了。”蔡风摸了一下耳朵，望了凌能丽一眼自语道。

“有你这么小气吗？揪你耳朵是看得起你，真不识抬举，本姑娘怎不去揪别人耳朵！”凌能丽嘴一挑狡黠地笑道。

“因为你打不过别人嘛！”蔡风不忘逗上一句。

“好了，算是我不对，大不了，你也揪住我的耳朵，我求饶好了。”凌能丽像个犯了错的小孩子温声软语道。

蔡风一呆，望了她一眼，不禁笑道："我真的揪了！"

"我不是叫你揪吗？"

"我可不是说着玩的哦！"蔡风毫不客气地便要伸手去揪。

"能丽，能丽……"一阵急促的呼喊声传了进来，只吓了蔡风一大跳，凌能丽扭头狠狠地白了蔡风一眼，才大步向外走了去，应了声。

"鸿雁被大虫伤了，快拿上血药……"那人气喘吁吁地道。

"啊，伤得这么厉害，那他们呢？"凌能丽急忙抢进屋，扶着正在呻吟的杨鸿雁平躺在炕上，问道。

"他们去追那大虫了，也不知道现在怎样了。"那扶着杨鸿雁回来的汉子气喘吁吁地道。

蔡风忙倒了杯热茶，端了过去道："吉龙兄先喝杯茶暖和一下再讲吧！"

那汉子友善地望了蔡风一眼，伸手接过茶杯，一口灌了下去，然后将茶杯重重地放在蔡风的手中。

蔡风并不介意，因为他明白这些年轻人的心理，便像他开始就对叔孙长虹没有好印象一般，谁也不会放开嫉妒。不可否认，蔡风已经没有过多地再想元叶媚了，而在梦中出现次数多的却是凌能丽。他只觉得这段日子是最开心的日子，嬉笑怒骂，无拘无忌，没有身份的芥蒂，没有世俗的标准，也不会有任何猜疑，一切都是那么纯真，那么自然。他知道自己是真的喜欢上了一个人，不可否认地感觉到凌能丽对他的眼光已有所改变，那是对其他人没有的光芒，所以他并不会介意任何人的嫉妒。

蔡风轻轻地将茶杯放回几上，缓步来到炕边的杨鸿雁的身边，望着满身爪痕、仍在流血的身体，肩头一大块肌肉被撕去了。杨鸿雁望了望蔡风，竟忍住不再呻吟。

蔡风心中暗叹，他在这群年轻人的眼中的确是不该出现的一个，使那些本暗暗地爱着凌能丽的男人们感到了很严重的威胁。虽然他们并不怎么看得起蔡风，但他们的眼睛却是雪亮的，自然看出了凌能丽对蔡风有一种不同的感觉。他们更明白蔡风会做出连情敌都赞不绝口的美味佳肴，蔡风会写一手好字，会钓鱼，而且比他们更会哄女孩子开心，这的的确确成了他们最大的威胁。本来村中各年轻人相互敌视，在这一刻竟变成只对蔡风一个人的敌视。虽然老一辈人很欣赏蔡风，村中的妇人们也无不欣赏蔡风，甚至很多妇人想托凌能丽要向蔡风学烧菜。凌跃第一个鼓励老婆来学烧菜，他的确是吃了蔡风烧的菜后，怎么也吃不惯自己老婆做的菜。而村中的一些老猎户们也经常借故到凌伯这里来吃饭，自己带着酒来，便是想尝蔡风做的菜，有凌跃开头，叫老婆来学艺，自然有第二人、第三人，因此村中那些有家室的汉子倒对蔡风极好，因为蔡风并没将手艺珍藏起来。这一个月来，让很多妇人满心的欢喜，而那些年轻人却更是嫉妒，只不过碍着凌伯和凌能丽的面子不好发作而已，但背地里却将蔡风恨之入骨，这一点蔡风自然知道。

蔡风向来是不拘小节，更不在意别人怎么看，做事一向都是我行我素，哪会在意这些山里的猎人怎么看。

凌伯也极与蔡风投缘。蔡风知道凌伯只是一位隐者，而且是一个极有修养的人，与村中的很多人所谈的极少。蔡风从小受蔡伤的影响，读书甚多，更加之聪明好学，天南海北都能够谈一些，而且又出去奔过一回，眼界也大开，哪是这从未走出大山的人能比的，因此，凌伯与蔡风谈得极为投缘。而蔡风近两个月来对凌伯所藏的医经《金匮药方》《肘后方》都有所研读，加之为凌伯抄书，对医道也微有深入，再加之又想学些医术，所问的话题有很多关于医道的常识，凌伯更是大起好感。因为居然有人如此向往他的专长，他自然高兴，甚至深感后继有人，因此对蔡风极为看好。

蔡风本来伤势极重，病又特别重，但在蔡风内腑归位之后，伤势好转得出奇的快，竟大大地超过了凌伯的想象，他自然不明白蔡风以“无相神功”疗伤比他用药物接断脉更有效，只是因胸口那几条经脉被破六韩拔陵刀气所伤，接脉极难而已，不过蔡风的体力基本上已经恢复了七成，这比凌伯想象的自然快多了，大概只需再过十几天便能够完全康复。

蔡风心中却想永远也不要完全康复，那样便得很快离开这个村子，对他来说，他的确不愿意这么早便离开凌能丽，他甚至有一直长住在这个小村庄的念头，他不怕谁嫉妒，连破六韩拔陵他都不怕，连叔孙家族他都不怕，连千军万马他都不怕，那些高手们他都不放在眼里，又岂会在乎这一群人的嫉妒？所以，面对着杨鸿雁的倔犟，他只是心中暗暗叹了口气。

冉长江与叔孙长虹竟是同一个心思，身形竟比那射至的箭更快，迅速地落入那本来埋有暗箭的坑中，然后迅速开弓还击。

那一群人大部分都是叔孙家的精华，无论在什么时候，背叛叔孙家的行动都不可能实施，所以他们也一样是立刻以劲箭还击。他们的确是一群了不起的好手，箭法极准，身法也极为灵便，虽然是在四面被围的情况之中，伤亡的人数仍比归泰龙手下少。

归泰龙的手下只不过是一群山贼，而叔孙长虹的手下却是一群极为厉害的高手，这个比例自然是极难平衡的。

但归泰龙对自己的手下仍极为满意，几轮劲箭的疾攻之下，五十名好手所剩的只不过还有二十多位仍有战斗力，没有受伤的却更少之又少。不过，归泰龙手下却损失了五六十人，五六十人之中有十几人死去，那是冉长江和叔孙长虹的功劳。

在几轮乱箭之下却仍有十几人可以闪躲，这一批人也的确是硬手，只不过归泰龙已经下令停止射击，那些人全都抽身撤了开去。

而在归泰龙的身后却出现了几个人，最碍眼的却是一位拖着虎皮披风的汉子，一脸的冷漠，并不能够掩饰由骨子里透出的霸气和傲气，给人的感觉更多的却是沧桑。

冉长江和叔孙长虹远远地便感觉到了一阵极阴寒的杀气逼了过来，似是空气中流动的风，那般真实而又有感觉，但却像是来自心底，那是一种很奇妙的感觉。

那十几名已负伤累累的好手也似感觉到了那逼人的杀气和战意。

那虎皮披风所罩住的汉子，便像是来自地狱的战神，给人一种异样的冰寒。

“老爷子你要亲自动手吗?”归泰龙极为恭敬地询问道。

那虎皮披风罩住的汉子目光中射出一缕淡漠的幽然，却并没有说话，只是大步向冉长江跨来。

步子极缓，但却极有节奏，每一下便若捶在冉长江与叔孙长虹的心上，那种可怕揪心的感觉使冉长江与叔孙长虹想大声呼叫，于是他们只好从那坑中跃出，跃出之后那种感觉只由地底传来而不是由四面八方涌至，稍稍要舒服一些。

归泰龙与长生诸人跟在那虎皮披风罩住的汉子身后，神情之中多的是一丝嘲弄与怜悯。

叔孙长虹受不住那种捶心的压力，大吼一声，弦上的箭便像流星赶月一般射向那虎皮披风罩住的汉子。冉长江也极为配合，因为他知道对手绝对是一个可怕的对手，若不来个先下手为强，以两箭同发，不怕你不伤上一点。他对自己的力道极为自信，他可以用手中的箭将箭靶射得粉碎，而这么近的距离便不相信你可以躲得过。

但他还是失望了，他太小看别人了，他看见那两支箭以他肉眼极限的速度刺至那汉子两尺远时，他们的心便像是泡在蜜中一般舒爽，可是他喜悦和欢呼表露出来之时，只看到一片淡淡的黄影掠过。

竟是那汉子的虎皮披风拂动了一下，那两支劲箭便像是泥牛入海一般毫不见踪影，甚至连那汉子的脚步都未曾停下，一切都像是没发生过一般，平静得便像是这拂过的轻风。

冉长江的脸色变了，变得比死灰色要好看一点点。叔孙长虹的眼睛都差点绿了，他从来都未见过比这更轻描淡写的人，那种轻微的动作，便像是在拈一朵美丽的花，怕伤害了它的温柔一般，但这轻微的动作却是如此有效而惊人。

冉长江脸色变的原因不仅仅是这轻描淡写的动作，而是由那汉子身后坠落的六截断箭，那两支劲箭竟被那汉子在无声无息之中截成六截，他更是因为想到了一个人，才会如此色变，那截箭的手法他听师父讲过，那个天下独一无二的人，于是冉长江禁不住骇然惊呼道："哑剑黄海！"

叔孙长虹这一次真的发了呆，在眼神之中充满绝望和惊恐，他从来没有想到过，当世之中那近乎神话般的三大高手，会有其中一个人来对付他，来要他的命，这是一件多么可悲的事，所以他有一种想哭的冲动。

那汉子目光中微微露出一丝欣赏，但瞬间又变得清澈无比，像那深邃湛蓝的天空一般，让人莫测高深。

"不，不可能，黄海早就已经死了，你怎么会是黄海呢?"冉长江有些不敢相信自己的眼睛喃喃地道。

那十多名叔孙家的好手全都呆住了，他们本想动手，可是他们竟发现眼前的人竟是传说中挑战天下而未逢敌手的传奇高手，他们的心便冷了，全都冷了，很凉很凉。

冉长江目光再一次盯在那汉子的脸上，却看出了对方眼中的嘲弄之色，更多的却只是怜悯之色。

"哼，你便是黄海又怎样？我冉长江从来都没有怕过谁！"冉长江有些气虚地道。

那汉子却笑了，笑得极为灿烂，像是在看一个小孩子的闹剧一般，笑得冉长江心底直发毛。

冉长江感到的只有愤怒，因为对方的笑而感到愤怒，虽然心底直发毛，仍然忍不住会愤怒，因为他自己也是一个高手，本来极受人尊敬的高手，但这一刻在对方眼里竟发现自己像是一个微不足道的小孩子。这种感觉无论是谁都会生气，无论是谁都感到心理不平衡了。在这笑声之中，他知道对方的确是黄门左手剑剑法的主人，"哑剑"黄海，那是因为对方的笑声之中那一点点不同。

冉长江一向都极为自负，便是在十几年前，他与师兄一起遇上刚伤愈的蔡伤时都没有畏缩，只是在后来，他师兄告诉他蔡伤只用了两招半便将他击败，他才相信蔡伤那无敌的神话。他师兄胸口的那道刀疤便是极好的证明，那正是最后半招留下的印痕，若是最后一招使全的话，他自然便无法见到他师兄了。但黄海是否有蔡伤那么厉害呢？冉长江很早便有挑战这种高手的野心，说实在的，到目前为止，他并未真正的败过，所遇的高手有蔡风，但并未与蔡风真正交过手，只是硬接了两招，他根本不知道蔡风的武功深浅，而眼前这个人却是蔡风的师父，因此，他愤怒了。

他出刀了，冉长江的刀也很雪亮，像骄阳下一片白茫茫的雪，亮丽得每一个人的眼睛都几乎颤了一下。

叔孙长虹这才发现，原来冉长江的武功比他想象的更好，刀法比他想象的更神气，更有力度。

一道凛冽便若凄寒北风的杀气由叔孙长虹的身边划过，于是冉长江竟然不见了。

冉长江竟会不见了，这一变极为突然，也极为快捷，一切都来得这般凌厉。

长生和归泰龙不由得同时喝好，因为冉长江的刀法的确好，好得他们不能吝啬一句“好！”

冉长江的身子完完全全地被自己的刀芒吞没，整个身子亮成一团刀球，无数道刀刃在这团亮丽的刀球外飘忽。

那十几名叔孙家族中的人竟也忍不住叫好，他们的心里感觉到一丝奇怪，他们也不明白为什么冉长江这一旋竟会这般厉害。

黄海的眼睛眨都没有眨一下，一切都显得那般平静和自然，对于眼睛前面的一切都像是在看空洞的空气，看一些并不真实的虚物。

叔孙长虹额头上竟出了汗，他紧张得出汗，连手心也都有汗冒出。他的确很紧张，紧张冉长江这一刀是否可以将黄海杀死，紧张黄海那不知藏在何处的剑。其实他的紧张只是黄海给他制造的，是一种来自身体的气势。黄海的身子本就是一柄极为奇特的剑，他虽然没有出剑，但谁都感觉得到他的剑是无处不在、无处不存的，似乎早已在虚空之中布下了一道密密的剑网。

冉长江的刀推到了黄海身前两尺远的时候，黄海依然没有动一下，便像是屹立的巨峰，也像是一棵参天而起的大树，给人一种苍奇而岸然的感觉，但是所有的人都在为黄海担心，都难以想象以冉长江的这种刀法逼至两尺之内会是什么样一种结果。

明白结果的人只有两个，那便是两个当局者，人说当局者迷，旁观者清，可这对于冉长江和黄海来说却是恰恰相反。

冉长江心里暗暗叫苦，因为他感觉到了黄海那柄剑的存在，但却并没有任何方位。那柄剑的的确确是存在，存在在哪里，冉长江却不知道。他每一个预料这柄剑一定会出现在它最该出现的地方，那便是破击这一刀的杀机和所有的后招。

离黄海越近这种感觉越清晰，那柄剑也越来越真实，真实……真实……

“当”一声轻脆得有些让人吃惊的声音响在每一个人的心中，的确，这一声轻响是由每个人的心头升起来的。

脆响之后，便是一切都恢复正常。冉长江依然是冉长江，他的身子已经不是在进，而是在退，狂退，很慌张地狂退，像是有一个索命的鬼在追逐着他，使他不得不退，更似乎是越远越好，有多远便有多远，在他的眼神之中更多的是惊惧。

冉长江的身子在众人的眼中，变得清晰之时，黄海的身子却不见了。

至少在那些旁观者的眼中，黄海的身子便像是突然淡化了一般。只不过冉长江看到了黄海的笑脸，那有些可怕但又那么真实的笑脸。他也弄不明白黄海为什么会突然出现得这么近，于是他又感觉到了黄海剑的存在。说实在的，他根本就未曾见到黄海的剑，不知剑从何处来，也不知剑往何处去，他知道剑的存在全是凭着自己的感觉，知道这剑的存在。

冉长江知道自己必须出刀，不能再退，绝对不能，退只有加速他的死亡。他清楚地感应到自己绝对不会比黄海跑得更快，不会，所以他必须停下身子出击。

冉长江的身子说停就停，停住之时便像是钉在地上的钉子稳定得叫人心里吃惊，也显得极为古怪，叫所有的旁观者都大大地吃了一惊，最吃惊的就是叔孙长虹。冉长江跟随了他很多年，他一直不知道冉长江竟会是如此深藏不露的高手，这时候他想起了一个传说，那便是萧衍身边的金牌信使，他隐隐地听说过在萧衍身边的几个金牌信使之中有个叫冉长江的，而眼前之人难道真的便是那个冉长江？叔孙长虹的心里打了个寒战，因为冉长江的武功的确高得让他从来未曾有这么个想象。

“叮——”没有人看到黄海的剑从哪里出来，只是有一道微闪的电芒亮了一下子，便又重新归于寂静，而冉长江的身子却被抛了出去，像是一团肉球一般。

冉长江闷哼了一声，但他的身形很快便停了下来，也很快便改变了角度，在他起身之前，踢出一脚，是扫向黄海的下盘。

这一脚极快，像是一道水磨般的幻影，满地都是脚，但谁都知道，真正的脚只有一只。

冉长江却一声惨嘶，身子又疾翻而出，因为在他踢出这一片脚影之时，便有一道不知由哪儿射出的电芒飙射了出来，那般突然、那般强劲、那般狠辣、那般快捷！

冉长江的脚流了血，不多，只有三道剑痕，这只是他见机得快，否则，恐怕他的一条腿已经不再属于他了。

冉长江的确没有想到黄海竟可以从这种角度下手，而让他发现不了这柄剑是在哪里，这种可怕的程度几乎快让他发疯了。想到一个人满身都可以出剑，满身都是杀人的剑，无论是谁都会受不了，冉长江也是这样。

冉长江想到了他师父郑伯禽的话，天下有四个人你惹不得，那其中便有黄海、蔡伤、尔朱荣，而另一个却是葛荣，只是到了后来他才从他师兄彭连虎那里知道葛荣正是蔡伤的师弟，只有这一刻他才真正地感受到黄海的可怕，只是此刻他已是欲罢不能，黄海的气势早已经将他完全锁定，如影随形地跟上来不停地攻击，而且速度总比他想象的更快，连让他还招的机会都没有，真是可悲。

冉长江知道他绝对不是黄海五招之敌，虽然他与彭连虎对蔡伤的刀法精要一起研究了很多年，进展快得几乎是以前的好几倍，可悲的仍然不是对方五招之敌。

冉长江的自负源于他从未败过，而今他连连受挫，斗志不由大消，但作为一个高手求生的本能，他的身子一退的同时，又像弹簧一般，迅速弹射而回，以双手握刀，以命搏命的架势向黄海的脑袋上疾斩，拖起一道风雷之声，气势极为惊人。

黄海眼中闪过一丝不屑之色。

冉长江立刻感到不好，但发现已经来不及了，黄海竟然逸至他刀势之外，他根本就没有看到黄海在哪里，这的确是一件极为要命的事。

冉长江的身子竟在空中连翻，向刚才位置的反方向冲去，但仍忍不住惨叫一声，天空中飞洒下几点鲜血。

黄海也没有想到冉长江竟会在空中换气，竟逸出这一招本来可能要他命的一剑。

冉长江今日的表现的确出乎所有人的意料之外，谁也想不到冉长江的武功竟会如此厉害，反应如此灵便和快速。

冉长江却是有苦自己知，他本以为自己已是天下有数的几位高手，却没想到这里一上场，才发现自己与别人的距离相差的确太远太远了，刚才虽然躲过了这致命的一剑，但那缕剑气却已重重挫伤了他全部的筋脉。

黄海似乎是个不达目的不罢休之人，他的身形依然若鬼魅一般，不紧不慢地赶到冉长江的身后，没有人可以形容这种身法的可怕，没有人敢想象，这是人的身法，便像是阴魂一般，在这里隐逝而又在另一处突现。

的确没有人可以想象这种身法的可怕，也没有人可以不为这种身法而战栗。

归泰龙的眼中射出数道狂热的光芒，他在心底对黄海多了几分崇敬，因为黄海只一上场便已看出了冉长江的武功，也的确，他自问不可能胜得过冉长江，也不相信在场之中，除黄海之外，还有人可以胜得了冉长江，他不得不承认自己看走了眼，若非黄海，今日可能只是以饮恨收场了。

叔孙长虹的心底已经寒透了，他知道没有谁可以插手冉长江与黄海的战局，那已经不是外人可以解决的，因为没有人可以挤入两人的气势之中，冉长江不可否认地可以成为一代顶级高手，那种凌厉的气势若不是黄海，他想不到自己能够接下多少招，那几乎成了一个死局，绝对的死局，他也想不出在叔孙家族中有谁的武功可以稳胜冉长江，或许只有老祖宗出手，那才可以有十成胜算，其他人若是有七成胜算已经是太幸运了。他真不明白这样一个可怕的高手怎会潜伏在他的手下。更可怕的却是黄海的气势，几乎是无孔不入、无处不在的气势，只让别人没有插入一根针的机会，这才是真正可怕的高手，可怕的气势。

黄海的每一步都似乎是那般玄之又玄，每一个错位都那般惊心动魄，就像是每走一步便有一种感觉，那便像是被掉进一个无法退出的旋涡，将观者的心无限地向中间拉拢，那种空洞、失落、无奈的意境使他们想要大喊大哭，大叫大笑，但他们笑不出来。他们也不能够发出任何声音，谁也不想放过眼下这精彩得让心揪神紧的战局，谁都害怕因为这一叫而使这个战局改变，那样似乎极有可能，谁都看出冉长江只是在苦命支撑，谁也不知道他到底可以支持多少招。

冉长江心底极为空洞，空洞得像失落了一切内脏，一切可以让人感觉到存在的思维。

冉长江的确是一个极为顽强的对手，其实每一个能成为金牌信使的人绝对是极为顽强的，这是萧衍选人的准则，而有梁朝第一勇士之称的郑伯禽也绝对不会选择一个懦夫做弟子，勇士的弟子一般都是勇士，萧衍信任他，也信任冉长江，因为萧衍自己也是一个高手，一个没有人知道其深浅的高手，只不过是因为现在成了南梁一国之君没有人将他看成一个高手而已，但谁也无法否认萧衍的武功，高手的眼力便是不一样，因此他绝对很少看走眼一个武人。

冉长江的表现也同样是那般顽强，那般生动，那般有生命的爆炸感，的确，也便像是一个爆开的烟火。

具体地说，应该不是他像爆开的烟花，而是他的刀，他的刀在他的脚刚刚一着地的刹那，便像是爆开的烟花，闪烁出一片凄艳，密集地兜向黄海。

他的反应的确快得惊人，他的刀法本身也是极快，再加上他的顽强，他的求生欲望，才会有他这奇迹般的一刀，这让所有旁观者惊叹而不得不赞赏的一刀。

这一刀，便像是在黄海的身前开满了无数的鲜花，开得那般艳丽，那般灿烂，那般凄艳，那般动人，更可怕的却是这一刀变得无比肃杀。

这是绝招，是冉长江的救命绝招，与他师兄彭连虎共同苦研了几年的刀法，终聚成这精华的一刀。

冉长江心中有些叹息，他绝对不想使出这一刀，他绝对不会希望有人可以将他的底子摸透，但是他实在是没有办法，他必须使出这一刀，这救命的一刀，被别人看清楚自己武功底子总比被别人杀死要好些。更何况他从来都未曾用过这一招对敌，他倒也想看看这一招到底是怎样一种威力，怎样一种可怕。

所有的人呼吸似乎全被这一刀所斩断，全都将心神提至最紧张的状态，因为这些人之中能不为这一刀所震骇而色变的人没有几个，当然黄海是例外。

黄海的神情只是微显惊讶，既为冉长江这一刀所惊讶，也因为冉长江那种狠劲微微有些惊异，但他绝对不是怯缩。这个世上似乎并没有谁可以让他怯缩，也没有什么东西值得他怯缩，一切都是那般自然，一切都是那般生动，一切都那般从容，便像他的步子。

黄海的步子依然是那般轻松，从容而优雅，也没有人看到他的剑在哪里，没有。

若有人要问黄海剑在哪里，相信黄海定会告诉他剑在心中，心中有意念，意念无处不在，因此剑也是无处不在，无处不可放剑，无处不可出剑，无处不是剑。

的确，黄海的剑的确似是无处不在，无处不存，无处不出，让人感觉到他便像是一个浑身长满无形之剑的刺猬，或许是他自己本身便是一柄无坚不摧的剑。

冉长江深切地感受到了黄海剑的存在，每一次他总是被黄海的剑先一步攻入心中，他也不知道这是为什么。无论他的刀势如何凌厉，无论他的气势如何强劲威猛，无论他的心神如何聚中在自己的刀上，而黄海那柄意念之剑总会早一步刺入他的思想，统治他的意念，让他感到黄海的剑那种无处不在的可怕。

冉长江心头的骇异绝对不会比那些对他这一刀感到骇异之人小，因为他居然发现黄海的剑法再好，剑术再强，便是可以让滴水不透，可以让空气都不透进来，但仍然不可能斩断对方的意念，绝对不可能将对方的思想完全毁灭，那是一种纯粹的以另一种形势存在的气势，也只有这样的攻击才是最可怕最有效的。

冉长江感到一阵虚弱，因为他知道自己永远也破不了黄海的剑法，正像他完全无法斩断对方的意念，完全无法让对方禁止住意念。因为他在精神上的修为永远也无法追及黄海，这是他的自知之明，他更明白为什么黄海的剑总会在最应该出现的地方出现，那是因黄海那柄意念之剑早已将他心中的一切思维完全清楚，自己对于黄海来说，便像是一个没穿任何衣服的人，包括自己的思想，都是赤裸裸地展现在黄海的眼下，因此他注定只会有一个命运，败亡的命运，便是他的武功再高，结局仍然是如此。

冉长江感觉到黄海的剑的存在，也感觉到那似乎无处不在的剑意，那无处不存的杀气，他在心中暗叹，因为他知道黄海剑绝对会出现在最应该出现的地方，出现在他最不愿意对方的剑出现之处，这真是一种难以说清的悲哀。

黄海的剑的确是出现得很突然，也异常精彩，不可否认，这正是最该出现的地方。

冉长江一声惨号，在心中却只有无限的绝望，他这一刀仍然是被破了，以最无奈的局势被破了，无论多好的招式，在黄海的眼中却只像挡住黄海的心剑，由意念所发出的精神之剑，这种剑才是最可怕的，才是最有杀伤力的。冉长江在这一刻才真的明白为什么会有“哑剑”不敌之说了，那是因这个世上没有几个人可以敌得过自己。

冉长江再一次重重地摔落在地上，他的刀已经若一只破天的云雀蹿上了云霄，没有人看见过黄海的剑是怎么一个形状，也没有人看到黄海是怎么出手，甚至没有看见黄海是怎样走路，怎样滑行移步，但这个战局已经奇迹般地成了这种模式，无论是谁，也不管你是敌是友，都不禁自心底升出了一丝寒意，甚至让很多人都看得稀里糊涂不明所以。谁也想不到如此狂猛的冉长江，如此可怕的刀法竟然被他这般轻描淡写之下便破掉了，让人深深地感觉到冉长江竟是如此不堪一击，但绝对不会有人说冉长江的武功不好，他们毕竟还是好手，虽然他们无法知道黄海的剑出自哪里，收自何方，但对于冉长江的武功他们却懂得欣赏，懂得品味，他们甚至处处为黄海设想如何破解冉长江的杀招。只不过，他们在还没来得及想出破解之法时，冉长江已经被击败了，也不知道是如何破解的，也不知道是魔法还是虚幻术，但冉长江的确是败了，败得极惨，虽然在旁观者的眼中这是必然的，但这种败法却大出旁观者的意料之外。

冉长江的身子在重重地跌在地上之时，整个身子便像是一只老虾，弯曲成一团，但在黄海那鬼魅般的身影走近之时，那弯曲的身子却骤然抖直，一道残虹在天空中亮起。

竟是一口鲜血，一口鲜红得让人感到刺眼的鲜血，飙射出满天凄艳与惨烈。

黄海眼中闪过一丝惊异，但他却并没有退。这一次，所有的人眼睛都亮了，因为谁都没看见黄海动手，那一直敛在虎皮披风之后，让人看不见的手，出手之后，天空便更亮了，像是有一百个太阳同时亮在众人头顶，每一个人的眼睛全在这一刹那间闭合，他们知道那一百个太阳的强光只是黄海的剑。

黄海终于当着所有的人之面出剑了，这可能算是冉长江的骄傲，也是所有人的荣幸，只可惜，依然没有人可以看清楚黄海所用的是什么剑，是什么样的剑式，根本没有人知道。

“吱……”似是那鲜血化成蒸气般的声音，传入所有人的耳中，有些人却大为不解，为什么冉长江的那么可怕的刀法都逼不出黄海的剑，而这一刻只一口鲜血却让黄海出了剑呢？这一切自然不会有人回答。

“剑下留人——”一声长长的惊呼由远处飘忽而至，但依然像是响在所有人的心中，是那般的清晰，那般悠扬，这声音只会让人想到那古筝“叮咚”而清脆的喧响。

“呀——”一声惨叫再一次传入众人的耳朵，是在那由心底响起的声音余音仍未去尽的时候响起的。

然后天地一切都恢复了正常，一切都像是没有发生过一般，只不过是场中多了一个人，一个很高也很有力感的人，看那脸淡淡印出的沧桑可以看出这个人是四十岁左右，一身黑黑的披风罩出一道高山般雄伟的风景。

黄海依然是黄海，平静得就像那湛蓝的天空，也有着同样的深邃，虎皮披风在轻风中，微微飘扬着，他的手敛在背后，像是一件很神秘的东西，藏得让别人永远也看不到全貌。他的目光之中却有一丝讶然，也有一丝复杂得可能连他自己也读不懂的神情，那刀刻一般的脸上微微抽动了一下，牵动了嘴角那几缕苦涩和伤感，神情有些黯然地望着那穿着黑披风与黄海有着同样神情的汉子。

冉长江静静地躺在那汉子的怀中，脸色苍白若死，嘴角依然挂着极为凄艳的血，这时候人们竟发现这血似乎与刚才喷出的鲜血颜色有些不同，这只是细心的人所发现的。

那汉子望着黄海的眼神也很复杂，像黄海的眼神一般复杂，无论是谁都能够感觉到这个汉子与黄海之间有着极为特殊的关系。

那汉子举重若轻地抱着冉长江的躯体，很轻柔地擦去冉长江嘴角的血渍，像是秋风轻拂落叶一般。

所有的人都只是怔怔地呆着，没有几个人知道这个汉子是在什么时候到的，没有几个人知道这汉子由哪个方向来的，但谁都知道那句“剑下留人”正是这汉子所呼。只是让人惊骇的是，对方竟可以直接将声音由每一个人的心中呼起。没有几个人知道这汉子是谁，从哪里来，便像是没有人知道黄海的剑是什么时候收入鞘中一般，但众人总算见到了这被誉为天下极为可怕的剑手出剑是怎样一个场面，似乎并不能算是有虚此行。

叔孙长虹的心却是极为冰冷，就像是完全袒露在这寒冷北风之中，被吹得快冻死了每一根通往心脏的血管，这的确是一个极为可悲的感受，他却知道绝对不可能逃得了，他根本就没有幻想自己可以胜过黄海那鬼魅一般的身法，更何况四周仍有归泰龙的兄弟们。

归泰龙心中也是骇然，他的直觉告诉他，眼前这个汉子绝对是一个可怕得更胜冉长江数倍的人物，只是他却看不出眼前这人的身份，也似乎从未听说过江湖之中有这号人物。

第三十二章　屠虎风云

那汉子竟在这个时候，粲然一笑，笑得极为开心，极为欣慰，可是黄海的嘴角却挂起了极为苦涩的笑意。

“多谢师兄手下留情，否则师弟还不知怎么向郑老交代呢。”那黑披风的汉子似是极为开心地对黄海道。

除黄海和那黑披风的汉子之外，所有的人全都大惊，便像听到了有十只公鸡在同一天下了二十只大鸡蛋一般大惊。黄海还会有师弟？这是江湖之中的人想都未曾想到过的事情，所有的人都知道黄海只是一个独来独往的剑客，哪里知道他还会有师弟，因此所有的人都大惊。

黄海只是苦涩一笑，似乎是表示无奈一般，但谁都可以看出他眼中那悲凉的神情。

“二十五年已经到了，为什么师兄却仍不开口说话呢？”那汉子又道，眼中同样也有几缕苦涩。

在众人的眼中，一切都似乎变得极为不真实起来，这一切便像是做了一场梦，一场好笑而且稀里糊涂的梦，谁也没有想到这个汉子竟要一个被天下公认为哑巴的人说话，这岂不是天下第一大奇闻吗？

连长生和归泰龙这些跟了黄海这么多年的人都感觉到是在做梦，做了一场稀里糊涂的梦。

蔡风依然默默地抄写着《金匮药方》第七十卷，而凌能丽却极为熟练地为杨鸿雁上药。

杨鸿雁也似乎是在做给谁看一般不再呻吟。直折腾到天黑了，才上好药，已经忙得凌能丽微微呼吸有些急促。

凌伯却在这时候回来了，凌伯再给杨鸿雁开了一些止痛药，杨鸿之及凌跃这一群人全都垂头丧气地回来了。

“怎么样了，杨大哥?”凌能丽走过去关切地问道。

“奶奶的，那大虫蹿得也真快，差一点便可以逮住，抽它的筋，剥它的皮。”凌跃有些遗憾地插口道。

杨鸿之干笑一声，道：“那大虫蹿到老林子里去了，似乎还有母虎和几头小虎，我们明日把大伙全都聚集起来，一定要把这几只大虫赶走。”

“对呀，这大虫若是时不时出来害人，那可就麻烦了，而且有这几只大虫在，这几个山头哪里还敢有猎物存在呀，我们以后恐怕真的全要到那河中去摸鱼了。”一个中年人气恼地道。

蔡风的心中一动，不由得插口问道：“那老林子在哪里呢?”

“便在东边五里的那片密林里。”凌跃不经意地答道。

杨鸿之却鄙夷地望了蔡风一眼，似乎是嘲讽蔡风只不过会待在家里逗女孩子开心而已，也有几个年轻人同样投以不屑的目光。

“阿弟，你觉得怎样了?”杨鸿之来到床头，拉住杨鸿雁的手关切地问道。

“我没事，凌伯给我开了止痛药，现在好了很多!”杨鸿雁禁不住声音有些走调地应道，但眼神中偶尔却闪出一丝惊惧之色，显然是因为那猛虎给他的印象的确太深了。

“我一定要为你出这口气，明天我们便是到蔚县去请人来，也要把这群大虫赶走，你放心在这里养伤好了。”杨鸿之咬牙切齿地道。

“丫头，你去做几道菜给大伙歇歇气。”凌伯向凌能丽吩咐道。

“哎，蔡兄弟，我看你去动手好一些，我家婆娘说你的手艺可真是绝了，我却还没吃过，今日，不若便由你下厨好了。”一个壮汉走到蔡风的身边粗豪地拍拍蔡风的肩膀笑道。

“是呀，明日去蔚县请来了人，便由蔡兄弟为他们做上一顿美味，保证把他们一个个都养得精神饱满，打虎都有劲。”凌跃也笑道。

蔡风也笑道：“我看大家明天肯定有老虎肉吃，明日我定将老虎做成美味让村里每一个人都尝尝，以解今日伤了杨二哥之恨。”

杨鸿之心头微微欣慰一些，因为没有人讨厌马屁，也不会有人讨厌吉利话。更何况蔡风说得那么认真，那么实在，似乎真的就是那么一回事一般，这使每个人因为今日的不快而开朗了一些。

“那我去拿酒了，这里有几只獐子、野兔和山鸟，蔡兄弟把它们都做了，然后多余的便带回家让那些口馋的婆娘们过过瘾。”那汉子笑道。

蔡风将抄好的《金匮药方》交给凌伯。凌伯看了一眼，不由得赞道：“你这手可真不是吹了，字写得真是让人舒心之极，又会做出让人舒胃的菜，真是不简单呀。”

“做菜那自然是应该的了，谁叫他姓‘菜’呀!”一个年轻人调侃地道。

众人不禁全都一阵哄笑，蔡风也禁不住赔笑起来，但脑子中却想着另一回事。

没有人不感到好笑和有意思，一个公认的哑巴，居然会有人叫他说话，但这却是实实在在的，只不过他们更惊讶的却并不是叫哑巴说话的人，而是说话的哑巴。

黄海果然开口了，但却并没有说出一个字，似乎是不知道说什么好，因为他的确不知道该说些什么，该从哪里说起。

难道黄海真的会说话？所有的人在心中打了个问号，他们大概想不到天下有比这更奇怪的事，便是老公鸡下出了两只鸭蛋大概也不会比这更奇的了。

众人的目光全都聚在黄海的两唇之间，似乎在等待着一个什么，又似乎是在盼望着一个什么，便像是在欣赏一个奇迹一般关注着黄海每一个细小的动作，大有山雨将下，心将枯死的压迫感。

每一人只觉得又新奇，又有趣，又有些迫不及待，更多的却是想知道这是否是天下的另一个没有人能够解释的秘密。

像是这凄寒的北风之中有着无数将要吹至的金块，让每一个人都望长了脖子盼望着自己可以最先捡到那块最大的。

没有人知道为什么自己会如此紧张，会如此期待着这种似乎无关紧要的问题，能够解释的恐怕只有一个答案，那便是好奇心，那是对一个自己未知之人想迫切了解的好奇心，便像是有人想看聪明之人的心是不是有七窍一般。

黄海的喉结滚动了一下，重重地滚动了一下，便像是檑木从众人的心头滚过一般，每个人的心都紧紧地揪了一下，似乎自己便成了黄海一般，有着切身的激动。

“师父……他……老人家……还……好吗?”黄海竟真的说出了一句话，一句让所有人都头大三丈的话，虽然有些不太连贯，但却很清楚地表述了一个很明白的话意。

黄海竟还有师父，当然每个人都会有师父，但听黄海这么一说，黄海的师父还很可能活着，这是多么不可思议的一件事情呀，简直是没有人可以想象。黄海从出道至今已经有二十多个年头，却从来没有人知道他的师父是谁，只知道传说之中有个黄门左手剑的存在，但谁才是黄门左手剑的真正主人，却没有人知道。在老一辈的人之中，有人还能够辨出黄门左手剑，但谁都以为黄海只是偶然得到了传说之中的黄门左手剑剑谱而已，却谁也不会猜到他竟还有师父，而且还活着。不仅这一点，而且“哑巴”黄海竟然会说话，这是怎样一个不可思议的事。

所有的人都呆住了，呆得像是已经腐朽的木桩，甚至连呼吸都成了一种艰难的运动，这些人定都有同一个感受，那便是今日是这一生之中最荒诞的日子，将所有荒诞的词语加起来都可能无法完全形容出他们心中那种怪异而离奇的感受，但是这的确是一场很荒诞的戏，至少这一刻仍在上演。

真让人有一种做梦的感觉，一个古里古怪的梦，稀里糊涂的梦，使人根本就分不清楚这是真实还是梦幻，特别是熟识黄海的人。

“师父他老人家很好，只是很想念你，这次我下山，便是要带你去见师父。”那汉子有些犹疑地道。

“我不想回山!”黄海这一句话竟说得很顺口，想来大概刚才是一时没有适应开口说话的感觉，而现在才完全适应。

“你还在恨师父二十五年的戒约?”那汉子有些伤感地问道。

“我没有恨他老人家，我也不敢恨他老人家，是他将我养大成人，这区区二十五年禁口有什么大不了的。”黄海淡然道。

“那你为什么不愿意回山见师父呢?”那汉子奇问道。

“我不是不愿意去见师父他老人家，只是我不想伤害我的朋友。”黄海吸了口气道。

所有的人不禁都茫然感觉不到任何头绪，也不知道他们到底有何话意，不过今日之事已经够荒诞的，便是再多一点离奇也不会有什么值得大惊小怪的。

“你只不过是回去见见他老人家而已，怎么算是伤害你的朋友呢?”那汉子有些生气地问道。

“除非师父取消三十年之约，否则我只会在北台顶等候他老人家。”黄海固执地道。

那汉子竟叹了一口气，扭头望了长生和归泰龙一眼，那便若冰刀一般锋利的目光只让他俩人的心禁不住抽搐了一下。

“师兄这不是在为难我吗? 你也知道师父他老人家那倔犟的脾气，他的决定是没有人能够改变的。”汉子无奈地道。

黄海也禁不住微微吁了一口气，仰天呆呆地望了一会儿，淡然道：“师父想来也会理解我的脾气，我宁可二十五年不说话，也不愿意待在山上，这已经说得很明白了。”

“师兄仍没有忘记她吗?”那汉子也不由得黯然问道。

“这个世上很多东西是可以随时间而淡去，但唯有感情是永远也淡不了的。二十五年，我也想大概可以忘掉她，但是我做不到。”黄海眼中尽是伤感地道。

那汉子却突然动了，像是一阵妖异的黑风，向归泰龙和长生拂了过去，快得难以想象，快得归泰龙和长生还来不及反应过来，快得便像是一切都没有发生，但归泰龙与长生却感受到了一种抹不去擦不掉也赶不走的杀意正在啃咬着他们的心，他们根本就想不到这个世上会有如此可怕的武功。

杀气、剑气及那可以将人挤成肉饼的气势全部罩了过来。

归泰龙和长生便像是两只按在俎板上的小鸡，根本就没有任何反抗的机会和力量，唯一能做的只有出刀呼喊。

归泰龙与长生的刀都极快，极有霸气，至少叔孙长虹认为这两刀极有分量，他便很怀疑自己是不是也能使出这样两刀来。只到这一刻，他才发现这个世上的高手竟这么多，高手中的高手似乎也多得可怕，对于一个自负的人来说，这的确是一种悲哀。

归泰龙与长生心中都感到了一阵死去的绝望，感到了那无处不在的剑，便像是死神那悲惨的手，对他们进行轻柔地抚摸。

那无处不在的剑先是进入他们的心中，便像是那汉子所喊的“剑下留人”一般，先由心头升起，然后才让人感觉到他的存在。

归泰龙和长生都已经感觉到那割体的剑气，更清楚那不知道藏在何处的剑可以由他们的身体任何一个部位刺入他们的要害，甚至是将他们切成无数段，因此，他们唯一可感觉到的只有绝望，便像在做一场噩梦。

“叮——”一声极清脆的细响，将归泰龙与长生从噩梦中惊醒了过来。

天空中的一切都归于平静，那奇异的妖风也不再存在，那汉子依然很稳重地抱着冉长江的躯体，像是从来都未动过一般。

“你为什么要杀他们?”黄海的脸色有些铁青地问道。

“只为了师兄能和我一起回山。”那汉子很坚决地道。

“你是在威胁我?”黄海冷冷地道。

“我只是在完成师父交给我的任务!”那汉子并不介意地道。

归泰龙和长生不由得都出了一身冷汗，他知道刚才是黄海救了他，他们更骇然的是那汉子竟然一手抱着百多斤的人，行动依然如此快，招数依然如此可怕。

黄海像是一只极为愤怒的野兽一般，怔怔地盯着那汉子，似有说不出的气恨和愤怒，那汉子并不回避地回望着黄海，眼中神色极为坚决和果断，也隐藏着一股由骨子中透出的狠辣。

风，犀利地吹，长生和归泰龙及叔孙长虹与他的一帮手下全都禁不住打了个寒战。

静得可怕的是这里的气氛，一种让人窒息的气氛，便像是风暴将至前一刻那般。

没有人的呼吸声能够很有节奏，便像是地上旋动的棕色叶子，没有规律地翻动。

黄海与那汉子依然静静地相对，便像是风中的两株巨松，却少了巨松那苍奇和恬静，取而代之的却是一种难以拨动的紧张，难以冲缓的冷峻。

良久，黄海不禁长长地吸了口气，空气一下子充得无比舒缓，所有的人也全都松了一口气，似乎知道风雨已经是代表过去，不会再一次重发。

“师兄愿意与我一起回山了?”那汉子神色微微一喜道。

“但你必须答应我，不可以伤害我的朋友。”黄海果决地道。

“只要师兄愿意同我回山见师父，我可以放过他们。”那汉子喜道。

“老爷子……”长生欲言又止地道。

“你回去告诉蔡大哥，这么多年来我黄海对不起他，但无论是生是死，我都一直会将他当作我最好的兄弟。”黄海望了长生一眼淡然而激愤地道。

“我会的!”长生无可奈何地点了点头应道。

黄海扭头怔怔地望着叔孙长虹，冷冷地道：“今日我可以饶你一死，但你叔孙家必须用十万两银子买你平安，少一分都不行，你是愿意死还是愿意破财你看着办吧！”

叔孙长虹一看事情大有转机，不由得心里松了一口气，忙点头道：“若是能有活命的机会，相信谁也不会想死！”

“那很好，你便跟他们走，叫你手下之人回去报信。十日之内，拿十万两白银到黎城取人，十日未见银子，你便只好认命了。”黄海阴冷地道。

叔孙长虹向那一队人望去，见他们一副惨惨的样子，不由得心中微微感到一些无奈，但依然沉声道：“你们听到了没有，便将今日这事如实向老祖宗汇报。”

那十几人向黄海和那黑披风的汉子望了一眼，不禁全都点头应道：“属下明白。”

长生缓步行至叔孙长虹的身边，制住他的穴道。

黄海这才扭头向那汉子淡漠地道：“我们走吧！”

夜色已经渐深，外面的风很大，吹得整个山村似在哭号，让人心头乱乱的。

杨鸿雁忍不住偶尔呻吟两声，在松枝那不算很亮的灯火之下，桌子上一片狼藉，众人像是风卷残云一般连骨头都啃得很干净，每个人都几乎喝得舌头都有些木，凌伯似乎比较清醒一些，而蔡风自然是没事，他与这些人喝酒，根本就不用刻意压住酒意，没有一个人可以喝得过他。

凌跃也喝得舌头有些大大地道：“咱们来商量一下明天怎么去蔚县请人来帮忙。”

“这自然是鸿之去了，鸿之与他们比较熟，只要把张教头的手下搬来七八个人，那几只老虎还不是一件小事。”那比较粗豪的汉子拍着杨鸿之的肩膀大着舌头道。

“乔三说的也是，鸿之与张教头有关系，熟络，只要多给他们一些猎物，说不定可让张教头亲自出马也说不准呢！”另一名中年汉子道。

“若是能够请来张教头自然是好，说不准明天或许真的能吃上老虎肉呢!”凌跃插口道。

“张教头面子大，架子大，明天若请来张教头，他肯定不会明天便出手，而要等到后天才出手，那岂不是耽误了时间！误一天日子，我们就要迟出一天猎，那可不易对付着过日子哦。”凌伯提醒道。

“爹，那你明天也不要上山去采药了，那会很危险的。”凌能丽一旁提声道。

“老虎白天出来的次数不多，想来也不碍事。”凌伯安慰道。

“大哥，丫头说得对，你明天便不要上山采药了，反正也不在乎这一两天，等他妈的剥了老虎皮，吃了老虎肉之后，热了身子再去采药也不会迟，对吗?”凌跃也提议道。

“可是请张教头也不能白请，他架子大，若不是有什么礼物送给他，他可能不会答应。”杨鸿之担心道。

“我这里还有些药材，明日鸿之带到蔚县‘惠生堂’去卖了，有些钱便给那来帮助的兄弟们，我那里还有两支有两百年气候的老参，给张教头送上一支，相信张教头会答应的。”凌伯淡淡地道。

“如此甚好。这大虫不去，我们的日子可真的会不好过。奶奶的这么好的参真有点舍不得送给那些家伙吃呢!”凌跃松了口气道。

“张教头是什么人?”蔡风不由得插口问道。

“张教头叫张涛，乃是蔚家的打手，在蔚县有很多人都称他为师父，因此很有些能耐。”凌伯淡淡地道。

“嘿，我亲眼看见张涛一脚把一只大黑狗给踢死，那可真是厉害!”吉龙忍不住插口道。

蔡风心头暗笑，问道：“他来能行吗?”

“他不行你行啊?”杨鸿之攻击道。

“哎，鸿之，蔡兄弟只是担心而已吗!”乔三有些看不过眼地道。

杨鸿之似是对乔三还有几分畏敬，也便狠狠地瞪了蔡风一眼，吉龙却是一副幸灾乐祸之态，凌能丽脸色有些不太好看，轻轻地拉了一下蔡风的衣袖。

乔三笑道："蔡兄弟不用介意，鸿之是酒喝得多了些，今日心情又不好，不用见怪。大家都是自己人，好好地坐下来谈，大家不必心不平气不和对吗?"

蔡风哂然一笑道："没事，杨大哥说得也是，我不该没见过张教头便如此怀疑他。"

"蔡公子问的也没错，那老林子又大又深又密，白天人进去都不好使，在里面弓箭都没有什么作用，否则有我们村里的人要想将老虎赶走还是办得到的。但是在老林子之中全得靠手，这样与几只大老虎比的确让人生忧，只要让老虎蹿入了林子，恐怕很难再赶得了它们，便是张教头来了，也很难说，只不过我们认识的人之中只有张教头是最厉害的，也只好死马当作活马医了，能不能赶走那只畜生就很难说了。"凌伯叹了口气道。

凌跃诸人也不由得有些丧气，想到实情的确如此也不由得焦虑之色形之于脸。

"这里以前可有猛虎出现过?"蔡风不由得疑问道。

"以前这个村里倒很平安，只不过在一个半月前，就是救你的那一天，丫头在老林子那里听到过虎啸声，这一个多月来也倒还平安，可是今天那只畜生竟蹿出老林来伤人，真是害人不浅。"凌跃叹了口气道。

蔡风心中暗笑，他们自然不知道，一个半月之前那声虎啸乃是出自他的口中，要是这个时候告诉他们，可能打死他们也不会相信，不过他并不说出来，淡淡地问道："那老林子里的树真的有这么密吗?"

"你明天去看一看不就知道了。"杨鸿之没好气地道。

蔡风并不介意地道："想来这老虎窝与老林边界不会是很远的，老虎怎会白天跑出来伤人呢?"

"可能是，只不过我们并没有走进老林子去看，这老虎极凶，也极狡猾。"凌跃猜测道。

蔡风并没有说话，只是淡淡地拾来柴枝，烧起一堆火，立刻使屋子暖和了不少。

凌能丽也在一边帮着生火，悄声道："杨大哥就是这样的人，你不要生气哦。"

蔡风心中一暖，淡然笑道："我怎会呢？你看我像生气的样子吗？"

凌能丽不由得开心地一笑道："我看你倒像是得意得要死。"

蔡风粲然一笑道："能丽这样帮我说话，我自然是得意得要死喽。"

"胡扯！"凌能丽不由得双颊微微一红低声道。

蔡风吸了口气道："要是能丽穿着虎皮做的衣服不知道会是什么样子！"

"那肯定是更凶喽！"凌能丽应和着笑道。

"我倒想看看你更凶的样子，我明天送你一张老虎皮好吗？"蔡风认真地道。

"别胡思乱想了。"凌能丽有些不在意地道，只当蔡风是在说笑而已。

蔡风心中暗笑，淡然转过身去不经意地将那柄大菜刀藏入袖中，缓步行至杨鸿雁的身边，抚着炕头轻声问道："好些了吗？要不要喝些汤？"

"不用你费心，我吃不下。"杨鸿雁放大声音道。

众人一惊，不由得将目光全都转移过来，却看见蔡风轻松地一笑，这才又重新谈论那请人的事情，他们并没注意到蔡风已经将放在床头的长剑挂在了腰间。

蔡风缓步行至凌能丽的身边道："我出去一下。"

凌能丽正在那里拨弄着火堆，并没留意，只是轻声关切地道："小心一些啊！"

"知道！"蔡风这才大步行了出去。那一群喝得微醉的人，一心只谈如何去请人的事，哪里还注意到蔡风的行迹。

凌能丽等了好久都未见蔡风回来，不由得心中暗自焦急。

“嗷——呜——”一声震响山林的虎啸远远地传入屋中，打断了正在谈论的众人。

“嗷——呜——”又一声虎啸由远处传来。

“不好，这畜生晚上出来害人了，各位赶快回家，撑好大门，小心畜生伤人。”凌伯神色微变地道。

“爹，蔡风他刚才出去了，现在还没回来。”凌能丽脸色变得有些苍白地道。

“什么，他怎么在这个时候跑出去呢！”凌伯神色微微一变地道。

“那怎么办？”凌跃也急道。

“不知死活，明知山有虎，偏向虎山行，要死还不简单，不要害了别人。”杨鸿之嘀咕道。

“他说是到什么地方去了没有？”凌伯问道。

“我不知道！”凌能丽似失去了一向的冷静道。

“他刚才把自己的剑也带去了。”杨鸿雁插口道。

“他带走了剑？”凌跃向床头边一望，果然见是空空如也。

“那怎么办？”凌能丽急切地问道。

“看看他还拿了什么东西？他的那壶箭也不见了。”凌伯急忙道。

众人立刻四处一望，乔三惊道：“我的弓也不见了，肯定是蔡兄弟取去了。”

“那他一定是上山了，他刚才还说明天要送几张老虎皮给我，我还以为他只是说着玩，却没想到他真的去了。”凌能丽记起来道。

“那我们赶快上山去找他，大家全都打上火把，相信老虎也不敢奈何我们。”乔三提议道。

“对，立刻把村里的人都叫起来，打火把上山去找，也许还来得及。”凌跃急忙一惊而起，酒意全消地道。

“自不量力，还要带着我们受罪。”杨鸿之怨道。吉龙也附和道：“死了是该死。”

“吉龙，怎能这样说呢？人家敢在如此夜晚独上虎山，只凭这份胆量，我们哪一个能比?”乔三斥道。

吉龙和杨鸿之不由得闷不作声。乔三在村中的猎人群中可以说是最老资格的了，虽然不是年龄怎么大，但辈分却最高，因此他们不敢反驳，只不过却暗地里将蔡风诅咒了千万遍。

凌能丽道：“我也要去。”

“丫头留在家里照看鸿雁的伤势，女孩子家深夜跑去，危险!”凌跃急切地斥道。

“大龙，你快去敲锣召集乡亲，要快!”乔三立刻向另一名年轻的小伙子吩咐道。

“爹，我一定要跟大家一起上山!”凌能丽坚决地道。

“别胡闹了，这不是胡闹的时候!”凌伯也斥道，他的心情的确也有些乱。

“但是大家一走，要是老虎闯进村了怎么办？再说与这么多人在一起，有老虎也不敢来，有什么可怕的!”凌能丽辩解道。

凌伯狠狠地瞪了凌能丽一眼，却见凌能丽毫不示弱地望着他，不由得松了口气道：“好吧，那你快去叫二婶与小通来照看鸿雁，拴好大门。”

凌能丽松了口气立刻跑出屋子。杨鸿之与吉龙却气恨得想要把蔡风给砍成七八断。

“嗷——呜——”又一声虎啸由远处传来。

“当当……”一阵急促的锣声划破了本被虎啸惊碎了的夜空。

“每人自带火把，大伙儿一起上山赶大虫。”大龙那破锣般的声音在夜里传得特别远。

村民们显然都早有经验，也都极为配合，各家各户的人全都迅速点燃火把，走出大门，唯有叮嘱老人与小孩在家里拴好大门。

火把很快便聚在凌伯的门口，一共有七八十人，男男女女，一脸肃穆。每个人不仅都带着火把，还带着柴刀、木棍之类的，更有人拿着锄头和耙子。

凌伯和乔三诸人带头，一群人浩浩荡荡地向虎啸传来的地方行去，在前面的是一群猎手，大龙手中的锣由另外的人大敲特敲，众人更是齐声呼喊道："蔡公子，你在哪里——"

蔡风在山上，迎着风静静地立着，便像是一株怎么也吹不倒的大树。

蔡风的眼睛极亮，便像是天空中的星星，天空中有月亮，而且都已经很圆了，其实昨晚便是十月十五了，十五的月亮十六圆，所以山野之中并不是很幽暗，对于蔡风来说，这种光亮已经足够他看清这山野的一切，包括听到他口中呼出的虎啸，由枯草丛中惊走的狐狸和野鼠。

风吹得很轻柔，很缓和，那老林子的确很密，他也看不清里面的东西，但他知道那几只老虎绝对会出来，一山不容二虎，他很明白，因为他本就是猎人，这是对那只公虎的挑战，作为一只公虎，绝对不容许有同性的族类生存在自己的地盘之上，因此蔡风知道那几只虎会出现的，而且很快便会出现，这是他的推算，也是他的估计，一般来说应该不会错。

蔡风已经对着老林发出了第四声虎啸，他的声音学得极像，包括学狼嚎，都是那般惟妙惟肖，甚至连虎和狼自己也分不清真假。

果然，蔡风的耳朵之中捕捉到了一种很特别的风，很犯野，但却很快捷。

这种风只有一个可能，便是老虎奔行的声音，包括那种折断树枝的声响。

蔡风心中暗自盘算，盘算着应该怎样去对付这凶猛的兽中之王。

他没有开弓，他不想因为这弓箭而让这恶兽逃回老林，那或许真的像凌伯所说，麻烦多多。

"嗷——呜——"蔡风又冲着那左行的猛虎发出一声长啸。

"嗷——呜——，嗷——呜——"竟是两声巨吼，直震得虚空中的寒风一阵颤抖。

蔡风却丝毫感觉不到恐惧和寒意，而在他体内流动的血液竟像是快要燃烧起来一般，使他充满斗志和力量。

已经近两个月未曾真正地活动一下筋骨了，这一次终于找到了机会，对一个猎人来说，这是一种挑战，是一种幸运，对于猎兽他的确有好几个月未曾尝试过，对于一个体内流动着猎人的血液的他来说，已经是够忍耐的了，因此他绝不会放过这种机会，便像是与生命作游戏，他很愿感受这种刺激。

也便是在这时，他听到了遥遥地传来一片锣声和一片嚷叫，知道是凌伯组织人上山来寻他，心中不由得一阵感激，但也更决定一定要把这两只恶兽除去。

两道暗影，四只像是暗星般的眼睛在不远处出现。

那是一种饥饿、残忍和野性的光亮，蔡风知道这正是那两只恶虎。

那四只星星般的眼睛缓缓地向蔡风逼到，蔡风却哂然一笑，缓步向两只恶虎移去，每一步都极为沉稳有力，便像是可以让山岭都为之震动一般。

“嗖、嗖、嗖、嗖!”四声弦响之后，四支劲箭先后以最快的速度拖起一阵狂烈的破空之声，向两只猛虎射去。

这的确是一张好弓，乔三能受到村中之人的尊敬并非偶然，蔡风握这张弓时的感觉就极为爽快，好久都未曾痛痛快快地拉上一回弓了，这连珠的四箭使出来果然极有感觉。

“嗷——呜——”两只猛虎一声痛吼，只避开一支箭，另一支箭却射破了它们的耳朵。

蔡风并不想伤它们那完整的虎皮，被射破了的老虎皮虽然一样值钱，但却少了一种完美的感觉，因此蔡风并没有选择老虎的身子，他这样做更是要激怒这两只猛虎，激怒它们便不会很快地逃入老林。

“嗷——呜——”两只猛虎果然被激得暴怒而起，像两颗大陨石一般向蔡风凌空撞去。

蔡风一声长啸，身形便像是一只冲天鹤一般竖直升起，手中的大弓轻松地挂在一株大树的枝上，而两只猛虎却从他的脚底下冲过去，那竖起的钢鞭似的尾巴也抽了个空。

蔡风在空中翻了两个跟头与两只老虎换了一个位置，轻松至极地拍了拍手，从袖中滑出那柄大菜刀，嘴角逸出一丝淡然的笑意。

那两只猛虎扑了个空，更是暴怒地转身再一次扑击，这次是分先后两次，由两个不同的方位扑击，倒是学得乖了些。

蔡风的身子一旋，若旋风般从一只猛虎侧边滑过，正迎上另一头的飞扑之势，身子便像是一杆木头一般直挺挺地倒下，那头猛虎刚由头顶扑过，而蔡风适时地一脚倒踢而出。

“噗!”“嗷……呜……”那头猛虎肚子遇袭，一声惨嚎，向一旁翻过去。

“蔡——公——子，你在哪里——蔡——风——”风中凌能丽和村民们声音越来越近。

蔡风的手肘在地上一按，像是一根櫺木一般向一旁迅速翻滚而去，刚好躲过那暴怒回身的公虎的扑击。

身子再一弹而起，像纸鸢一般，在风中飘浮着向那痛苦之中翻身而起的母虎。

那公虎似是极为恼怒，又一次向蔡风扑击，掩起一股腥风，像是倒塌的大山向蔡风撞来。

蔡风的脚尖微微避过公虎虎头的撞击，轻轻地踏在公虎的背上，再借力升起，双手挥刀向母虎虎头斩去。

公虎尾巴一剪，却根本扫不着蔡风的身体，由空中重重地坠下。

母虎似乎感觉到了蔡风那一刀中的杀气，竟懂得向一旁翻滚而去，避开蔡风这要命的一击，蔡风的身子始终不离地斜掠而过，再一次伸腿向那母虎肚皮上踢去，这正是虎身上最脆弱的地方。

“嘭……”这一脚踢在虎背之上，母虎依旧一声惨嚎，身子向旁一歪，偌大的身子并不能完全承受蔡风这一脚。

公虎救伴心切，不顾一切地由蔡风的身后撞来。

蔡风一声长啸，手中的刀刃反转，并不避公虎的冲撞。

公虎冲力太大，根本刹不住身子，竟刚好被蔡风一刀斩中头上的那个“王”字。

蔡风的身子一震，他早已做了准备，迅速向后倒翻七八个跟头，卸去这股强大的冲力，但那公虎一声惨嚎，似乎受伤极重。

蔡风这一刀并未用全力，否则的话，虎头便是铜做的大概也会被劈开。但蔡风却不能以全力出刀，否则他也会经受不起猛虎那巨大的冲击力量，他必须准备一半的力道以便及时卸开冲击力，因此，公虎并没有死，但蔡风那一刀的刀气深深地切入它的头颅，受创极重。

母虎顾不了身上的疼痛，情急救伴，根本就不怕蔡风刀势的可怕，朝蔡风飞扑而至。

蔡风一声冷哼，两腿竟一字叉开，双手握刀，反向那母虎的肚子剖去，母虎虎肚本来已经受了重重一击，那一记伤得并不算很重，但这一刻也并不是全好了，虎背那一脚只不过是当时的痛，而只一会儿便没事了，老虎的铜头铁背钢尾巴之说，并不是说得好玩的。

蔡风就要击它这致命之地。

“蔡公子在那边，快，快……”有人急促地呼道。

“蔡风，你千万不要出事呀！”凌能丽那声音竟带上一些哭腔。

蔡风心中一阵感动，心神一松的当儿，那母虎已经由头上抹过。

蔡风这才一惊，一声大吼，手中的菜刀以开山之势重重地劈入母虎的腹中，顺着母虎的冲势，一下子将母虎的小腹至尾巴后半部分给剖了开，但身子也被虎尾重重地打了一记，只痛得一声惨哼。

蔡风不由得暗骂不该松神，否则这母虎肯定会一刀致命。

滚烫的虎血洒了一身，老虎的肠子也流了出来，母虎一声歇斯底里的悲吼，拖着重伤的身子仍想跑。

公虎似是知道母虎受了重伤，也不顾自己所受的伤，再次向蔡风撞去。

蔡风身子一旋，以快捷无伦的身法躲开公虎的这一扑，手中的菜刀斜斩而下。

“啪——”“嗷呜——”公虎又一声惨叫，那被说成如钢鞭的尾巴竟一下子被斩断，鲜血喷洒而出。

蔡风的身子也禁不住一震，手心一热，暗骇虎尾巴厉害，但他的身形并没有过多停留，而是像腾起的夜莺一般向那母虎追去。

那母虎似是知道根本就逃不过蔡风，竟然回头发出一声凄惨的吼叫，再次向蔡风扑去，那公虎听到这一声吼叫，竟再也不理母虎，径直向老林之中跑去。

“有妖怪！”有人惊呼道。

“是蔡风，是蔡风！”凌能丽竟高兴得欢呼起来。

蔡风此刻的身子正在虚空之中像纸鸢一般飞掠，正被那几十只火把照个通亮，本来还不明白为何公虎又跑向老林，这一刻他才明白，因为这么多火把和人的到来，虽然救伴心切，却仍然知道保命要紧，那母虎的呼嚎正是叫公虎逃走的信号。

“啊——小心！”有人忍不住惊呼，因为赶来的人群，借着火把的光芒看到那只母虎已疯狂地向蔡风扑去。

蔡风在空中的身形的确会让人想到幽灵，所以有人会大呼“妖怪”，只不过这一刻却禁不住为蔡风担心。

“呀——”蔡风一声暴吼，两只脚便像是闪电一般踢向母虎的两只眼睛。

“嘣！嘣！”两声暴响，夹着母虎的一声惨嚎，蔡风的身子在空中倒翻四个跟斗，重重地落在地上。

那只母虎正扑到在蔡风身前不到三尺远的地方重重坠下，因流血过多，连连重创，根本就无法再爬起来。

蔡风身形迅速扑上，一把按住母虎那大脑袋，以菜刀那厚厚的刀背，重重地击下。

“嘣！嘣！”母虎在一声惨叫之中终于归于寂静，那一群村民却静静地围在这个场子外面，距离蔡风两丈远分散排开，那火把的光亮把全场照得极亮。

没有人出声，他们似乎全都惊呆了，有些人不敢相信眼前这一切是事实。

唯有蔡风微微地喘息着，在寒冷的风中，极有动感。

“蔡风，你没事吗?”火把的光亮之下，凌能丽的眸子之中竟蕴着泪光轻柔地呼道，似乎生怕这只是一个一惊不破的美梦一般。

蔡风感动地抬起头，身子却仍坐在母虎的身上，望着凌能丽那担心而憔悴的样子，不由得露出一个笑脸，喘了口气，笑道：“傻能丽，我当然没事喽!”

“哦——哟——”村民们这才记起这一切是该值得欢庆，夜，全都破碎了，被欢呼声，被笑声全都给惊碎了。

第三十三章　刀道神话

这一切便像是一个不真实的神话，至少对于这些村民们来说，对这些普通的猎人来说，这是一个不真实的神话。

凌能丽的眼中那惊喜而欢快的泪花竟很自然地滑落了下来，神情激动得像个小孩子，竟一下子扑到凌伯的怀中。

惊喜得声音有些颤抖的凌伯，伸手轻轻地拍了拍凌能丽的背，像是在安慰一个受惊的小孩子。

蔡风也笑了，笑得极灿烂。凌能丽从凌伯的怀中转过头来，刚好捕捉到蔡风那灿烂得有着温和和舒缓的阳光一般的微笑。在这一刹那间，蔡风清楚地看到了凌能丽眼里那深刻的柔情，而凌能丽也捕捉到了蔡风眼中的柔情，两个人的心不由得同时颤了一下。

“我说过，明日定会送你一张老虎皮，我现在正是来实现承诺。”蔡风眨了一下眼睛柔声向凌能丽道。

凌能丽不由得推开凌伯，所有的人又恢复了沉静，他们似乎很懂得制造气氛和情调，极为配合地不再出声。

凌能丽缓步来到蔡风的面前，深情地望了蔡风一眼，怨声道：“傻子，你可知道有多少人担心你吗？又不跟别人说一声。”

蔡风不禁环视了周围的村民们一眼，只看到那满脸的真诚，心头不禁一热，向他们抱拳道：“各位乡亲，各位叔伯大婶，兄弟姐妹们，蔡风让大家受惊了，这里向大家道歉，明日定为全村老小做上一顿大补虎肉宴，算是向大家赔礼可好？”

“好！好……”众人不由得一阵欢呼。

凌能丽不由得“扑哧”一声露出娇憨无伦而又温柔无比的笑声，笑骂道：“算你识趣。”

蔡风不由得看得一呆，干笑了一声，道：“你要不要试试骑在这百兽之王身上，让大家看看你同样不怕它？”

“好主意！”凌能丽像是一个没玩够的孩子，蹦跳着向母虎背上跨去。

蔡风却捕捉到了几道嫉恨如狂的目光，却只是暗暗好笑。

“真是想不到，蔡兄弟竟然可以把这只恶虎给除掉，真可是我们村里的大救星呀！”乔三有些激动地行了过来，重重地拍了拍蔡风的肩膀一下欢快地笑道。

“乔老三想不到的事可多了呢！”凌跃也激动地行了过来欢快地道，说着竟忍不住伸手抚摸了一下母虎身上的那柔软而暖和的毛。

“的确，我乔三的眼睛不太好使了，有这么一个了不起的好汉，我居然没看到。”乔三嘿嘿一笑道。

“乔三叔，咱们还是先回村里再说吧，这里站着不冷吗？”凌能丽得意地从虎背上站起来娇声道。

大龙却拾起地上那截被斩断的虎尾，附和道：“是啊，我们还是早些回去吧。”

“蔡公子真的没事吗？你的伤可并没全好呀！”凌伯关心地道。

“没有什么大碍，只是被这虎血淋了一身，挺腥的！”

众猎人一听不由得都欢笑了起来。

“乔叔，那不是你的弓吗？”吉龙指着那株老树的树枝之上的大弓惊问道。

众人忙一抬头，这才发现树枝之上的那柄大弓，目光不由得全投在蔡风的身上。

“我上去把它取下来。”大龙说着便要爬树而上。

“这是蔡风干的好事，定要蔡风亲自去取下来，还要向乔叔道歉，私自偷人的弓也不说一声！”凌能丽凝眸望了蔡风一眼笑骂道。

蔡风不由得耸耸肩，不在意地道："这个当然要向乔叔道歉，只不过若是说了一声便不叫偷了，因此我没向乔叔禀报一声，真是罪大恶极。"

乔三诸人也不由得笑了起来，他们哪里想到蔡风依然如此随和，自然开心得很，哪里还会在意拿弓的事。乔三豪放地道："要是蔡兄弟喜欢这张弓的话，你不妨拿去用好了。"

"乔叔真是糊涂，人家叫你乔叔，你还叫人家兄弟，这是哪里的叫法?"凌能丽娇嗔道。

所有的人不由得都微微呆了一呆，心头升起一种异样的感觉，蔡风的心中却留着一丝甜蜜，感激而深情地望了凌能丽一眼。

乔三不由得爽朗地大笑起来道："看我都糊涂成这个样子了，蔡贤侄快去把我的弓给取下来吧。"

此话一说，不禁让蔡风的脸微微一红，凌能丽的脸上也不禁飞上一朵红霞。蔡风并不理会人群之中传来的几道喷火的眼神，吸了口气笑道："乔叔之命怎敢不从?"说着身子一晃，便像是一只灵巧无比的松鼠在笔直的树干之上连踏几步，再身子倒翻而出，便若一只刚由林中扑出的大鹰，向那挂在树枝上的大弓掠去。

"呼"的一声，大弓奇迹般地被蔡风抓在手中，身子再由三丈多高的空中翻着跟斗又落在刚才立身的虎旁。

"好！好!"一阵狂烈无比的欢呼立刻由十几个村民的口中暴呼而出，便连杨鸿之这样敌视的年轻猎人也为这精彩而优雅的动作而忘情地呼好，只不过呼了一阵子，竟发现是为情敌喝彩，便禁不住又变得极为心冷。

"神乎其技呀，神乎其技!"那几位忍不住惊叹不已地赞道，简直都快把蔡风当成神仙一般看待。

"乔叔，还你弓!"蔡风微微有些得意地道。

凌能丽却禁不住看得呆了，良久才欢呼道："你说过一定会教我的，那你便把这会飞的功夫教给我吧。"说着也不顾矜持地拉住蔡风的手摇晃起来。

蔡风不禁好笑道："当然可以，不过可是要很吃苦的哦!"

“我不怕苦!”凌能丽认真地应道，歪着脑袋露出得意而又幸福的微笑。

“好的，那我们现在还是回去吧，明日还要把那虎窝给捣掉，若不大家先回去好好休息吧。”蔡风呼道。

凌能丽却拉着蔡风的手，高兴地在众村民的簇拥下向村子里走去。自有几名壮汉抬起这数百斤的大虎尸兴高采烈地走回去。

叔孙家的老祖宗只差一点没有气得吐血，已一掌击碎了一极为精细美观的红木茶几。

叔孙家的老祖宗的脾气跟他名字一样臭，叫叔孙怒雷，不过记得他名字的人却几乎死得差不多了，叔孙家里的人并没有敢呼他名字的人，老祖宗事实上已经取代了叔孙怒雷这个名字，便是当朝的胡太后也只敢称他为老太爷。

历代的皇帝更改了不少，但叔孙怒雷的脾气却没有变，甚至他的眼神也全没有变化，那种愤怒的气恼的眼神无论是谁看了都会在晚上做一个不太好的梦，当今皇帝也是怕他这种眼神，才准许他可以不必上朝见礼。

叔孙怒雷的眼睛其实也没有什么，顶多亮得像是饥饿的野狼而已。只是在他愤怒的时候，虽只不过是两只眼睛，却让人感觉到自己似乎闯入了数只饥饿得快发疯的狼群之中一般，那种随时都有可能尸骨无存的感觉的确会让任何人晚上睡不好觉的。

叔孙怒雷一般在发怒之后会采取很激烈的措施，会让一切使他发怒的人和事都变得很顺手很顺眼，因此，熟悉叔孙怒雷的人都知道这个八十六岁的老头子极有手段。不过也有例外的时候，例外的时候极少，极少并不代表没有，这一次就是例外。

的确，这一次叔孙怒雷发了一阵子怒，砸碎一张红木茶几、两张红木椅子，摔碎一套极为名贵的茶具之后，竟又平静了下来。

这是叔孙家族中人感觉最为奇怪和不解的一次，因为这大概很不合他们老祖宗的性格，也不像是他们老祖宗的作风，但这的的确确是由他们的老祖宗做出来的。

不过，这一次许多人都觉得似乎值得理解，谁也会像老祖宗一般。叔孙怒雷老是老了些，绝对不糊涂，不仅不糊涂，而且极精明，甚至有点老奸巨滑，老谋深算。他的一双眼睛在发怒的时候极为可怕，但他的一双眼睛更会审时度势，因此他活得极为自在。

这一次他必须审时度势，谁也不难想象有蔡伤这个敌人，有黄海这个敌人是多么的可怕，更可怕的却是那被称为“哑剑”的黄海居然可以开口说话，还会有师弟存在。这是多么不可思议的事，更不可思议的却是这被誉为未逢敌手，几可排名天下第三的可怕剑手，居然还会有个师父活在世上，这是何等不可想象的事呀。黄海的武功本已经那般高深莫测，而他的师父又会是怎样的一个人呢？还有什么三十年之约，二十五年的禁言，每一条都似乎全都是江湖隐秘。

没有谁想到黄海的师父是什么人，但是任何与黄海联系起来的神秘事物都绝对不容忽视，绝对不容忽视。

蔡伤也一样，绝对不会有人敢小看这个人，叔孙怒雷更不会，他对蔡伤的了解比对黄海的了解绝对要深，黄海或许他还可以忽视，但蔡伤却绝对不能忽视，曾在一朝为官，说来与蔡伤之间还有一些渊源。每一个曾与蔡伤同朝为官的人都会知道惹了蔡伤绝对不会有什么好结果，连第一大家族尔朱荣都不能否认这一点，以叔孙怒雷的老奸巨滑，又怎会不知蔡伤的可怕之处。

因此，叔孙怒雷这一次发过怒之后便很快平静了下来，他知道唯一能够好好解决的方法，只有按照黄海的吩咐，以十万两白银赎人，也只有这样，便是明知道这一切都是吃亏上当之举，却也只能够打落门牙和血吞。

叔孙怒雷作出了决定，使叔孙家中的每一个人都安了心，因为每一个人都知道这种忍气并不可笑，也并不冤，如果每天再有五个人命丧别人的剑下，而又不知道凶手在哪里，那样绝对只会让人发疯。

这件事情似乎便只是这样给平复了下来，但在江湖之中却绝对是一场不容忽视的风波。

只不过在几天之中，晋城中所发生的事几乎已经传遍了北魏，甚至连宫中的胡太后都知道了这些事的经过，孝明皇先后派来信使来问候。

叔孙怒雷视此为一大耻，但胡太后权倾朝野，虽然他叔孙家族绝对不会畏惧朝中，却也不想得罪胡太后。反而正好借信使之旨转告朝中，告之蔡伤犹在人间，而且与太行群贼有联系。

这更是让天下武林都大为震惊的消息。朝廷大震，是因为蔡伤在北魏是一个几乎无敌的猛将，无论是武功还是军事才能都几乎是无人可比。只是宣帝并不是一个很明理的君主，蔡伤功高遭嫉，鲜卑贵族并不能容下这样一个武功盖世的将才，才会将蔡伤逼上绝路。如今却听说蔡伤仍在人世，且与太行群贼在一起，这不能不让人想到那种极为可怕的结果。但谁都知道，天下能够出手与蔡伤抗衡的人恐怕只有一个人，那便是尔朱荣，这也让很多人都联想到将来这被誉为当世两大高手交手的情景。

蔡伤、黄海两大高手十几年后，声名再一次震惊天下，不会联想的人几乎是不配称作江湖中的人。

如今天下动乱不安，北有破六韩拔陵的起义军势如日中天，崔暹几乎全军覆没，单骑而逃，早已使得朝廷上下寝食难安，而江湖之中却变得沸沸扬扬，都在估猜蔡伤与黄海这两大高手登高一呼，天下响应之人肯定多不胜数。

这便是人心。人心都喜欢乱猜乱想，江湖人犹是如此，哪怕只不过一点点风吹草动，都会有人拭目以待。

最爱看热闹的人是江湖人，最喜欢凑热闹的也是江湖人，捕风捉影的也是江湖之人。

叔孙家族的大丢面子之事，早已被江湖之人给传得极神话了，黄海那种无影无踪的剑法更是炙口之说。当然叔孙长虹被绑之事并未在江湖中流传，叔孙家族绝对不想让这个消息在江湖之中流传。

蔡伤静静地听完归泰龙与长生的报告，脸色极为平静，便像是一座座在夜幕下的高山，没有半丝不安、惊诧愤怒、气恨之色，似乎这一切都是早已预料之中一般，没有人想到的惊讶和震惊。

归泰龙和长生及马叔怔怔地望着蔡伤，似乎要等他作出决定，对于他们来说，这绝对不是一件小事，绝对不是。黄海在他们的眼里便像蔡伤一样重要，而黄海却隐瞒了十几年，对于他们来说，不知道是悲哀还是欢喜。

“你们按照自己的计划行事，相信叔孙家的银子不敢不给，你们拿了这些银子给各寨中兄弟及各户兄弟分得一些便行。这一段时间，我还有事情要做，先要离开阳邑一阵子，有什么事情便让马三弟主持一下，更要小心各路的报复，江湖之中现在定已闹得沸沸扬扬的，说不准会有人来镇上踩探。”蔡伤冷静地吩咐道。

“公子的仇便不报了?”归泰龙急切地问道。

“他的仇已经算是报了，这些人并不能算是凶手，若说是凶手，应该是风儿自己。但我不相信风儿真的会跳崖舍身，我明白他的性格。泰龙着各寨的兄弟去访一访，再着人去我葛师弟那里，吩咐他去各路探听一下。破六韩拔陵的人可能会有人知道。”蔡伤冷静地道。

归泰龙一呆，眼中似乎露出了一丝希望，喜应道：“泰龙明白!”

“老爷子什么时候会回来呢?”长生恭敬地问道。

“说不准，或许明年才会回来，也或许半个月便可以回来。若是风儿回来了，你便叫他放心去闯荡一番，但却千万不要小看江湖，人说山外有人，天外有天。我会给他留下一封信，你只要告诉他我给他留了信，他便会知道在哪里。”蔡伤淡漠地道。

长生和马叔望着蔡伤似乎极为自信蔡风会活着的样子，心中也不禁全都又充满了一丝希望。

蔡风今日的心情特好，伤势已呈痊愈之势。天空飘起了鹅毛似的雪花，不过蔡风却并没有丝毫冷的感觉，不仅仅是因为他对寒冷并不太在意，也是因为身上已穿上了凌能丽亲手为他做的虎皮夹袄和披风，远远地看去倒还真的似是一只大老虎一般。

蔡风的身份在这小村之中，已经有一个很特别的地位，那便是英雄的角色，他力毙四虎，这种让这些猎人想都不敢想的事，但蔡风居然凭着一柄大菜刀将这四只虎全部击毙。而且，蔡风还会飞，这简直像是一个神话一般不可思议，因此蔡风成了村中有史以来最为有力量的人。虽然有几个人对蔡风嫉妒如狂，却只能望风兴叹，因为蔡风大有独占花魁之势，每个人都有自知之明，根本就无法与蔡风比。在气势之上，蔡风的确可以压倒一切对手。

蔡风高兴的并不是这种压倒别人的优势，因为他一向对自己极为自信，这一点他绝对不会认为有什么特别。他高兴的是自己又可以毫无顾忌地行事，那种由死亡之中慢慢地挣扎着爬起来的感觉的确是一种极为舒爽和开心的事，伤势尽好，对于他来说又将意味着一次重生。更有凌能丽亲手为他缝制衣衫，这已经足够让任何一个男人都感到骄傲和满足了。

凌通老早便缠着蔡风教他“飞”了，在蔡风的眼中，凌通的确是个很好的习武材料，也像蔡风一般，什么都肯学，更能吃苦，虽然雪很大，依然早早地起来学蔡风教他的几个动作，练习腾纵之术。蔡风做了一个草扎成的活靶，极为结实，给凌通练拳。而凌能丽的学习劲头也极高，每天早早地起来练习蔡风所教的心法，更加上她随父学医这么多年，不仅对药草的认识上有极深的造诣，对人体的筋络穴位、关节都了解得极为清楚，因此学起这种心法并不是一件很难的事。

蔡风每日综合各种击技，演练着一种专门打击要害，简单而易练的动作，专门配合着凌能丽使用。

这种只讲求实效的功夫，若是运用得好的话，杀伤力绝对可怕，简单而有效的攻击才是最厉害的，配合蔡风所教的那灵巧的步法，凌能丽学起来的确很快。

蔡风的要求都极为严格，对凌能丽也一样，有时候看似简单的一掌，却要让她练上上百遍，直到达到标准为止，那种发力，准确度和速度相配合的掌法拳法的确很难让发力掌握好，怎样才能够将全身的力道聚于一掌之上击出，而又怎样不被那力道的反震力击伤，这之中，蔡风都不厌其烦地解释，演示改正，认真仔细得简直比师父更严格。

今日一大早，雪很大，而蔡风依然像往常一般上山拾回被所设兽夹、陷阱逮住的野兽，那些雪似乎对他并不能构成什么威胁。

很庆幸居然逮到了一头大野猪，一只獐子，已经算是极为不错的收获了。

野猪几乎像小牛犊一般高大，重达四百多斤，几乎可让一家人吃上几个月。

叫来吉龙、大龙和凌二叔几人抬着这个大猎物，不亦乐乎地回到村中，直让凌通、凌伯诸人一场欢喜。冬天已来，近日有蔡风出手，闯入老林猎兽，每天的猎物都超出人的想象，每几天便向蔚县的集子上送上一些新货皮毛，以换回村中之人冬天所需的米、油、盐、酱及一些布料之类的，几天下来几乎将整个冬天的东西全部准备了回来，怎不叫村里人都欢天喜地的。

但蔡风却发现乔三的脸色有些难看，不由得问道："乔叔有什么事吗？"

乔三望了蔡风一眼，有些难以开口地道："蔚县的张教头来了！"

众人不由得都一呆，齐问道："他来干吗？"

乔三狠声道："也不知道他怎么会知道蔡贤侄猎到四只猛虎，而有四张极上等的虎皮，他来便是想来要一张虎皮的。"

"想要虎皮？"凌跃惊问道。

"他的意思便是这样！"乔三也有些气不愤地道。

"他在哪里呢？"蔡风缓和地一笑问道。

"他现在在鸿之家中。"乔三似乎有些气恼地道。

"哦！那我倒去看看他可以出个什么价钱，还有一张虎皮，他要便卖给他好了。"蔡风哂然笑道。

"蔡公子，只怕他并不是存心想买。"大龙在一旁有些担心地道。

"哦，不存心想买？"蔡风一愣，旋又笑道，"他毕竟远来是客，便是不存心想买，生意不成仁义在，见还是要见的。"

众人望了蔡风那毫不在意的样子一眼，心中不由暗暗地着急起来。乔三有些担心地道："他还带了六七个弟子。"

蔡风哪有不明白他们的心理，自信地笑了笑，道："他带几个人一起来是很正常的，这里到蔚县路途甚遥，大雪天，野狼成群出没，一个人行走的确很危险，所以他便带着人来了。"

众人只好听信蔡风的话。乔三领着蔡风及凌跃加上大龙几人向杨鸿之的家中行去。

张涛的块头很大，坐在堂屋中间的木椅之上，像是一尊大塑像，腰杆挺得若标枪一般笔直，蔡风走进屋子的时候，他正在故作斯文地品着那并不怎么好的茶。

蔡风的眼睛微微一亮，堂屋之中的所有布置全都没有逃过他的眼睛，张涛所带来的汉子都很有气势，难怪以乔三的老练也要有些隐隐担心。但蔡风并没有放在心上，只是淡淡一笑道："想来这位便是张教头了！"

张涛慢条斯理地放下手中的茶杯，扭过头来很傲慢地打量了蔡风一眼，并不先回答蔡风的话，只是有些淡漠地问道："听说你有几张上好的虎皮，对吗？"

蔡风听到这种口气，心中微恼，也并不回答张涛的问话，只是伸出脚轻轻地钩来一张椅子，扭身坐在火盆旁，先哈了口气，才漫不经心地应道："张教头是在什么地方得知我有上好的虎皮呢？"

张涛微微一愣，没想到蔡风居然会如此傲慢不给面子，脸色微微一变，却并未发作，只是干笑一声道："若连这一点都不知道，我岂还能算是道上混的。"

蔡风哂然一笑，道："不错，我的确有几张上好的虎皮，这不，我身上已经穿上了一张。"

张涛脸色一变，急问道："可全都用完了？"

蔡风装作讶然地道："张教头为何如此着紧这些虎皮呢？"

"你可还有未曾动用的虎皮？"张涛沉声问道，目光紧紧地盯着蔡风。

蔡风也回望了张涛一眼淡然道："有倒还有一张未曾碰过。"

张涛这才松了口气，面色缓和了些，淡淡地端起那杯热茶，浅饮了一口，故作高深地问道："你可知道我这次来这里是为了什么？"

蔡风心中暗笑，却装作糊涂地道："张教头还未曾说，我当然便不会知道了。"

张涛一愣，蔡风的回答似乎很出他的意料，不过，他也不会是傻子，哪有不明白蔡风只是故作糊涂而已，不由得"嘿嘿"冷笑一声道："听说蔡兄弟是一个极为聪明的人，难道就没有猜到我来此的目的吗？"

蔡风哑然失笑道："张教头也太看得起我了，虽然我蔡风自问不笨，但却知道猜始终只是猜，而不能算是答，与其猜错，不若等张教头直接明示好了。这样又干脆又利落，省去了许多不必要的麻烦和曲折岂不更好！"

张涛似乎对蔡风的话大感兴趣，也不禁爽朗地一笑道："快人快语，果然爽快之极！既然这样，我也不妨直说吧，我今日之来是想为我家老太爷送上一份贺礼，而恰闻蔡兄弟有几张几乎没有任何遗缺的虎皮，才想来此购上一张，只不知蔡兄弟可否愿意割爱呢？"

"这种虎皮我要得多了，也没有太大的作用，如果张教头的价格合理的话，我并不在意将虎皮卖给谁。"蔡风淡然一笑道。

"蔡兄弟希望出个什么价呢？"张涛似乎在想些什么，不由得有些冷然地问道。

蔡风拉了拉身上的披风，吸了口气道："若是别人，没有一百五十两银子，绝对不会卖，但张教头却是例外……"

张涛脸色一变，似乎极满意蔡风的说法。

蔡风又道："只要张教头出上一半的数目便可以将这张虎皮拿走！"

"七十五两？"张涛脸色微微一阴反问道。

"不错，这是最低最低的价格，若非看在平日张教头对本村的生意还挺照顾的分上，便是当今皇上来，没有一百五十两银子，也绝对不会卖出去。"蔡风坚决地道。

"照这么说，我还是要感激你如此看得起我喽！"张涛冷哼一声道。

蔡风望了一旁幸灾乐祸的杨鸿之一眼，又望了一旁惊得有些合不拢嘴的凌跃和乔三一眼，淡然道："话也不能这么说，我们谈的是生意，做的是买卖，讲的便是公平，我与张教头之间更讲的是情义与买卖同在，因此，我们更不用作任何感谢之说。"

"你不觉得太贵了吗?"张涛依然有些微恼地冷声问道。

蔡风平静地笑了笑道："张教头可知一张很完整的虎皮要卖上多少钱?"

"我并不想知道。"张涛放下手中的茶杯淡漠地道。

"那的确是一种遗憾。不过为了谈谈生意，我还是要讲一讲。"蔡风似乎有些失望地道，于是吸了口气道，"一张有十个箭孔，或十道伤口的虎皮，在邯郸可以值一百一十两银子。而在武安郡可值一百零五两，在邺城却可卖上一百一十二两，而有十个以下四个以上箭孔或伤口的虎皮在邯郸可以卖上一百五十两，最低也可以卖上一百三十五两。在武安可以卖上一百四十五两是肯定的，在邺城却可以达一百六十两，最低也有一百四十两，在邢台、沙河、鹤壁、晋城至少不会比邯郸差。而四道伤口以下的，价格则更高。而我这张虎皮却是没有伤口的，若是在晋城、鹤壁、邺城、邯郸等地出卖。最少也必须二百二十两才肯出卖，貂皮的皮毛或许比虎皮更好，但却绝对没有虎皮这般有气势，而且虎皮，整张比起貂皮更大，一件好的貂皮做成的衣服最高时可值千两黄金。而虎皮这样的价与貂皮相比，已经不知道要相差几许。在蔚县虽然我没有卖过虎皮，但我却知道，这样一张连一个伤口也没有的上等虎皮，绝对不止值一百五十两，今日我所开的价说起来已经是最低的了。"

众人不由得全都呆住了，谁也没有想到这样一张虎皮居然能够卖上这么高的价。也的确，村中的猎人想都没有想过有一天能够猎到几只老虎，他们从来都未曾想过虎皮的价值会如此高，一百五十两银子可以折合成好几万钱，二百钱便可以买到一匹纱，一张虎皮居然可以买到一百多匹纱，这对于这个小村里世代为猎的人来说，的确是不可思议的事。更让人惊奇的却是，蔡风对各地的生意买卖的行情了解得竟是如此清楚，像是一个做了数十年的生意人一般老练!

张涛定定地望了蔡风一眼，吸了口气问道："你怎么会知道得如此清楚？”

蔡风淡然一笑道：“若是你天下什么地方都到过的话，而且又留心留意的话，你所知道的东西绝对比我多。”

“你不是这村里的人？”张涛阴阴地望了蔡风一眼，冷冷地问道。

“我以前不是，现在便是了。”蔡风毫不在意地答道。

“谁承认你是我们村里的人了！”杨鸿之冷笑着反问道。

蔡风冷冷地扫了杨鸿之一眼，悠然笑道：“有没有人承认那倒是次要，我是哪里人，也没有必要要人承认，有人说天下莫非王土，我的作风却是天下莫非我家，我在哪里，哪里便是我的家，这有何奇怪吗？”

杨鸿之的脸色一阵青一阵白，却无可反驳，只是求助似的向张教头望了一眼。

“有人怀疑你与朝廷的通缉犯有关，今日我们主要目的只是想请你到县府衙门里走一趟。”张涛神色一转，声色变得有些冷冷地道。

“不错，几个月前，邯郸城被盗总数达四十多万两白银，传说这一群大盗向北潜逃，几日前经过各地府县的严密调查，你已列入了重点怀疑对象，希望你能配合我们的调查到县衙走一趟。”坐于张涛身边的另一名汉子也冷声插口道。

蔡风一愣，旋不由得好笑，问道：“真是好笑，敢问这几位兄台之中，有几位是官衙之官的兄弟呢？”

“除了我，其他人都是。”张涛冷冷地道。

“张教头，我们敢保证蔡公子不是坏人……”

“你们保证有个屁用，你们说的话能抵得上国法吗？”张涛不屑地讥讽道，嘴边却泛起一丝得意的笑意。

蔡风望了望杨鸿之那幸灾乐祸的样子，心不由得暗怒，但却依然悠然自得，故作讶然地道：“哦，你们原来全都是为我一个人而来，真是叫蔡某担当不起，不知道这几位官大哥如何称呼呢？”

“我叫王聪敏，人称大刀王！”那坐在张涛之后的汉子沉声道。

“江林，人称神锁！”一个极壮硕而又眉清目秀的年轻人冷冷地道。

“张寿欢，人称飞索!”与江林并排而坐的汉子也冷冷地道。

“朱立保!”“田志生!”“操冬贵!”剩下的三人一一报出自己的名字。

蔡风意味深长地打量了六人一眼，淡然笑道：“真想不到居然劳动了如此盛名的大捕头出动，真是应该值得庆幸。”说着语气一转道，“只不知几位兄台可有公文在手?”

那几人不由得同时一呆，他们料不到蔡风会如此刁，依然能如此坦然自若地谈话，王聪敏冷声道：“我们的话便是公文。”

蔡风脸色霎时便像快要下雪一般阴冷，目中寒光一射，冷然强硬地道：“没有公文，我可以说你们假公济私，也可以说你们扰乱民心，更可以说你们办事失职。捕头，没有公文并没有任何权力逮捕任何没有直接犯罪的百姓，你既然说对我有怀疑，便不应该不带任何公文，我也可以说你们只是一群欺民扰民的盗贼，你们没有任何权力要求我做任何事。”

“你，简直是目无王法。”王聪敏有些气不打一处来，其余的人却没想到蔡风居然先来一场抢白，使得他们本来想象的计划几乎给扰乱。

蔡风冷笑道：“要是来做客，我可以念你大雪天大老远跑来不易，可以不与你们计较，但若说到王法，似乎在坐的没有哪一位可以代替王法。想要做生意的话，我欢迎，我现在依然坚持七十五两银子卖给你们，但下一刻心情不大好的时候，可能七百五十两白银，我也绝不会卖出我的这张虎皮。”

“你好像很不把官差放在眼里哦!”张涛冷眯着眼睛冷漠得没有一点感情地问道。

“张教头……”

“乔叔、凌叔不必说!”蔡风摇摇手打断乔三与凌跃的话，立身而起，踱了两步，冷然一笑道，“张教头如此说也未尝不可。说真的，在我蔡风的眼里，天下没有几个人可以放在眼里的，对于你们，我更不必放在眼中。”

“大胆！竟敢连张教头和官大哥们也不放在眼里。”杨鸿之狐假虎威地叱道。

蔡风不理吓得脸色苍白的凌跃和乔三，也不理脸色铁青的几位官差，斜眼望了杨鸿之一眼，目光若冰凌一般寒冷，使得杨鸿之竟有一种置身冰雪的感觉，禁不住激灵灵地打了个寒战，不敢出声。

“你的确够狂，不过对于你来说，空口说大话似乎不会有什么好处。”张涛似乎极欣赏地望了蔡风一眼悠然道。

“至少到目前为止，我似乎并没有发现说大话有什么不好，到目前为止，也没有发现谁能有这个资格对我说这样的话，你们更似乎不够资格。”蔡风言语之中更加狂傲地淡淡道，似乎真的根本就不将所有的人放在眼里一般。

王聪敏和另五名捕快阴沉着脸立身而起，王聪敏冷笑一声道：“你敢拒捕?”

蔡风不屑地望了他们一眼，冷笑道：“我不会拒捕，但你们还不配来抓我，更没有任何公文，这捕从何说起?”

王聪敏与江林诸人不禁相互打了个眼色，这才阴狠地道：“好，今日我就要抓起你这胆大狂徒。”随又对着凌伯与乔三喝道：“你们若想插手官府间的事，我也会将你们与这狂徒一样对待。”

凌伯与乔三脸色一阵青一阵白，咬咬牙，正要开口，却听得一声娇呼从门外传来：“你们不可以抓他!”

“为何要一直向西行走?”黄海冷冷地问道。

风吹得愈来愈烈，天空中的雪似乎连成一片浑厚的灰色云层盖了下来，落在地下却成了洁白洁白的，有的在空中打着旋儿飘入黄海的脖子之中，但黄海并没有感觉到冷，他身上的虎皮披风，依然那般有气势地微扬着，头顶那紫貂皮帽却换成了一个极大的斗篷。一切都显得那般平静那般自然，唯有那两道眼神，淡漠得便像是吹过的寒风，定定地凝视着他身边那穿着黑披风的汉子。

在弥漫飞舞的雪花之中，那黑披风的汉子在马背之上依然是那般挺拔，那般有气势。

“师兄不是从来都不会问没有必要的话吗?”那汉子有些惊讶地反问道。

“但我只答应去见师父，这却与路线上不符，难道这也算是没有必要?”黄海有些不诧地道。

那汉子哑然失笑道:“我竟忘了告诉师兄，师父搬了住址的事，真是越来越糊涂了。”

“师父搬了住址?”黄海诧异地问道。

“不错，师父这些年不想见任何熟悉的人，包括萧衍，而师妹几乎每年都会与萧衍去拜见他老人家，因此他老人家才决定西迁至白龙江边。你也知道师父他老人家的脾气和性格，绝对不希望因红尘之中的事而影响了他的圣心。”那汉子吸了口气悠悠地道。

“师妹与萧衍好吗?”黄海神色黯然地问道。

那汉子悠悠地吸了口气道:“我也不知道，萧衍比师父大二十岁，我也不知道她是否真的快乐。”

“难道你不恨师父?”黄海突然声音转厉道。

那汉子一怔，避开黄海那逼人的目光，有些淡漠地道:“但他是我们的师父，何况我们能有今日，全是师父所赐，我们有什么权利去恨他?何况天下的女人多得是，你又何必苦苦地恋着师姐呢?”

黄海冷哼一声道:“你言不由衷，你是在逃避现实，难道你敢说你心中没有传音?”

“有又怎样?难道你能够改变师父的决定?难道你斗得过萧衍?就算你武功比萧衍好又怎么样?但是他身边有数千名死士，有数百一等一的高手，他更掌握了近百万的精兵。而你，你有什么?我，我有什么?我只不过是孤家寡人一个，我们除了一条命之外，还有什么呢?死了，也不会有人掉一滴眼泪，甚至还不知道有没有可以葬身的地方。你说你能与萧衍比吗?你说你能得师父宠吗?你说你能有能力去讨好师姐吗?这一切都是谁的错?是谁的错呢?”那黑披风的汉子带住马头，脸色铁青，激动而又悲愤地向黄海大声道。

黄海不由得也带起马缰，定定地望着那汉子，心神不由得一阵疲惫，但并没有因为这一顿骂而发怒，当望向那汉子的眼神软化之后，禁不住仰天一阵长啸。

声音冲天而起，直插入云霄，历久不绝，生生不息，那些飘飞的雪花就像是流动的飞蝗，顺着黄海口中所呼出的气流冲霄而起，气势之惊人，足以动天地。

原野之上的回音激荡难平，地上的雪层似乎也在激动奔涌。

第三十四章　剑啸雪原

良久，黄海才收住长啸，静静地望着天空，依然那般淡漠，依然那般昏暗，像是沉睡了千百年之久的死尸。

天空之中，除了雪，依然是雪，松枝压成不堪负荷的老翁，永恒地伫立成一株株莹白的风景，远处起伏的山峦，在眼皮底下，只不过成了一段起伏难平的弧线，一切的一切，只不过像是昨夜做的一个梦。

马蹄踏出的脚印早已被大雪填成一串串极细碎的印迹，便像是黄海心底埋藏了几十年的往事，连成一片在心头上映。

“师兄在回避现实?”那汉子淡然道。

“我没有，我没有!”黄海有些激动地道。

“你没有一刻不在回避现实。自你离山而去的那一刻起，二十五年来，你没有一刻不在逃避，你没有一刻敢去面对现实。”那汉子毫不放松地道。

“你胡说，我为什么要逃避现实，我为什么不敢面对现实?”黄海吼道。

“你一出江湖，便不停地找人比剑，不停地杀戮萧衍身边的高手，不停地让南朝高手损失，而又不停地扩大自己的名声，但你敢说你这一切不是为了做给师姐看的吗?你敢说你这一切之中没有存在一种报复的心态吗?说到武功，师姐早就知道你的武功，你的武功在天下武林之中除了有数的几个人之外，有谁能比，还用得着比吗?你只不过要告诉师姐，你是这个世界上最强的人而已，你只是想让师姐知道她没有选择你是她的错!”

“住嘴!”黄海像是受伤的狮子一般吼道。

“我们都是男人，不错，你喜欢师姐，我也喜欢她，我会不明白我的痛苦吗？但男人所需的便是勇气，必须有勇气面对现实，必须有勇气正视一切，更要看清楚一切的形势。你以为你能够天下武功第一便可以让师姐后悔吗？天下武功第一又怎样？那只能是一个假象的实力，那全都不如某人的一句话，他们手中掌握百万大军，只要他们随便说句话，你可以敌得过百万大军吗？你可以敌得过千万个武功高手的联击吗？你能够用天下第一去换她的幸福吗？不能。你若流浪一世，她也必须跟着你流浪一生；你若隐居山林，她便得与你贫贱一生；你若流入市集，你始终比不过人家举国财力。这是命吗？”那汉子不依不饶地道。

“不，这不是命。你不要再说了。”黄海有些虚弱地吼道。

“不。我还要说。这个世上我不说你，还有谁知道你，还有谁知道你的苦处。我不说你，你哪还有几个亲人。你是我师兄，但我们从小一起长大，就像是亲兄弟，我不想见你成这个样子，绝对不想。你应该是叱咤风云，应该是挥手成云，吐气成雷，天下敬仰的人，而不是受人敌视。”那汉子也有些激动地道。

“你领我到西方来便是为了说这些？”黄海声音变得有些冷厉。

那汉子也恢复了冷静，定定地望着黄海，便像是望着一潭没有生命的湖水。

良久才吁了一口气道：“不错，我带你向西行是想对你说这些。”

“那是不是师父在白龙江畔结庐也是说谎？”黄海冷冷地问道。

“那绝不是谎言，我没有必要说任何谎言。”那汉子沉声道。

“那师父是什么时候搬到白龙江畔的？”黄海有些疑问道。

“十五年前！”那汉子淡淡地应道。

黄海再也不作声，只是淡漠得像那飘落的雪花，冷冷地望着那汉子。良久，他才吸了口寒气道：“你现在不是在回避现实？”

“不是，我一直都没有回避现实。”那汉子仰望着天空，任由那飘散的雪花轻轻地落在那刀削一般有棱角的脸上，像是在说梦话一般深沉地道，眼神之中充满了自信而坚韧不拔的神光。

“那我们赶路吧！”黄海有些漫不经心地道。

香风一涌，所有的眼睛都禁不住亮了起来，包括张涛和那六个捕快。

说话的正是凌能丽，一身虎皮小袄，虽然天气很寒，但这身打扮绝对不影响整体的形象，更何况那张有些微红的俏脸，配着有些紧张的眼神，本身就是一种极为诱人的感觉。

绝对没有普通女人们那种臃肿的感觉，那身虎皮小袄，让她显得更有精神，更有活力，虽然那种完美的曲线不可以展现，但那高挑的身材，正好给人一种爽朗而舒畅的视觉，而这种男孩式的打扮，更衬出一股不灭的英气，连蔡风都忍不住暗自叫好。

“能丽怎么也来了？”杨鸿之似乎有些无措地问道，眼神却似乎有些转不过来。

“我为什么不能来，你不喜欢我来吗？”凌能丽奇怪地问道。

“不不，怎么会不喜欢你来呢？”杨鸿之忙慌里慌张地解释道。

凌能丽不再理会杨鸿之怎么样一个表现，只是一跨步，挡在蔡风的身前，娇声道：“你们不能抓他，他是个好人，为民除害，是我们村里的救命恩人，若是你要抓他的话，就先抓我。”

蔡风听到凌能丽语气中那股坚决之气，心中不禁一阵感动，正要说话，却被杨鸿之插口道：“能丽，他可是对官差大哥们无礼在先，又是朝廷的疑犯，你怎么能护住他呢？”

凌能丽不由得气恼地望了杨鸿之一眼，气道：“我的事不要你管！”

杨鸿之的脸一下子差点没气得发绿，但却张口结舌无法还口。

“你认为我不敢连你一起抓？”王聪敏眼睛一转沉声道。

张涛却打了个“哈哈”，淡然笑道：“既然这位小姐出面如此说，那不如就由你跟我们到县衙去保证一下，就应该没事了。”

“真的？”凌能丽神色一喜道，不由得扭头望了望蔡风。

“自然是真的，我张涛敢用性命担保是真的。”张涛拍拍胸脯道。

凌能丽正要出声，凌跃和乔三也要说，却被蔡风冷冷的声音打断了。

“你的性命值几个钱？你便是有一百万条命也抵不上她一根头发。”蔡风说着伸手一拉凌能丽至自己的身后，也不理凌能丽的表情，只是冷冷地盯着张涛的脸。

“蔡风……”凌能丽欲言又止地拉了蔡风的衣袖，有些担心，但心中却甜蜜无比。

“哼，这是你自找苦吃。”张涛脸色变得铁青道，同时向王聪敏、江林诸人打个了眼神。

王聪敏和江林等六个捕快立刻向蔡风围到。

“要抓便将我们一起抓去！”凌能丽坚决地拉着蔡风的手认真地道。

蔡风也禁不住握住凌能丽那有些冷凉的小手，扭头粲然一笑道：“没事的！”

“你是束手就擒还是要我们动手？”王聪敏沉声喝道。

“我没有束手就擒的习惯，也不想听任何人的吩咐，你们有本事尽量使出来。”蔡风轻柔地拍了拍凌能丽的肩膀，自信地道，同时温柔地将她送至乔三的身边。

“呀！”王聪敏的一声暴吼已在此时传到，那柄本来背在背上的大刀已经像是一道大门板一般向蔡风的头顶落去，而江林手中却出现了两只金属大锁链，裹挟着一阵“呼啦啦”地大响向蔡风背后攻到，其他几人也都不甘落后地出手。

杨鸿之目中射出一道怨毒而幸灾乐祸的神色，像是极欣赏这一幕，而张涛却冷笑着像看戏一般地望着蔡风。

“小心！”凌跃、乔三与凌能丽及大龙几人同时喊出来的。

蔡风此时却仍然不忘向凌能丽淡然地笑一笑，充满了无限的柔情，却也饱含着无比的自信。

杨鸿之最得意、最兴奋的一刻就要到来之前的那一刹那，蔡风居然成了一片淡漠无伦的幻影，一片像梦一般的色彩。

色彩极为诡异，大大地出乎了所有人的意料之外。

“呀呀……”惨号之声竟然是六个，然后一切像梦幻色彩的战局都变成了现实。

并没有所有人想象之中的那样，蔡风也没有死去，甚至连一口粗气也没有喘，依然是那一脸漫不经心，那种扬扬自得，给人的感觉便是像是在看戏。

是在看六个捕快的戏，这的确是极好玩的游戏。江林的双锁竟一只锁在王聪敏的手上，一只锁在朱立保的手上，还有张青欢的飞索竟把田志生与江林的脚缠在了一起。而王聪敏的刀却被田志生的双钩紧紧地锁着，朱立保正望着自己的拳头发呆。因为他居然打在了操东贵的脸上，操东贵正捂着自己的脸，苦哼在地，地上几颗带血的牙齿，正是他的，而张青欢也捂着自己的胯惨哼不止，因为这正是操东贵落脚之处。

六个人乱成一团糟，却仍不知道是怎么回事，怎么会弄成这个样子，而蔡风是如何出手的，却根本没有人看到，连一旁一直盯着蔡风的张涛也没有看出蔡风是如何出手的，似乎一切都只是在眼睛一花的刹那便已经发生了，这真是不可思议之极，连凌能丽、乔三、凌跃、杨鸿之诸人也全都呆住了，他们似乎根本不明白这是怎么回事，便像是神话一般。

“你们为什么会这样子?”蔡风故作惊奇地问道，眼中却只有嘲弄之色。

“你这妖人，使用妖术。”王聪敏等人脸色极为难看地怒喝道。

“是吗?”蔡风冷笑着问道，同时，脚下微微地逼上一步，浑身竟散发出一种难以抗拒的杀意，像是流动的液体一般，在虚空之中流淌，毫无阻隔地流入众人的心中。

包括张涛在内，几人不禁同时打了个寒战，室内的空气在霎时竟比室外雪地之中的空气更冷，便像流动的并不是风，也不是空气，而是冰和冰水。

张涛与王聪敏诸人全都不由自主地大退了一步，惊惧地问道：“你要干什么?”

蔡风望着他们那种恐慌的样子，不由得微微有些得意地笑了笑道：“我没干什么呀，我只是来看看几位官爷怎么这么不小心，你们便如此恐慌!”

“你,你到底是什么人?”张涛惊惧地问道,他的确在心头有些发寒,他见过的人当中,似乎没有一个人能有蔡风这般可怕诡秘,轻描淡写之间却可以制造出如此凌厉的杀机。

蔡风这才停住脚步,冷冷地望了张涛一眼,冷漠得不带丝毫感情地道:“你们还不配问。”

“你好狂,难道你的眼中便没有官府了吗?”张涛有些心虚地道。

蔡风不屑地笑道:“只要谁有狂的资本,谁都可以狂,我眼中自然有官府,但眼中却没有你们。我告诉你们,我不太喜欢看到你们这一群欺善怕恶之辈,最好尽快在我眼皮底下消失,否则你们的眼里将会什么东西也没有。”说着双目之中射出骇人的杀机,直让张涛诸人再大退几步。

“好,今日算你狠,我定会记住你今日的话。”张涛有些底气不足地道。

蔡风不屑地扫了几人一眼,冷漠道:“我蔡风随时都会等着你们的光临,但你们若是找我蔡风之外的人麻烦,或是今后有任何人在蔚县受到刁难,我会保证你们便像是这把刀一般。”说着伸手以闪电之速抓住锁在田志生双钩之上的大刀,也不知道用个什么手法,竟将田志生甩翻在地,刀已经在蔡风的手中,再轻轻一抖,“啪”的一声,本来一柄像门板一般的大刀,竟然断裂成一寸寸的短短数截。

众人不由得全都惊得目瞪口呆,哪想到蔡风的劲道竟会如此可怕。一柄好好的大刀,竟若豆腐一般碎成这样,这让人如何不惊,他们想都未曾想过世间竟会有如此神奇霸道的劲气。

张涛与王聪敏诸人不再是看蔡风,而是看地上的碎刀片,便像是在做一场没有醒过来的梦一般,脸色一阵青一阵白,却不知道该说什么好,或是能说什么好。

良久,张涛的脸色恢复了阴沉,再也没有望蔡风一眼,甚至连杨鸿之也没望,只是偷偷地打量了凌能丽一眼,这才对王聪敏诸人冷冷地呼道:“我们走!”说着转身头也不回地便向外面的雪地里行去。王聪敏诸人半句话也没说，便跟在张涛的身后，若斗败的公鸡一般行了出去，甚至连那断刀也不愿再瞧。

蔡风淡淡地一笑，一拉仍在惊异的凌能丽的手，缓和地一笑道：“我们走吧！”

凌能丽这才回过神来，犹有些不敢相信地望了一眼地上的碎刀，忍不住伸手将那些碎片全都纳入兜中，这才拉了乔三及凌跃一下，娇声道：“我们走吧！”

凌跃与乔三不由得狠狠地瞪了杨鸿之一眼，又崇敬地望了蔡风一眼，随着蔡风与凌能丽的身后大步走出屋子。大龙似乎有些同情地望了杨鸿之一眼，想说什么，却并没有说出口，跟着也转身而去。空荡荡的屋子唯留着杨鸿之若呆鸡一般愣愣地望着那一盆火，像是做了一场难醒的梦。

风很大，雪也很大，似乎并没有停下的意思，天空的云依然低得让人喘不过气来，那种昏黄之色便像是被人扰动了泥浆的池水一般颜色，那似乎并不是一种赏心悦目的景致。

地上那一望无际的雪，像是使人置身在一个特别的海洋，沧海一粟，便是这时候最有情趣的感召，最有韵味的色调。

风吹动飘在空中的雪花，风掀起落在地面上的雪花，使在旷野中，道路上只有无尽的凄迷，无尽的荒凉，无尽的单薄和孤独。

黄海的眼睛眯成一条细线，目光便像刀子一般的寒风，划过天地之间所有的朦胧，那顶系得很紧很紧的斗篷在脖子上系成一种超然的傲气，便像是风雪之中一株独特的苍松。

马蹄早已用棉布包扎得极紧，甚至再在外面包裹了一层生皮，以防马蹄被冻坏，马首也以生皮轻绕，露出两只眼睛和鼻子及嘴巴，因此，这两匹马儿并不惧怕行走在风雪之中，但，这也绝对不能算是一个很好受的旅程，绝对不是。

一路上极为沉默，包括那黑披风的汉子，便像是这天上飘落的大雪一般沉默得有些让人心寒。

天地间，似乎只有他们两人在行走，也似乎只有两排极远极有规律的蹄印在延伸，不断地延伸，像是两条盘旋蜿蜒的长蛇。

黄海眉梢掀动了一下，便像是天上的飞雪一般轻柔舒缓，但那黑披风的汉子却极为敏感地觉察到这眉梢的一次掀动。

风依然是那般劲烈，也是那般轻柔而生动，但最生动的还是黄海的眼睛，那汉子的眼睛也极为生动。

的确很生动，那突然睁开而射出无比凌厉神光的眼睛，竟比那道闪烁在空中的剑更生动，更耀眼。

其实，那柄剑也极为生动，生动得有些像是腾跃在骄阳下的金龙，那的确很有气势。

不仅仅是那柄剑生动，而那握剑的人也是如剑一般生动，便像是雪原的精灵，像是在冥界中飘游了千万年的孤魂。

这人，这剑，这雪全都是洁白的，连头发都以白色的布包裹着。

黄海与他师弟的身影霎时像两道冲天而起的旗箭，在虚空之中拖起两道与这洁白世界极不协调的轨痕。

地上的雪霎时全都爆开了，便像是一堆巨大的能量的火药在地上爆了开来，那本来极厚的一层雪全若疾涌的风流狂乱起来。

马惊嘶，雪飞舞，天空似乎全乱成了一片，最乱的不是雪，最洪亮的也不是马嘶。

最洪亮的是黄海与他师弟的长啸，冲天而起，抛向云霄，洒落地上的长啸，宁静的雪原被撕得几乎没有半点温柔。

最乱的是那一柄柄闪烁的剑，那一个个在虚空中跃动似精灵一般的人影，全都是埋在雪下一朝复出的可怕人物。

黄海早就知道这一切的变故，便像是他知道天空中的雪下不住，突然停下一般，所以他在第一柄剑，第一个人破出雪层的时候，他们的身体全都升上了天空。

黄海与他的师弟，落下来的时候，便在虚空之中消失了，便像淡化入空气之中一般，奇迹般地消失了。

但天空中却多了两团巨大的雪球，地上的雪，天空中的雪竟全都在虚空之中凝结，幻化成形，便成了两团像大陨石一般的雪球，重重地砸落在精灵乱舞，剑花狂乱的虚空之中。

“轰——轰——”两团大雪球便在那些精灵接触的前一刹那间爆了开来，便像是雪球之中数十斤火药，居然在刹那间引爆了一般，千千万万的雪团全都向外狂野地喷射而出，拖出去的不是爆射的能量，而是剑气。

那雪团爆开，之中狂涌而出的竟是剑气，比这寒风更阴冷一千倍，比北风更肃杀的剑气。

天空中的雪花竟似在一刹那间全都凝住了一般，全都静止下来了，便在那些剑激涌而出之后的一刹那，天空之中本来狂乱的雪花竟然全都静止了下来，至少这一块空间全都静止了。

“当！当！”也没有人可以记得清到底交击了多少次，到底有多少声轻响，但在空寂的雪原，却有一种超脱萧然而优雅的感觉，便像是一曲最美的韵律，最有动感的节奏。

声音便像那两声长啸一般在虚空之中徘徊不绝，良久不息，却有着一种震人心弦的力量敲击着每一个人的心房。

有几声闷哼传入这震荡的声韵之中，夹杂成一支有些惨烈的喧响。

天空中再一次忧愁寂静的时候，雪原之上多了几点极为碍眼的鲜血，极为灿烂的鲜血，不多，只有那么几滴，但这却已经很明确地告诉了人们，刚才是一个现实，而不是一场虚幻的梦，不是。

黄海依然是黄海，他师弟也依然是他师弟，但两个人再也不是在马背之上，马仍然在，但却是在两个人的四只手加起来都摸不到的地方惊嘶。

而在黄海与马之间却多了几个人，全身洁白像是幽灵一般的人，也不只几个，而是几十个，竟会有几十个人。

黄海竟然笑了，笑得很有趣，不是因为那几十个人手中那些灿烂的剑，也不是因为那几十个人眼中那逼人的眼光，更不是因为那几十个人都是绝不好惹的角色。这些黄海早就知道，他要笑的却是他发现自己竟像是被围住的猎物，他从来都没有想过，自己居然还有被当作猎物的时候，十几年来都没曾想过，因为他觉得这一生再也不需要这样了。

但这次他的确成了别人眼中的猎物，活生生的猎物，那是从那一群人的眼睛之中读到的一个看法。

那黑披风的汉子很平静，就像他脚下所踩的雪厚一般平静得让人几乎会认为没有一点生命的存在，也很沉稳，便像是那暗黄色的天空，便像是那轻扰的云层，但他的眼神却极像天空中飞洒的雪花，那般活跃、狂野而冰寒，紧紧地盯着一个人的身上。

那个人不是很高，甚至有点矮，但给人的感觉却像一只豹子，雪中的豹子，他也披着一件披风，却是洁白的，便像是雪原的颜色，那般纯洁，那般清淡，那般恬静，他的头上并不是包着白巾，而是一顶极为美观而且典雅的白色帽子，倒像是一只雪貂般可爱。但这个人绝对不会可爱，更不会很恬静，至少他的眼睛已经告诉所有的人，他是个狂人，狂人没有几个是世人能够接受的，而像他这种人大概这个世上能够接受的人便是他的父母和兄妹，其他人甚至连看都不想看他一眼。

那穿着黑披风的汉子看着他，那的确是迫不得已，否则，他绝对不会去看这个人，更不愿看那两道比眼镜蛇与狼加起来还可怕的眼神。

的确，他必须要看，不看他可能便会成为一具尸体，一具放在大雪山里冰冻都保存不了一刻钟的尸体。

“尔朱追命！”那穿着黑披风的汉子冷冷地而又有一丝惊讶地呼道。

黄海的眼角牵动了一下，也便是因为这个名字牵动了一下，他很早便听说过有这个人存在于世上，但却一直没有机会见一见这传说中代表死神的人物。

尔朱家族之中的实力的确没有几个人可以知道，尔朱家族列入传说之中的可怕人物极多，至少有这个尔朱追命，更有一个尔朱天光，还有尔朱天佑，只是他们的光辉全被尔朱荣给掩盖了。因此江湖中一提到尔朱家族便只会想起尔朱荣，却难得想起这被称作“死神”的尔朱追命，但黄海却绝对不会不知道这个尔朱追命，早在二十年前，他就有意找这个“死神”比剑，但一直无法找到这个死神的踪影，却不想在二十年后居然自己送上门来了，但这一次却并不是一般的比斗。

“万俟丑奴！”那白衣汉子并没有否认黑披风汉子的话，反而低低地念出一个名字。

“你果然是尔朱追命！”那黑披风的汉子沉沉地道，但眼角却有着一丝微微的惊讶。

“你也不愧是万俟丑奴。”尔朱追命反口居然轻赞了一声。

“只是我没有想到堂堂尔朱家的第四大高手居然会用这种偷袭手段。”万俟丑奴冷笑道。

“这个世上并没有什么公理，也没有什么规矩，更不用讲什么身份，讲这些的人只不过是一群大大的傻瓜，大大的笨蛋。我是人，在这个世上高手并不一定能够活得好，而猎人却一定活得好，所以我便只会做猎人，一个不择手段猎取兽物的猎人。”尔朱追命淡然地笑道。

“好！尔朱家的人果然见识不同常人，这个世上的确只有猎人才可以活得好，如果你是猎人的话，我便做上一回猎物好了。”黄海有些赞赏地笑道。

尔朱追命冷冷地望了黄海一眼，淡淡地一笑道：“你的剑法的确不错，绝不会比万俟丑奴差，可我想不出你叫什么，看来真正的猎人反而是你了，因为我这次做的猎人已经不算很合格。”

“你很坦白，但你为什么不猜猜我叫什么呢?”黄海很轻松地笑了笑道。

“能有你这种剑法的人，天下并不多，在我的家族中倒可以找得到，而在我家族之外却似乎只有一个人，但你却不是他。”尔朱追命想了想道。

“那个人是谁?”黄海依然很悠闲地问道。

“那个人便是哑剑黄海，在你没有开口说话的时候，我倒有些怀疑你就是他，但这一刻，却知道你不是他，因此，我只能说并不知道你是谁。”尔朱追命淡然道。

“是尔朱荣要你来杀我?”万俟丑奴冷冷地问道。

“有我二哥的意思，但我的意思却更多，没有人可以在得罪了我尔朱家族之后仍然能够活得很逍遥，虽然你万俊丑奴是一条汉子，也不能。”尔朱追命冷漠地道，眼神之中恢复了那种毒蛇般阴狠的厉芒。

“但是你为什么不想一想，当尔朱伦害死别人一家时的那种感受呢?”万俊丑奴冷冷地回应道。

“要是我伦侄是那一家人所杀，我无话可说，但是你却不是。”尔朱追命冷冷地道。

“天下又有几家之人可以与你尔朱家族抗衡，天下又有多少人可以在受了你尔朱家高手欺负之下，可以凭借自身的力量杀了仇人，这叫天下事天下管!”万俊丑奴有些气恼地道。

“但我却也是自家仇自家报，因此，没有人可以干涉我们。”尔朱追命极冷峻地道。

“那你尔朱家便是没有王法了!”万俟丑奴扫了那几十名如冰雕般的剑手一眼，冷冷地问道。

“我们尔朱家族便代表王法，便是作为朝廷的王法来讲，我也必须杀你，别人可能不知道你万俟丑奴的野心，但我尔朱家族却是洞若秋毫，所以，我必须杀你。”尔朱追命冷笑道。

万俟丑奴脸色一变，不由得目中神光暴射，便像是盏明灯一般，定定地锁在对方的身上，空气之中立刻弥漫了剑的气息。

尔朱追命神色间显出一丝讶然，似乎对万俟丑奴的变化有些微微的惊异，因为万俟丑奴在这一刹那之间竟似成了另外一个人一般，无论是气势还是杀意，都绝不是刚才可以比拟的。

“你原来比江湖传说中的更为厉害，看来只不过是你一直在隐藏实力而已，今日看来我尔朱追命不会有虚此行了。”

“你今日的确不会有虚此行，我也想找你算上一笔账。”黄海淡漠的语音之中充满了肃杀之气。

“什么账?”尔朱追命不由得微微有些惊异地问道。

“你可记得十六年前，你尔朱家派出的十名好手追杀一个人?”黄海淡漠地道。

"你说的是那蔡伤的一名家将?"尔朱追命有些惊异地问道。

"你记得倒是挺清楚的哦。"黄海也有些讶然地道。

"能劳动我尔朱家族出十个人追杀的人便不会有几个，何况只为了一个人便派出了十个，便是数也不可能在几十年之中数出几个来。"尔朱追命极自信地道。

"那就很好，那我告诉你，那个人便是我。"黄海冷漠地道。

尔朱追命大感意外地问道："你就是十六年前蔡伤的那个家将?"

"不错，你应该知道蔡家一百多位兄弟及主仆被杀是谁为幕后主使人吧?"黄海眼中杀机暴射道。

尔朱追命淡然一笑道："我自然知道，不过这也好，想不到十六年后会继续由我来完成那一桩没有完成的任务。"

"那我便祝你好运，但愿你这个猎人可以做得长久。"黄海冷漠地道。

"那用不了多久便会有分晓的，你不用着急!"尔朱追命淡然一笑道，但他马上又笑不出来了，因为他立刻感觉到了一柄剑的存在，一柄似虚幻而又真实存在的剑，其实存在于自己的心中。

不，应该是两柄剑，两柄真实存在于心中的剑，尔朱追命知道，这两柄剑绝对不是他自己的，而是立于他们包围之中那两个人的，所以他笑不出来了，还未动手，对方的剑已经清楚地印入了他的心，这感觉无论是谁都难以笑起来的。

虚空中弥漫的不再是雪，而是杀机，一牵即动的杀机。

每个人身上的杀机都极浓，像是流动的血液，那般实在，那般有感觉。

每个嗅到的不仅仅是血腥的味道，还有那种充满火药味的杀意，甚至可以嗅到虚空中的剑意。

虚空之中弥漫的不再只是雪和杀机，还有剑。

剑居然也可以弥漫在空中，这岂不是一个不切实际的神话?不是，绝对不是!

的确有些难以让人相信，但每一个立在雪中的人都不得不信，其实尔朱追命也不大相信，但这次他却不得不信，因为这是他亲见的事实，更有着切身的体味，那种弥漫在虚空之中挥之不去的剑，有些像只是一种感觉，但这个感觉似乎在任何一刻都可能成为现实，这种随时都可以成为事实的感觉极为明显，所以绝对不会有人忽视这样一柄存在于虚空的剑，正因为它与真实相差并不远。

没有一个人不在暗暗地观察着这样一柄剑，因为他们不想让这样一柄虚无却又似有杀伤力的剑刺个洞穿。虽然他们扮得像个幽灵，却并不代表他们便喜欢做一个真的幽灵，那并不是一件好玩的事，更不是一个怎样完美的游戏，所以他们的全部心神放在虚空中弥漫的那柄虚无的剑上，全部的力量都只是在自己的手上，他们的目光只是盯着两个人，那便是黄海与万俟丑奴，便像是监视着两只比狼更可怕万千倍的猛兽。

雪又在飞舞，不是在空中，而是在地下，地面上的雪飞舞的中心最先是黄海与万俟丑奴的脚下，然后便像是旋涡般飞旋起来，那种飞舞的雪花便像是极为活跃的精灵，闪耀着一种让人心神乱颤的震撼。

雪花飞舞是风的频率，雪花飞舞却是气的使然，那种无形之中激涌的气流便像是风暴一般在黄海与万俟丑奴的身边爆散，做着一种毫无规则却漫涌着激情的动作。

那些剑手们早已拔剑在手，握得很紧，便像是握着一件可以救命的宝物。

尔朱追命没有新的动作，但他的表情却是有些古怪，便像是发现了一件极为不可思议的怪事一般，但他的手却已经轻轻地敛在了腰际。见过他出手的人都知道，尔朱追命的剑可能会从腰间的任何一个方位跳出来。甚至有的时候，人们感觉到尔朱追命的剑会是从肚脐之中标射出来，这当然是一种错觉，不可能有人会先刺穿自己的肚子然后再攻击别人的，可是尔朱追命能让人有这种错觉便已经很了不起了。

黄海与万俟丑奴依然静静地立着，便像是两座极为完美的雕像，挺拔而又轮廓分明，立于飞旋的雪花之中更有一种朦胧而经典的形象，更有一种近乎超然的感觉，但每个人都知道这两尊若雕像般的人绝对不会若他表面那般平静。

也的确不是，其实黄海与万俟丑奴早就已经出手，但他们所说的出手与别人不同，连尔朱追命都不得不承认这两个人出手是与众不同的。

尔朱追命知道自己看错了这两个人，绝对看错了这两个人，这是一次绝对不合格的狩猎，因此他有些怀疑这次猎人不是他，而是那立在风雪之中的两尊似不可攀的剑峰，猎物却是自己，这真的有些可悲，至少并不是一件可喜的事。但尔朱追命绝对不能够退缩，绝对不可以，尔朱家族之中的人，无论是猎人，还是猎物，都没有退缩的习惯，这是尔朱家族的骄傲，也是尔朱家族可怕的原因之一。

黄海与万俟丑奴身边那飞旋的雪花愈来愈快，也愈来愈烈，那些立于周围的白衣剑手神色也越来越凝重，那本来轻立的脚步也开始缓缓地移动起来，绕着黄海与万俟丑奴旋转起来，便像风车一般旋转起来。

地上的飞雪越扬越高，天上的飘雪愈落愈疾，便愈是浑成一种苦难的虚幻。

对于有些人来说，的确是苦难，至少对于那些高手们来说这是一种苦难，他们根本就无法与黄海与万俟丑奴联合的气势相抗，那种狂野无比的风暴式气势只逼得他们必须移动，否则他们本来很有协调性的围局将变得破漏百出，甚至会露出致命的破绽，因此他们必须以动制静地制造出一种气势来抗衡黄海与万俟丑奴联合的气势。还未曾出手，他们的先机已经尽去，这对于他们来说，的确应该是一个比较艰苦的战局，不仅艰苦而且危险。

当他们真正感到危险的时候，黄海与万俟丑奴竟从他们刚才立身的地方消失了，便像是突然的神迹一般，完全消失了。

当他们从云的缝隙之中再看到他们包围圈之中景色的时候，那只不过是一片迷茫的剑影，没有几个人弄得清楚这是谁的剑，但在每个人的心中，早已横定了一柄剑，那是由心中升起的剑。在心底升起的剑是无处不在的，正是那刚才弥漫在空中的剑，无处不在、无处不达、无处不通，更有一种无从匹衡的感觉，那的确是很可怕。

尔朱追命的剑也从腰际飙射了出来，只一刹那便将虚空割成了无数瓣，因为他发现了黄海的剑，他的感觉告诉他，黄海的剑是哪里来，很清晰，但是他的眼睛却并没有看到黄海的剑。他也不明白为什么会看不到黄海的剑，不过在很多时候，眼睛不会比感觉好用，他的心中也有一柄横处的剑，一柄无处不在、无处不达的剑，那是黄海的剑，能达到心剑的地步，绝对不会是普通高手所能有的，尔朱追命自问不能达到这种地步。但他出剑却根本不必由心来指挥，感觉却是由脑子所指挥，便是你攻入了他的心中，但却无法攻入他的脑子，无法割断对方的感觉，那种信手一挥的感觉。有时候根本就不必心中有所想，才会有所发，而是发出了之后才会有所想，这才是一个真正高手的可怕之处。

黄海的眼中也露出一丝讶然，尔朱追命竟然挡住了他这要命的一剑，居然能够感觉到他剑存在的位置，这使他对尔朱家族中的高手又有了一个新的认识。

尔朱追命的心中也更是惊骇，他发现对手所使的居然是左手剑，那种无形的剑气，那种有实的力道，那种灵活得让人心寒的速度，的确是让他大大地吃了一惊。

“你是黄海?”尔朱追命惊骇地喝问道。

“你说得很对。”黄海的剑突然又消失了，他的剑并没有直接与尔朱追命的剑相交，但他们两人的气机早就已经在虚空之中交过手。

尔朱追命心神大震，却感到一股来自雪底的暗流激涌而至，他根本就来不及思索，身形便迅速跃空而起。

“呼!”黄海一脚踢空，但那团飞雪却若石弹一般击在尔朱追命的腿上。

尔朱追命一声闷哼，手中之剑犹如是飞霞一般向黄海飞射而去，那本来四散飞扬的雪竟若狂龙一般顺着尔朱追命的气劲蜂拥地向黄海撞去。

黄海的身形微微一晃，一道无形的气劲飞逼而出，同时，身边亮起一团苍茫的剑幕，那由身后攻至的剑手便像同时受到黄海凌厉无比的攻袭一般，那一股股剑气已穿透他们的剑网，只吓得他们全都飞身而退。而这时候，尔朱追命真的看到了黄海的剑，只不过是一柄极为普通的剑而已，但那剑上的杀意却绝不普通，至少他感觉到绝对不普通，只是他有些不明白为什么黄海竟会说话，这的确让他费解得很。不过他也没有闲情去管这些，他的身形已经轻震了一下，虽然黄海那道无形的劲气并不是很强，却已足够让他的身子缓上那么一缓，然后便是黄海的剑。

“当!”黄海的剑刚好横切在尔朱追命的剑锋之上。

尔朱追命的身子再震，倒飞而出，而黄海的身子却像是一只萝卜般陷入雪下，尔朱追命的剑上的力道绝对不会小，而雪地又如此松浮，那些剑手的剑再一次若灵蛇一般扑了上来，但他们却并没有如愿以偿。

第三十五章　不悟佛心

他们最先迎上的不是黄海，而是向四面八方飞射的雪，每一片雪竟成了一块块冰刀，击在他们的剑上竟发出一阵阵清脆无比的脆响，简直让人大大地怀疑这到底是不是雪。

最让人心惊的不是这些，而是黄海的剑，黄海的剑竟由雪底下四洒而出。

居然会有由雪底四洒而出的剑，对于那些剑手来说，这的确不是一种极好的游戏。

黄海的剑的确可以由任意角度飞洒，而且任意角度似乎都那般具有杀伤力，都那样让人震撼，便像是一个极有灵性的活物，那般生动，那般灵活。

几声闷哼，那些想捡便宜的剑手并没有丝毫便宜可捡，他们的剑几乎在同一刻受到一股巨大的冲击力的入侵，几乎让他们有些把持不了自己手中的剑，只得飞身而退。但当他们睁开眼看清眼前的影像之时，居然发现黄海便在他们的眼前。

黄海居然在他们的眼前，而他们的心头也感到一阵虚弱，因为他们心中已经在呼唤，已经让他们知道黄海的剑是无法匹敌的，是无孔不入、无处不在的。

"呀!"万俟丑奴绝对不会是一个很手软心软的人，他的剑的确是无孔不入、无处不在，那些一波波攻至的剑竟没有一柄袭入他的剑网，但万俟丑奴的剑却可以从任意角度袭入对方的剑幕之中，根本没有一丝抵御的能力，便像他早已知道每个人的剑法破绽在何处一般。每一次，剑都会从最应该出现的地方出现，却成了每一位剑手最不想看见剑的位置，这对于他们来说，似乎残酷了一些，只不过这个世上本就是极为残酷，要想在残酷的世道中生存便必须将这些残酷看得平淡一些，那样便必须是心狠的人才可以生存。正如尔朱追命一般，这个世道之中只有真正的猎人才可以活得痛快，那种弱肉强食，猎人见得太多了，也当作极为平常，猎人不仅仅知道怎样狩猎，更知道怎样保护自己。因此，这个世道是猎人的世道，无论你是怎样一种弱肉强食的野兽，猎人都可以将你当成他的晚餐。

万俟丑奴本身就具备猎人的条件，因此他的攻击绝对是毫不留情的，没有人知道他的剑在空中划了几道曲线，也没有人知道他的剑会刺向哪一个位置，便像是一个谜一般在虚空之中做着极不规则的运动。

所以，伤他的人没有，被他伤的人却有几个，那飞扬的雪之中，偶尔有几滴鲜红的血液飘洒而下，杂着数声惨叫。

“当……当……”两柄剑飞上天空，但黄海的剑却来不及刺入对方的咽喉，身后便传来了一阵疾厉的锐啸，却是尔朱追命的剑。

这一剑几乎罩定了背后所有的穴位，那抽丝剥茧般的剑气竟在虚空之中将雪花绞成碎雨、水雾。

黄海不是不想要那两人的剑，但他却根本无法不去理会这要命的一剑，绝对没有人敢轻视尔朱家的剑法。

在江湖排位中，“黄门左手剑”排在尔朱家族的“天地苍穹生死剑”之后，甚至在“怒沧海”的刀法之下，只不过在尔朱家族之中悟通了“天地苍穹生死剑”的全部要诀的却只有尔朱荣一人而已。或许连尔朱荣也并未完全悟透，江湖中传说，“天地苍穹生死剑”之中有一部以天竺国文字写成的剑谱，而那本谱之上所载的正是其中一部分精义，到目前尔朱家族之中仍没有谁能读懂这本精义，但这只不过是江湖中的一个传说而已。是不是真实的，却没有人可以从尔朱家族中人的口中获得，由此可见尔朱家的剑法是多么可怕，能得传“天地苍穹生死剑”剑法的人必须是尔朱家族的嫡系，更有传男不传女之说，而且年轻一辈根本没有参读剑谱的机会，想要参读剑谱，必须是剑法真正地达到一定的火候，才能够进一步凭自己的智慧去体悟，而尔朱追命在尔朱家排名第四，这绝对不会只是一个侥幸，便算是侥幸，他这一剑也绝对不是侥幸，绝对不是。

黄海的身形便像是一只钻天的白鹤，手中剑突然翻出一片朦胧的幻象。

“当，当……”空中竟擦出一溜火花。

当火花不再闪耀的时候，黄海的身体已经升上了空中，地上的雪再一次飞掠起来。

很狂野地飞扬，像是被一只大涵洞吸入的泡沫，向天空中升起，而四面正在向下飞舞的雪花，也在同一时间改变了方向，向黄海飘来。

天地之间先是一亮，因为黄海的剑一亮，黄海的剑竟将四周的光吸引了过来，更将地上的雪也吸了过来。

天地之间再是一暗，因为万俟丑奴的剑一暗，万俟丑奴的剑竟像是突然陷入一个黑洞之中，然后那些雪花竟像是旋涡一般向四周辐射而去，那种无坚不摧的剑气便若流水一般顺着那旋涡般的飞雪向四面八方延伸，扩张，流动，但却有一股汹涌的暗流将四周所有的一切都向这旋涡之中吸扯，这正是万俟丑奴剑法的可怕之处。

然后有人发现，那向四周辐射的并不是飞雪，而是剑，万俟丑奴的剑，他的剑便在这一刹那间亮了起来，像是滑动的星云。

“呀——”万俟丑奴一声长啸，这星云一般流动的剑竟随着飞扬的雪向空中升了过去。

在万俟丑奴的长啸声之中，传出一阵狂乱的惊呼和惨叫，那些剑手若着了魔般向后飞射。

空中一暗，是因为多了两团雪云，那些飞扬的雪竟在虚空之中凝成了两团云彩，而两团云彩竟再连成了一片。

地面上的每个人都有一种梦魇般的感觉，似乎呼吸全被一片云彩隔断，而每一寸肌肉都在受着千万个方向传来的巨大吸力在拉扯，便有一种粉身碎骨的感受。

尔朱追命的脸色大变，大吼道："撤!"同时自己的身体便像是一团点亮的火球，在虚空中异常凄艳，一股回旋的劲风顺着这团火球飞速旋转，带动着尔朱追命的身体，若陨石一般冲向这可怕的地域之外。而在他身旁的剑手只觉得压力大减，也迅速向外疾掠。

地上的雪更狠，便若被火药炸得四散激射一般，那是因为天上的那片雪云便若泰山一般压了下来，快得有些不可思议。

"轰!""呀……"一声爆响夹着一阵狂乱的惨嘶和惊呼，那片雪云爆开。

雪云爆开，便像是有无数块巨大的坚冰向四周飞射一般。

没有人能够想象黄海与万俟丑奴联手使出三大杀招中的"彩云满天"的威力，或许连黄海与万俟丑奴自己也未曾想到会有怎样一种结果，但结果却并不需要去想。

当天空恢复平静之时，一切已经极为清晰了，仍有雪花在飘荡，但地上却被鲜血洒得一片凄惨，便像是一个屠场，而在黄海身边的却是几柄被绞成碎裂的剑与尸体，再远一点，便是被那喷射的若坚冰般狂野雪团及剑气击杀的尸体，却仍较完整，在五丈之外，仍有几个在挣扎着的躯体，并没有死去，但口中却在不断地呕吐着鲜血，显然是被喷射的巨大雪块砸成重伤，两匹马也竟倒在地上，没有半点声息。

远处却正有几点黑影在逃逸，那正是尔朱追命与他近十位剑手，但却可以看出他们至少也受了一些伤。

万俟丑奴不由得有些骇然地望望黄海，黄海却似乎也没有料到竟会有这般可怕的杀伤力，两人剑气相合，若真能像这一剑一般，天下还有谁是敌手?

黄海望着两匹倒在地上死去的马，不由得叹了口气。

万俟丑奴却缓步向那几名仍在挣扎的剑手行去，冷冷地望了他们一眼，露出一丝怜悯之色，却并未说话。

“你，你……杀了我吧！”那几人痛苦地道，眼神之中充满了绝望与痛苦，更多的却是惊骇。

“我为什么要杀你们?”万俟丑奴淡然地问道，眼中的杀气却渐渐敛去。

“因为我们要杀你！”一名汉子呻吟道。

“那是因为你们要活命。每个人都不想杀人，因为杀人绝对不是一件快乐的事，只要那人还没有疯掉，他便会知道每一个生命都是一样的珍贵。你们也不想杀我，但是这个世道让你们不得不杀我，因此，我不怪你们，我只怪这个世道，我也并不想杀一群没有还手之力的人。”说着从怀中掏出一个小瓷瓶，倒出几颗药丸道：“如果你们有胆量，仍是个男人的话，便每人吃一颗！”

那几个人惊疑不定地望了万俟丑奴一眼，不知他葫芦里卖的是什么药，不过横竖大不了是一死，不由得咬咬牙，毫不犹豫地吞了下去。

万俟丑奴淡淡地一笑道：“你们倒还有一些勇气，这是疗伤之药，只要现在你们不想自杀的话，应该不会死得很快。”

那几人神色变了几变，显然是刚吃下的那颗药丸的确起了一些作用，最后恢复平静，却极为惊疑地问道：“你为什么要救我们?”

万俟丑奴淡然一笑道：“因为你们也是人，我说过这一切并不是你们的错，我为什么要看着你们死在这里？只不过你们好自为之，不要为虎作伥，欺压善良百姓便行了。希望你们也明白，每个生命都是可贵的，任何人都没有权利让别人死去。”

“走吧！”黄海轻声道。

万俟丑奴再也不说什么，行至马旁，取下马背上的行囊，与黄海并排向西行去，唯留下那几名呆呆发愣的剑手静静地撑着身子，望着黄海与万俟丑奴并排消失在视线之中，仍然不敢相信这是事实。

天已入冬，寒气逼人，连朝中各位躲在极暖的宫殿中的王公大臣们也都感觉到逼人的寒意，甚至连心里都有些发寒。

北部的战报频频传来，李崇也首战失利，破六韩拔陵气势如日中天，锐不可当，起义军更是声震朝野，夏州、东夏州、幽州、凉州人们纷纷起来响应，起义军迅速膨胀，官兵之势根本就无法与之抗衡。

李崇与崔延伯及崔暹等只得守住坚城，以暂缓破六韩拔陵的攻势，待朝廷作出决定，不过，幸亏是寒冬，利守不利攻，以破六韩拔陵那势不可当的旗兵也无可奈何。更何况攻城战并不是北人的专长，李崇又有大军驻城，数城遥相呼应，破六韩拔陵也徒呼奈何。

朝中粮草源源不断地送至，再作打持久战的准备，这对破六韩拔陵极为不利，且马匹在这连日的大雪之下，威胁力绝对不如以前，只得退兵于长城外，但官兵也无力追击。

朝廷上下都是一片慌乱，孝明帝元诩连日来召集群臣商讨对策，却似乎毫无办法，而江湖之中又传出“哑剑”黄海与蔡伤在太行这一消息，使得无论是江湖还是朝廷都变得有些恐慌。要知道太行山延绵数千里，又在北魏疆土的最中间部位，若是蔡伤登高一呼，太行山上群寇纷应，那结果便像是一柄刺入北魏心脏的剑，可怕得几乎无法想象。那样整个北部将不再属于北魏，直接影响到山西及整个黄河流域的北部，再加上蔡伤早已是有名的无敌战将，又有谁是敌手。

一个破六韩拔陵已经使朝中有种无力可使的感觉，若是再加上一个蔡伤，再有梁朝虎视眈眈，朝中真的有些不敢想象。

孝明帝并不是一个很果断明理的人，他甚至有些害怕谈论这些事情，怕见文武百官的提议，但太后却极喜管理朝政，有人提议请蔡伤应对破六韩拔陵，以蔡伤无敌的勇猛和盖世的武功，绝对可以打赢这场仗。

很多人都知道，有蔡伤出马，自然胜算大增，但谁能请得动蔡伤？就不说十几年前杀他一家百余口家将仆役，便是没有那一场惨剧，蔡伤又身在哪里？又怎肯在隐居了十几年后重新领兵出征呢？何况在朝中畏惧蔡伤的人比畏惧破六韩拔陵的人更多，因为他们正是当初排挤蔡伤的人，更是尔朱家族的班底，他们的话分量绝对是没有人敢有疑问的。

元诩本身与尔朱家族的关系极为密切，对尔朱家极为依赖，怎会有应允请蔡伤出江湖的提议呢？于是，议定派黄门侍郎郦道元为大使，实行怀柔政策，去安抚六镇，下诏“改镇为州，诸州镇军贯（军籍）非有罪配隶者，皆免为民”。

但太后却并不赞同，郑俨、徐径诸人则附同太后之意，要请蔡伤出山，为此太后竟与元诩闹得极为不快，后来只好同意两种方式一齐用，在未找到蔡伤之前，依旧以黄门侍郎郦道元出任安抚大使，以平六镇民心，同时出动高手暗访蔡伤隐居之处。

江湖之中又传出消息说，哑剑黄海居然不是哑巴，更有师弟与师父在世，这让那些好事的江湖人津津乐道，如此有趣的事情，无论是谁都想去看看会有什么结果。

更有消息传出说，在陕西道上，尔朱家族的数十名高手被人击杀，甚至连江湖之中谈之变色的“死神”尔朱追命也是负伤仓皇而逃。

数十年来，从来都没有人敢向尔朱家挑战，可是这一刻尔朱家居然死伤数十名高手，怎能不叫人吃惊，怎能不令人兴奋和议论，谁都在猜那让尔朱家族之中的高手吃了大亏的万俟丑奴到底是怎样的人物。

在东部的确很少有人听说过有万俟丑奴这样一个极为厉害的角色，但在西部甚至在南边的梁朝，听说过万俟丑奴这个名字的人不是很少，特别是在甘陕地区，万俟丑奴早就是江湖之中津津乐道的人物。

很多人都知道万俊丑奴的侠行义举，见义勇为，更善解人之危难。万俟丑奴的朋友几乎遍及甘陕谷地，有武林豪强，有贩夫走卒，有山上猎人，有种田百姓，更有少数民族的英雄，有羌人、胡人、苗人、回人，更与西部、西北部各少数民族有交情，其足迹几乎遍布整个西部和西北部，其武功之高在西部各族人口中都传得极为神化。因此，在西部有数的几个受尊敬的人当中，万俟丑奴就是其中一个。

陕西道上的一战，使得万俟丑奴之名，若插上了翅膀一般，飞遍了整个北魏，也打破了尔朱家族是不可以挑战的家族之神话，似乎重重地给了尔朱家族一棒。

更有一个传闻说，万俟丑奴与“哑剑”黄海是同门师兄弟，同为“黄门左手剑”的传人，尔朱家族死伤几十位高手的事情是他们两个人联手所致，才使得“死神”尔朱追命也受伤而逃。

总之，江湖中传闻颇多，真正的事实知道的却只不过很少的一部分而已，但便是这些有些不很正确的传闻使得这个世界变得更精彩，更让人有活着的动力，也是给许多人制造压力和想象的材料，特别是江湖人，江湖之中的人最喜欢胡思乱想，否则茶前饭后用什么来解闷？

少室山，山村依然那般恬静，雪花并不很大，却更添了几分宁静与安详。

暮霭和晨钟平添了几许空寂与超然的气息，山风似乎不小，那些细细的雪花，在飘浇的过程之中舞起一阵美丽的弧线。

天色已经快晚了，但在山道上依然有人在缓缓地行走，那般深沉，那般雄健。

不是和尚，少林寺的和尚大概已经都在做晚课了，山门也快要关上了，但这却是一个上山的人。

一袭淡青色的长袍，一顶大毡笠，极为朴素，却绝不会是樵夫，虽然极为朴素的一身打扮，却显出一种儒雅而恬静、安详的气息，便像是根本就不在乎身边的一切，那般淡然超脱。

“漫舞清雪，暗云天山色，风扬路客醉眼，一袭长衫傲寒立，谁是归人？谁是路客？踩万山尽处，不是穷尽天涯路，暮苍茫，长歌笑红尘，一世豪强昔日梦，到老时，始知梅香何处，到老时，始知梅香何处！哈哈……”那行人吟罢，却淡然长笑。

声音清越悠扬，在空寂的山林之中淡然回荡。

“阿弥陀佛”一句佛号遥遥传来，道：“施主真是大彻大悟，佛心深厚禅意如机呀。”

那行人悠然止步，朗声笑道：“不知是哪位大师法驾，真是献丑了。”

“哈哈哈……”一阵极爽朗的笑意自山路转角处传来，一位高大的和尚缓步现出身来，道：“贫僧戒痴迎候施主多时了。”

那行人讶然打量了那和尚一眼，淡笑道：“大师怎知蔡伤今日定来呢?”

戒痴和尚嘴角露出一丝虔诚的笑意，道：“贫僧何来如此法眼，是烦难大师吩咐贫僧前来迎接，大师果然法眼无差，贫僧不知何日才能有此佛法。”

那行人正是离开阳邑的蔡伤，不由得一愣，但瞬即淡然笑道：“我师尊他老人家可还好?”

戒痴敬服地道：“大师佛法无边，身体自然硬朗，每日与佛陀谈论佛道，恐已悟天地之造化。”

蔡伤眼中闪出一丝欣慰，淡然道：“那请大师带路，让我一见师尊吧。”

戒痴双手合十，低念一声佛号，恬静地道：“大师正在闭关参悟佛义，恐今日无法出关，还得让施主再休歇一段时日，待大师出关之后再行相见。”

“师尊他什么时候入关的呢?”蔡伤淡然问道，说着跟在戒痴身后缓步而行。

“大师昨日入关，入关之前，告之贫僧施主可能会在近日赶到，叫贫僧予以接引。大师曾说这次入关只不过需要三五天左右，请施主放心。”戒痴淡淡地道。

“哦，那便请大师引路好了。”蔡伤淡淡地应道。

“还有一位老施主想见施主，不知施主愿不愿见?”戒痴突然一转话题道。

蔡伤一愣，讶然问道：“不知道哪位施主？现在在何处呢?”

“施主愿意见他?”戒痴扭头问道。

“见与不见只在心中，佛有度众生的责任，既然对方要见我，我岂能推脱，能推脱的不是他要见我的心。”蔡伤淡然道。

“是贫僧入俗了。”戒痴淡淡笑道。

“那位施主怎会知道我会来少林呢?”蔡伤微微有些惊讶地问道。

“这个贫僧也不知道，但这位施主已经在敝寺待了十数日，方丈师兄安排他住在客堂之中。”戒痴依然极为平静地道。

蔡伤不由得一呆，却不知道是谁会在少林等了他十几日。对方怎会知道他一定会上少林呢？不由得在心中微微打了个突。

少林寺始建于孝文帝之手，于公元四百九十五年落成，其规模极大，寺内的僧众极多，香火也还不错，如此乱世，或许真的只有这种佛家清静地才能够得以安宁。

客房是在寺院的中间。

蔡伤刚步入客堂的拱厅之时，便禁不住一声低呼道：“胡孟!”

立在客堂之中正在赏花的老者微微一震，惊喜地转过身来，有些不敢相信地望了蔡伤一眼，欢喜地道：“蔡兄弟果然会来这里。”

蔡伤吸了口气，扭过头去，不再望那老者，只是淡淡地道：“胡兄来找我有何事?”

胡孟不由得神色一黯，向蔡伤行了几步，与蔡伤并排地立着。

“蔡施主，你的客房在东厢第四间，贫僧便先行告退了。”戒痴淡淡地说了一声便退了出去，唯留下蔡伤与胡孟静静地立在走廊之上。

“没有事我便不可以找你吗?”胡孟有些伤感地反问道。

“你现在是大忙人，成了当朝的皇舅叔，仍有闲情来见我这山野草民吗?”蔡伤冷冷地道。

“你仍然不肯原谅我吗?”胡孟黯然道。

“我有什么不可以原谅的?”蔡伤冷漠地道，眼神始终只是紧紧地盯着天空之中飘落的雪，心思似是延伸到很远很远。

胡孟禁不住叹了口气，深深地望了望那冷漠的天空，吸了口凉气道："是我妹妹叫我来找你。"

"蔡伤早已经不再是以前的蔡伤了。十八年前，那个蔡伤已经死去了，现在的蔡伤已经与她没有什么关系了。"蔡伤吸了口气道。

"但是她还没有变。"胡孟有些激动地道。

蔡伤冷冷地"哼"了一声道："那是你的认为而已，就算她没有变，但她想找之人只不过是以前的蔡伤而已。"

"你在欺骗你自己！"胡孟扭头定定地盯在蔡伤的脸，冷然道。

"我有没有欺骗自己。我知道，你只不过太喜欢自以为是罢了。"蔡伤毫不为所动地道。

胡孟脸色微微一变地道："你真的一点也不念及旧情？"

"我已经告诉过你，蔡伤早已在十六年前陪他的爱妻付雅一起死了，你找错人了。"蔡伤幽幽地道。

"难道你便忍心看着她一天天地受着心的折磨，受到世人的鄙视？"胡孟冲口道。

蔡伤神色一黯，吸了口气，缓缓地伸出手接过几片雪花，有些淡漠地道："她贵为太后，权倾天下，谁敢鄙视她，谁能让她受折磨？"

"这些年来，你以为她开心过吗？"胡孟责问道。

"这些能怪我吗？我只不过是一个江湖刀客，一个曾经的山贼草寇，我能够改变吗？你们胡家的事我能够决定吗？当初若不是你的决定，会是今日这个局势吗？这是谁的错，是你，是你胡家的错。"蔡伤也有些激动地道。

胡孟不由得呆了一呆，便像是泄了气的皮球一般，长长地吁了口气，幽幽地道："或许是我的错，这一切全都怪我，但秀玲是无罪的，这近二十年来，你可知道，她从来都没有一刻开心过，她总是觉得对不起你。她为什么会如此，全是因为她想为你报仇。扰乱朝政，借故排挤那些曾与你有隙的朝臣，更不断地寻求新的解脱，便是因为她的心中只有你。她试图借别人忘记你，但近二十年来，她做不到，也没做到。我这个做哥哥的很明白她的心，所以她会叫我来找你。”

蔡伤定定地望着远处的天幕，深深地吸了口气道：“你不觉得这一切都已经太迟了吗？”

“你仍没有忘记她，对不对？你不要再骗自己了。”胡孟毫不放松地道。

蔡伤避开他的目光，幽幽地道：“那又怎样？我不能对不起雅儿，我更不能对不起我的儿子。”

“你有儿子？”胡孟惊问道。

“我为什么会没有儿子？”蔡伤有些微感欣慰地反问道。

胡孟吸了口气，淡然笑道：“真是苍天有眼。”

“所以我只能说一切都已经晚了，其实从你将秀玲送入宫中的那一刻，一切便都只能是一场难醒的梦，根本就没有回头的余地。”蔡伤似乎有些释怀地道。

“我本以为随着时间的流逝，一切都会淡漠起来，但我却错了。不过，这一切也不能全怪我，你要知道，这并不是我可以做主的，还得由我这个家族作出的决定才算数，我只不过是一个持刀的人而已。”胡孟黯然地道。

“但这个持刀的人却不应该是你。”蔡伤转目有些愤怒地望了胡孟一眼，又吸了口气道，“你既然当我是兄弟，便不应该在明知道在我与秀玲相爱之时，仍亲自将她送入宫中，换成是任何一个人送她入宫，我都不会有话说，唯独你不行。因为你是她的兄长，是我曾经的兄弟。”

胡孟避开蔡伤的目光，却不知道再如何开口，只是长长地叹了口气，有些软弱地道：“你要怎样对我都行，便是杀了我，我也绝对毫无怨言，因为这的确是我的错。但希望你不要将这之中的错也加到秀玲身上，好吗？”

蔡伤冷哼一声，道：“你现在才知道错了吗？这个世上有些事并不是一句错便可以解决问题的，秀玲的今日是你一手造就的，我并没有怪她。”

胡孟长长地吁了口气，又叹了叹，有些虚弱地道：“我现在才知道自己真的做错了，也明白了为什么秀玲会如此恨我，恨我这个家族的原因了。只可惜这的确是一个无法弥补的过错，这不能怪你，也不能怪秀玲，要怪只能怪自己，但你能不能够再去见她一面，算是我求求你，作为兄弟一场，一切的过错全都抛开，再去见见秀玲。”

蔡伤却不禁陷入了沉吟，心神恍若飞到极遥远极遥远的地方，那似是一个难以醒转的梦……

“这里便是凌伯的家!”屋外传来了杨鸿之的话，接着便是杨鸿之的身影出现在屋内。

“杨大哥有什么事吗?”凌能丽脆声问道。

“城里蔚府有人来找大伯。”杨鸿之应了声道。

“找我有什么事吗?”凌伯从内屋走了出来，问道。

“我不知道。”杨鸿之应了声。

“哟，这位就是凌老先生吧，看你精神抖擞，印堂发亮，想来是近日有大喜临门了。”一个很尖细的声音也惊动了正在看医书的蔡风，不由得放下手中的书，扭头向外望了一眼，却见张涛与两个老者踏了进来，门外显然还另有手下，不禁眉头微微一皱。

说话的是一个干瘦的老头，一脸圆滑而精明之相。

“多谢这位先生美言，我一个乡间的普通百姓，哪有什么大喜临门呢?不知先生找小老头有何贵干呢?”凌伯淡然问道。

那两个老头禁不住同时扭头向凌能丽望了一眼，便像是在审视一件珍宝一般，只看得凌能丽心头有些发毛。

那干瘦的老头这才干笑道：“我是蔚府管家蔚长寿。”说着又为身边的另一位老者介绍道：“这位是我府上的副总管蔚天庭。”

“哦，原来是大管家与副总管光临寒舍，只是寒舍太过简陋，怠慢之处还请多多包涵。”凌伯有些惊讶地淡然道，随着又向一旁的凌能丽道：“还不为三位倒茶。”旋又落落大方地道：“三位请随便坐。”

张涛惊惧和怨毒地望了蔡风一眼，大喇喇地坐下。

凌伯悠悠地坐下，有些不解地问道：“大管家与副总管冒着严寒而至，只不知道是何事如此劳动大驾，有事差下人来一趟不就行了吗！”

那干瘦的老头仰天打了个“哈哈”，望了凌能丽一眼，神秘兮兮地道：“我们来是为一件大喜事，也是一件大事，怎能差下人来呢？”

凌伯一愣，有些不解地问道：“还请大管家明示，小老头不知道有何喜事，有何大事？”

“嘿，老实跟你说吧，我听说贵家千金犹未出阁，而我家公子很仰慕贵家千金，这才特叫我两个老头冒寒而来，想结成这一段美满姻缘。”蔚长寿低笑道。

“不错，贵家千金若是嫁到我们蔚家，将是荣华富贵享之不尽，而凌先生也可以安享晚年，这可不是大喜事吗？”蔚天庭也附和道。

凌伯脸色微微一变，淡淡地一笑道：“小女年岁仍小，而又天生粗鄙，如何能够登得大雅之堂，恐怕大管家和副总管会失望了。”

“这一切都不是问题，只要凌先生一句话，我们便可以把这门亲事给定下，其他的慢慢定会办妥。”蔚天庭淡淡地道。

蔚长寿也望了凌能丽一眼，附和道：“年岁的确不是问题，大可再等一两年，而我看贵千金灵气逼人，秀丽端庄，想来绝对不会是粗鄙不登大雅之堂之人。”

凌能丽端着茶走过来，却听得这番话，不由得气不打一处来，伸手就将三杯茶水一下子全都洒在地上，只将空杯子端了回去。

几个人不由得全都呆愣愣地望着凌能丽，场面弄得尴尬异常，蔡风却暗自得意。

“丫头，怎么可以对客人如此不礼貌？还不快向几位客人道歉。”凌伯面色有些难堪地道。

“嘿，不必，何必如此小题大做，令爱率真直性，的确是世间奇女子。”蔚长寿干笑道。

“不同于世间庸脂俗粉，正是我家公子心仪之处，哪用道歉。”蔚天庭附和道。

“你家公子是谁我都不知道，你回去告诉他，本姑娘早有心上人了，叫他死了这条心吧。”凌能丽冷笑着插口道。

此话一出，连凌伯也不禁呆住了，全都惊异地扭头望着凌能丽，像是在看个怪物一般，他们哪里见过一个姑娘家当着别人的面说自己早有心上人，如此直露地回绝别人。

“嘿，姑娘说笑了……”

“本姑娘从来不说笑的。”凌能丽认真地道。

“丫头，没你的事，你先给我进去!”凌伯脸色微微有些难看地道。

“爹，这可是关系到女儿终身的大事，怎说不关我的事呢?”凌能丽急道。

杨鸿之本认为张涛他们只不过是来找凌伯求医的或是找蔡风算账，这才乐意带他们来凌伯家，这一刻却得知他们是来提亲的，这一惊可就非同小可，哪里还会再帮张涛及蔚家说话，不由得附和道：“对呀，阿伯，能丽说得很对，这事情关系她的终身幸福，她怎能不出主意呢!”

张涛狠狠地瞪了杨鸿之一眼，只吓得杨鸿之立刻噤声，倒是凌能丽感激地望了他一眼，让他大感受用。

蔡风也插口道：“对呀，凌伯，这的确是关系到能丽一生的幸福问题，必须慎重考虑。更何况对方前来求亲，那要求亲的人一次都未曾出现过，也不知道是断了腿的废人抑或是只有半边脸的妖怪，否则怎会不敢前来?再说，他还从未来到这村里，便先去打听别人家的姑娘，明摆着就是极不尊重人。无论是从哪一点去考虑，对方都是没诚意，这不能不让人三思呀。”

“你……”蔚长寿与蔚天庭不由气得脸色大变，却不知道如何反驳或教训他。

凌能丽似乎极为满意地望了蔡风一眼，附和道："爹呀，蔡风说得很有道理，对吗？因此，这件事无论如何你都得由我自己作主张。"

凌伯本来有些难看的脸色缓和下来，望了凌能丽一眼，又望了蔡风一眼，再对蔚长寿淡然笑道："几位老爷真是辛苦了，这么个大冷天，劳驾走这么远来为小女亲事操心，但小女从小被小老儿娇惯坏了，我也不能有违她的心愿。只好让几位失望了，不如在寒舍用完午膳再回府吧。"

蔡风与凌能丽禁不住在偷笑，杨鸿之的心中却是酸酸的，但也似乎微微感到一丝欣慰。

蔚长寿与蔚天庭的脸色微微有些难看，冷冷地扫了蔡风一眼，微微泄出一丝杀机，这才扭头淡漠地道："凌先生是不是再考虑一下？"

凌伯心中一凛，想到了蔚家在蔚县的势力及朝中的关系，又不由得头大，但刚才既然已经拒绝了人家，自然不能再改口，只得淡然地应道："小女实在是不敢高攀，还望几位见谅。"

蔚长寿与蔚天庭两人脸色顿时一变，阴沉地道："听说凌家窝藏贼人，还与殴打官差的人相互勾结，不知道可有此事呢？"

凌伯霎时脸色变得有些苍白，他想不到对方翻脸如此之快，而且正中要害，明明知道对方是恼羞成怒故意找碴儿，可是又无法分辩。

凌能丽也立刻意识到什么似的，有些紧张地向蔡风望了一眼。

杨鸿之也为之变色，他自然知道接下来的是什么，若是蔡风被抓，他自然会拍手称快，但若是凌伯与凌能丽被抓，怎也不会甘心，不由得出言道："不关他们的事，打官差的只是他。"说着向蔡风一指。

凌能丽的脸色立刻变得有些苍白。蔚长寿奸笑道："窝藏贼人与贼同罪，既然他便是那贼人的话，这一家自然逃不出其咎。"

蔡风行上几步，冷冷地扫了蔚长寿一眼，淡漠地道："医者父母心，我是病人，凌伯是大夫，这不叫窝藏贼人，更何况你凭什么说我是贼人？"

"哼，你的口齿倒是挺伶俐的呀，只是沦落为贼倒是挺可惜的。"蔚长寿打量了蔡风一眼，讥嘲道。

蔡风淡淡地一笑，反唇相讥道："看你也是人模人样的，只想不到在恼羞成怒的时候，就像闻到血腥味便乱咬人的狗。"

"大胆!"张涛一声怒叱，一拳若奔雷般向蔡风面门袭到。

"小心!"凌伯与凌能丽一听蔡风这尖刻的话便知道不好，不由得急忙出声提醒道。

杨鸿之也觉得蔡风方才那一骂的确很痛快。

蔡风冷冷一笑，缓缓地伸出一只手，便像是挥去额角的汗水一般轻柔缓和而优雅。

这一挥手看起来极慢，每一个细节，每一个转变都是那般圆润而细腻。

"噗!"张涛却一拳眼看便要把蔡风的鼻子嘴击得一样平，可是他仍然在这样小小的一线情形之下而错过了机会。

张涛的拳头竟是击在蔡风的那扇似的手上，刚好击在手掌之中，然后张涛的眼睛竟放大了。

张涛的眼睛放大了，是因为他看到蔡风那只握住他拳头的手在轻柔而缓慢地收缩，而很多人便听到了一阵骨骼快要碎裂之时的那种让人心头发毛的声响。

蔚长寿的脸色变了，蔚天庭的脸色变了，他们是因为蔡风那轻描淡写的一只手。凌伯的脸色也变了，他却是因为听到那一阵骨骼碎裂的声响，他是个大夫，一个对医道极为精通的大夫，所以他明白那骨骼的裂响代表什么，也明白要那骨骼发出这种响声是多么不容易，因此，他的脸色变得有些惊讶而骇然。

凌能丽却看得入了神，蔡风刚才那轻描淡写优雅无比的动作正是为她所专创的招式，只是她无法达到这种轻描淡写、圆通自如的境界而已，但她却看得有些心醉，因为，她想不到这轻描淡写的一个动作却有如此的奥妙，如此的力道。她更知道蔡风那五根指头所在的位置，那简直是一个无比巧妙的奇迹。蔡风教她的时候，叫她五指是搭在别人手上的"手少阳三焦经”、“手阳明大肠经”、“手太阴肺经”之上，同时运力于“合谷”、“阴溪”、“太渊”、“三间”、“阳池”五穴之上，这种无比灵活而巧妙的动作，几乎包容了所有武学的精义。

蔡风那轻柔的一只手的确是紧紧地控制了张涛的“手少阳三焦经”、“手阳明大肠经”及“手太阴肺经”三大经脉，只是他的功力根本不是凌能丽所能比拟的，因此，他完全可以改变成另一种暴力的行动。

蔚长寿出了脚，很凌厉，很沉重，很快，很难，很狠辣的一脚，是踢向蔡风的腋下。

腋下，的确是一个很重要的部位，可以直接攻击体内的内脏，心肺、肝、胃，都挤在胸腔之中，若是腋下受了这重重的一脚，绝对没有几个人受得了，包括蔡风在内。

凌伯与凌能丽忍不住一声惊呼，他们想不到这干瘦的老头这样说打就打，动作干脆利落，威猛之处，恐怕几个张涛加起来都只不过如此而已，这怎能不叫人心惊呢？连杨鸿之也忍不住要叫好，他当然是叫好了，这一脚落实，只怕眼前这个大情敌便会去掉。

蔡风依然是那般优雅，不过他也似乎没有料到这干瘦的老头会有如此可怕而狠辣快速的攻击，但他并没有丝毫慌乱，也根本用不着慌乱，犹如赶集一般，悠闲自得。

第三十六章　天道传说

众人再看的时候，有一只手已经迎向了那只脚，那只凶狠的脚。

是蔡风的手，并不是那只本来闲着的手，闲着的手依然闲着，迎向那只脚的只是刚才握住张涛拳头的右手，那般生动而优雅地迎向那只脚，与那只刚猛而狠辣的脚简直是一个极为鲜明的对比，但是蔚长寿的脸色却变了。

蔚长寿的脸色微微地变了，便像是张涛的手那般有些不自然，但张涛的身子却只是摔了出去，不算很重，连条板凳也没有砸断，因为张涛的身子是从板凳底下过去的。

“砰！”一声闷哼，蔡风的身形微微晃了一晃，蔚长寿的这一脚却变得很没有情调，也没有规律和节拍地反落而下，重重地反砸在地上。只不过，力道可比张涛猛多了，那很坚硬的干地面居然被砸下一个深深的脚印。

凌伯与凌能丽再一次吃惊，并不是吃惊蔡风依然能如此轻描淡写地解决这样一脚，却是惊讶，那干瘦的老头居然有这么大的脚劲。

蔚天庭并没有出手，他便像是一个看戏的人一般静静地望着眼前这快捷利落、简单而又有趣的表演。

蔡风依然很优雅，便像是没事人一般，淡淡地耸了耸肩，很有趣地笑了笑道：“最好是不要让我出手，否则大家都不会有好日子过。”

凌伯与凌能丽不由得脸色都变得很难看。谁都知道蔚家绝对是不好惹的，在这方圆两百里之内，蔚家的势力几乎是无处不在，而蔡风却如此不知天高地厚地与他们为敌。这岂不是自寻死路吗？便是蔡风再能打，也不可能敌得过整个蔚家，因此，凌伯与凌能丽脸色变得有些难看，但是却见蔡风依然如此镇定轻松，若非知道蔡风处处有些出人意料之外，还真的以为蔡风是个疯子。

“难怪你能够让张捕头他们丢丑，果然是个人物。”蔚长寿目光如刀地射在蔡风的脸上，淡漠得不带一丝感情地道。

“因此，我劝你们还是死了这条心，无论是这门亲事还是我这个莫须有罪名的贼人，都不要想，这只会对你们有好处。那几个捕快的确是我打的，那是因为他们太不自量力，挨些打总比将来丧命要好。”蔡风淡漠地应道。

“你好狂！”蔚天庭冷冷地插口道。张涛从地上狼狈地爬起来，那只本来握成拳头的手已经红肿得很高，目光之中除了怨毒还有惊惧，他似乎仍弄不明白蔡风怎会有如此可怕的功力，他根本没有一丝反抗的力量。

“我不否认，我一向都很狂，说我狂的人你不是第一个。”蔡风回答得很有意，就像他的眼神一般有意思。

凌伯似乎还是第一次见识到蔡风狂野的一面，也想不到蔡风的语锋会如此利，更为蔡风暗暗地担心。

“你到底是什么人？”蔚长寿冷漠地问道。

“你是不是对每一个人都这么问？”蔡风反问道。

蔚天庭的脸色也变得很难看，因为蔡风似乎太不合作了，而且那狂傲的神态的确让人很难接受，便像是完全目中无人一般。

“很好，你果然够狂，果然有蔡风那种狠劲，只不过你装得太像了而已，看来我们是不让你心服，你是不会开口的。”蔚长寿尖声尖气地道。

蔡风不由得一愣，旋又大感好笑，奇问道：“我就是蔡风，还要装谁？”

“黄口孺子，什么人不好装，偏要装蔡风，实话告诉你，蔡风早死在断身崖。我倒要看看你这个蔡风可否也有挑战破六韩拔陵的本领。”蔚天庭也大为恼怒地喝道，同时两只手便若幻影一般，掀起满天的爪影向蔡风当头抓到。

蔡风不由一呆，想到了可能是怎么回事，只是他根本就料不到李崇会将他大力宣传，使得附近县郡的人都知道他这个勇斗破六韩拔陵，闯敌人千军万马，再宁死不屈而跳崖身死的军中英雄，而蔚县与阳邑并不是很远，自然听到了蔡风的事迹，是以蔚长寿与蔚天庭居然当他是冒名的贼人。

"小心！"凌能丽不由得一声惊讶，将蔡风的思绪收回，这时那满天的爪影已经盖过了脸庞。

蔡风一声低啸，身子迅速后仰，两掌便像是推磨般平推而出，汹涌的暗潮立刻使得空气发出一阵"呼隆隆"的闷响。

爪影突敛，蔚天庭竟由底下快捷无伦地踢出一脚，似乎这才是真正的杀招。

"啪——"当人们看到蔚天庭的脚时，却发现那是踢在一张板凳之上。

板凳没有飞射而出，而是定定地在原地晃也没晃一下，便碎裂成一堆木屑。

蔡风在那一脚踢至时奇迹般地一个换步，身子倾斜着在空中打了几个转，换到了另一个方位，整个过程便像是变戏法一般让人眼花缭乱，但蔚长寿却看得极为清楚，他心下一阵骇然，因为刚才蔡风虽然是那种在空中旋转，但至少仍有三个后招可以躲过任何攻击，是以他并没有出手。

"呼——"蔚天庭的掌便像开山巨斧一般劈到，掩起一路的呼啸。

蔡风一声冷哼，五指一阵乱拂，借着上身反弹的力道，幻化成一道极为圆润的弧线。

"啪！啪！"蔚天庭一声惨哼，捂掌而退，惊呼道："剑气！"说着骇然地望着那清晰地印着五个红印的手掌，几乎不敢相信这是事实。

蔡风居然可以凭着手指的力量逼射出若剑一般凌厉的劲气，这绝对是他们不敢想象的。以蔡风的年轻，怎会有如此高的功力呢？的确极出他们意料之外。

蔡风依然极为潇洒地拍了拍身上的衣服，似乎刚才那几个动作，便使衣服之上沾了许多的灰尘一般。

蔚长寿有些惊惧地望了蔡风一眼，蔡风那种莫测高深的感觉极为有压迫感。

“我说过，最好是不要逼我出手，这对双方都不会有什么好处，绝对不会有好处。”蔡风淡淡地道。

蔚天庭脸色无比难看地沉声道：“以你的武功，你为什么要冒蔡风之名呢？”

这样一句话，把凌伯与凌能丽及杨鸿之等人也弄得呆住了，为什么他会是冒蔡风之名呢？要不然蔚天庭怎会认为有人会冒蔡风之名。

蔡风也不由得大感好笑，好气地道：“我坐不改姓，行不改名，堂堂正正的蔡风。”

蔚天庭蔚长寿不由得也呆了一呆，怔怔地望着蔡风，蔡风那种斩钉截铁的回答，使他们也有一种糊涂的感觉。

“难道这个世上会有两个蔡风？”张涛也有些糊涂地道。

“那我就不知道了。”蔡风不由得好笑地耸耸肩，摊摊手道。

“你是不是武安郡的蔡风？”蔚天庭又道。

“不错，武安郡的蔡风，与破六韩拔陵交手，崔暹将军的亲卫，速攻营战士蔡风。”蔡风不再啰唆地道。

“不可能，那个蔡风早已在数月前葬身断身崖。”张涛叱道。

蔡风淡然一笑，扬手挥出一道暗影，射向蔚长寿的面门。

蔚长寿一惊，想不到蔡风说出手便出手，急忙伸手一挡，却将那道暗影抓在手中，张开一看，却是一块紫佩，刻上极繁杂线条的紫佩。

蔚长寿与蔚天庭不由脸色大变。张涛大为不解，奇怪地望了望那块紫佩，却不知道是表示什么。凌伯等人也不由得大奇，区区一块普通的紫佩竟能让蔚家两位大人物如此惊讶。他们当然不知道蔚长寿与蔚天庭并不是只因这块紫佩而震惊，而是因为证实了蔡风的身份。传说中蔡风是黄门左手剑唯一的传人，要说是，一个大将军身旁的侍卫，这并不在蔚家的眼中，可是眼前这个侍卫却是连不可一世的破六韩拔陵都被其击伤了的人物。他自身那可怕的武功还是其次，最近江湖流传“哑剑”黄海出江湖，更有传黄海不仅亲自出手，而且还有师弟、师父，江湖之中更传黄海与蔡伤联手成了太行山群寇的首领，光是这几点，谁都知道黄海绝不会再是二十年前那种独行之人，而他所有的后盾都是那般有力，那般可怕。

黄海的师弟，在陕西道上与尔朱荣家族高手一战之事，几乎整个北魏都知道。黄海自己的威名早在二十年前便是无敌高手之列，再有北魏第一刀之称的蔡伤，又有太行山群寇，更有黄海师门之中的那些神秘传说，江湖之中，能够惹得起黄海的似乎没有几个。恐怕连朝廷也都要变色，而蔡风更应与黄海有关系，身份一下子变得超然，让人敬畏起来。

蔚家虽然是一个大家，也极有势力，但与太行山相隔太近，有些地域之中几与太行贼寇相联，若是得罪了蔡伤或黄海之中任何一人，大概这一生都不会有好日子过。因此，蔚长寿与蔚天庭两人要大大地变色。

蔡风淡淡地一笑，道："我的确跳入了断身崖，但那还不能够让我死去。"

"不可能，那你怎会渡过桑干河到这里来呢?"蔚天庭犹有些难以置信地问道。

"我没死当然不会再等着人来杀我了，这便要问破六韩拔陵了。"蔡风淡漠地道，神色间射出微微而淡薄的杀机。

蔚长寿与蔚天庭不由得呆呆地望了手中的紫佩，竟发起愣来了。

"几位是仍留在这里吃午餐还是要怎样?"蔡风淡淡地道。

蔚长寿与蔚天庭相视望了一眼，便若泄了气的皮球一般将手中的紫佩扔还给蔡风，淡然道："蔡公子好意心领了，既然有你插手此事，我们今后绝不会来找他们的麻烦，还请代我向蔡公与黄公问声好。"

"那你们的情我也便先领了，最好回去劝劝令公子省省心，若是有任何有损凌姑娘的事情发生，结果不用任何人说可以想见的。"蔡风的声音中充满霸气与坚决之意，使人很清楚地感觉到，若有人对凌能丽不利的话，那他将会不择手段地对付他。

蔚长寿与蔚天庭脸色微微一变，却忍住了气，淡然道："没事，我们会解决好的，我们先告辞了。"说着头也不回地领着张涛行了出去。杨鸿之也看得稀里糊涂，虽然他不明白怎么回事，但是他却知道蔡风的身份绝对是不能惹的，连蔚家之人都不敢惹，他自然更不用说了。

凌伯与凌能丽却瞪大眼睛疑惑地望着蔡风，像是看个怪物一般。他们以前只知道蔡风是一个极为莫测高深的人，从来没有听蔡风谈过有什么显赫的背景。可今日从蔚长寿的对话之中，竟发现蔡风似乎是连蔚家也惹不起的人，这般忍气吞声而退，怎不叫他们惊异莫名。

凌能丽声音有些冷硬地道："蔡公与黄公是什么人？"

蔡风一愣，没想到凌能丽竟会有怪罪之意，不由得有些不好意思地赔笑道："对不起，我以前一直未曾向能丽提起过，真是蔡风罪该万死，还望能丽大人有大量，不要介意好吗？"

凌伯一呆，始知凌能丽所说的有心上人是怎么一回事，见两人如此，不由得心下也稍稍安心，而刚才又证实蔡风并非贼人，而且又似乎是极有身份地位之人，两小能够有这般结局，自然是极高兴之事了。

杨鸿之却脸色气得发青，连个招呼也不打便冲出了大门。

"他们是谁？"凌能丽神色仍没放松，口气缓和了不少。

蔡风望了望凌能丽那认真的样子，应道："一个是我爹，另一个是我师父。"

"你爹和你师父？"凌能丽与凌伯同时一惊问道。

"不错！"蔡风点头应道。

"那你为什么不早告诉我们，他们又不是什么大罪人，怕我们吃了他吗？"凌能丽大发娇嗔地道。

"我不太喜欢提起他们，因此，才会一直没对凌伯和能丽说喽，还请不要见怪，不是我有意的。"蔡风耸耸肩无奈地道。

凌能丽望了表情怪怪的蔡风一眼，不由得笑骂道："没见过你这么不屑的人，连自己的爹和师父都不愿提。"

"丫头，别胡说，蔡公子或许有他自己的苦衷，你怎么能这么说呢？"凌伯看不过眼，不由得叱道。

蔡风苦笑道："不是我有什么苦衷，而是我师父和我爹太有名了，我觉得提起他们会让我感到惭愧，所以我才不喜欢提起他们。”

凌能丽和凌伯不由得全都一呆，哪有一个人当着别人的面夸自己亲人太有名了呢？这岂不会让人当作一个大笑话吗？凌伯呆了一呆，若有所思地问道：“不知令大人高姓大名呢？”

蔡风摊手苦笑道：“我爹单名一个伤字，我师父姓黄，单名一个海字。”

“蔡伤、黄海！”凌伯不由得惊得倒退一步，不敢相信地反问道。

蔡风不由得点了点头，道：“正是！”

凌能丽从小没有出过大山，虽然听到很多村里的人曾提到蔡伤这个名字，只是在她的脑子中远构不成什么很深的印象，自然没有凌伯与蔡风、黄海同一辈之人的感触深，因此对凌伯这般震惊也有些不解，只是淡淡地道：“你爹我倒听过，你师父我却没听说过。”

“丫头，你知道什么，蔡公子乃是当世两大绝世奇人之后，他们出名的时候，你还没生下来呢！”凌伯稍稍镇定了一些叱道。

“两大当世奇人！”凌能丽不解地歪着头向蔡风问道。

蔡风苦笑道：“凌伯还是叫我阿风好了，我真是不想做什么公子。”

“算你识趣。”凌能丽娇笑道。

凌伯一呆，长长地嘘了一口气，面上沾满了喜色地道：“丫头，你真是前世修来的福，能得阿风传人功夫，你可知道，天下有多少人想找这个机会都找不到哇。”

凌能丽顽皮地斜眼望了望蔡风，俏皮地道：“他的功夫根本不好使。你看，他还避不过我这一拳。”说着提起粉拳很快地击了出去。

“啊呀——好痛！”蔡风不闪不避却故意大声呼痛，只逗得凌能丽和凌伯相顾失笑，屋子里的气氛一下子变得无比活跃。

“烦难大师出关了。”戒痴推开蔡伤的房门，双手合十，宣了一声佛号道。

蔡伤放下手中的笔，迅速坐起，和缓地道：“大师请带路。”

戒痴轻瞥了那放在桌台上的纸一眼，见龙飞凤舞的几个字若欲飞之龙，却没再说什么，转身而行，蔡伤缓行其后。

雪已经停了，雪景似乎格外迷人，那悬立的冰凌，那倒挂若狼牙的姿势，给人的感觉却有另一种清闲，檀香之气特浓，似乎弥漫了所有的空间，使人的心境不由自主地平静下来。

穿过几座佛堂，便抵达一座禅堂，这里弥漫的似乎并不是一种檀香所制造出来的肃穆，而是像是一种天然而存在的气势，无处不存在的气机已经将整个禅堂添上了一种极为神秘的色彩。

蔡风的心刹那间变得虔诚起来，每走一步都是那般小心，便像一个不小心怕惊扰了这种神秘而又无处不在的气机。

“烦难大师便在禅房之中，施主你请进吧！”戒痴平和而虔诚地道。

“谢谢大师引路！”蔡伤也转身双手合十肃穆地道，望着戒痴消失在眼下这才转身向禅房行去。

禅房的门只是轻轻地掩着，蔡伤并没有立刻推开禅房的门，只是恭恭敬敬地道：“弟子蔡伤前来叩见师尊。”

“进来吧，门没有关上。”一个苍暮而慈祥的声音飘了出来，轻柔得便像是在梦里的呼唤，在虚无缥缈之中回荡成难以触摸的仙机。

蔡风缓缓地推开木门，轻轻地跨入禅房，再虔诚地转身关上木门，才回过头来望着那坐在一尊佛像前须发皆白的老者。

满头银丝很恬静地散披着，紧闭着双眼，给人的只有那种沉静而优雅深邃莫测的感觉，任何人都在想，那紧合在一起的眼皮之后，一定是一个无限宽广辽阔的天空，那红润得没有半丝皱纹的脸，便像是玉石一般映射出淡漠而圣洁的光彩，不是很高大的身材，瘦瘦地盘坐在蒲团上，便像一尊特异的佛像。

蔡伤缓缓地跪于地上虔诚地磕了三个响头，这才爬起来静坐在一旁的蒲团之上。

“你心乱了。”那老者轻柔地道。

“师尊明鉴！”蔡伤并不否认地道。

“尘缘难尽，恩怨难明，世间情仇是何物？笑红尘，痴儿。”那老者嘴唇轻启感叹道。

“师尊能给弟子指一条明路吗?”蔡伤恬然问道。

“你心障未除，情缘未绝，一切问题仍必须由你去解决，二十多年未见你明悟了很多。”那老者淡然道。

“多谢师尊夸奖，弟子此次前来是为了三十年之约的事。”蔡伤认真地道。

“我知道你是为此而来，因此，为你留了一个锦囊，但必须在明年清明之后，才能拆开。”那老者从怀中掏出一个锦囊，然后平平地升起，便若有一只无形的手轻轻地托着缓缓地送到蔡伤的手中。

蔡伤一愣，认真地将锦囊纳入怀中道：“天痴尊者的弟子已与弟子交过手。”

“天痴早已告诉了我。”那老者淡然宽和地微笑道。

“师尊见过天痴尊者?”蔡伤一惊问道。

“没有，但我感应到了他，他便在这太虚之中。”那老者祥和而恬静地道。

蔡伤不由得一阵骇然，扭头四顾却根本没有感到一点异常。

“那是一种我与他都完全无法触摸的境界，世人更是无法看通看透，或许将来你尘缘尽时，也会参悟到这种境界，没有任何语言可以描绘那种感觉，也没有任何实物可以代表它。那纯是一种心与心的，心与孕育万物的宇宙与这充满生机的大自然的吻合，超出任何感官和想象之外的境界，因此，只有我感应到了他，读懂了他，他也同样感应到了我，读懂了我。”那老者脸上那圣洁的光辉更加亮泽地道。

“那是不是便是天道?”蔡伤不由得问道。

“是，也不是，天无道，人有道，道在心，心在野，野在虚无，是以道在人心，说天道者，乃为不解道之说，一意追天之道，则会误入夹巷，可行而路窄，追心之道，可通天，可入地，道之真义在于心。”那老者悠然地道。

蔡伤神色也逐渐平静，心神却被引至一个神秘莫测的虚幻之中，口中却不住地叨念着老者所说的话，良久才从那一番话中回悟过来，不由得奇问道："那师尊可还赴三十年之约？"

"赴，那是一个变更，那也是为师在人世的最后一天。"那老者极为恬静地道。

蔡伤大震，惊问道："这，既然这样那为什么还要去呢？"

那老者平和地一笑道："为师不会死的，只不过为师会从那一天开始，将有一个新的生存方式，将会活在这太虚之中，无所不在，无处不到，可以看着你们好好地活，或许你将还可以见到为师也很有可能。"那老者极为慈祥地道。

"那岂不是与死去是一回事？"蔡伤有些悲切地问道。

"不，那是两种完全不同的事情，或许有一天你会明白，但那是无法解释的问题，为师也不会寂寞，在这太虚之中，将会有天痴尊者陪伴着我，更有佛陀，还有很多很多的人早已比为师先一步步入这层世界，我感到了你师尊的存在，还有一些人，但他们存在的方式与世上的人完全不同，因此，你放心，为师不会有事的。"那老者恬静地道。

蔡伤不由得听得呆住了，那是怎样一个世界？那又是怎样一种生存方式？那是一群什么样的人呢？难道这个世界之中真的有神的存在？一切都像是一个无法开解的谜，无法开解的谜！

洛阳，身为都城的洛阳，虽然在有风雪的寒冬，依然是那般繁华，那般热闹。

雪后初晴，天气似乎更冷了一些，但每个人的精神似乎都更舒缓了一些，那种压抑的云层全都拨开，露出那片空旷的天空。

最喜欢闹的仍是那些耍雪的小孩，过往的行人一不小心，或许会突然被不知从哪里飞过的一团雪击在身上。

寒冷的冬日，走路的人都不会是富人，出门的也很少是达官显贵，因此，那些平日活得心颤颤的人们这时候便会出来走走，似乎只有这一刻才是他们的天地，虽然冻得他们脸色有些发青，却并不影响什么。

洛阳城之中的达官府第很多，胡府就是其中一个，胡府的主人胡孟乃是当今太后的亲哥哥，单凭这一点，在朝中便没有人敢惹他，洛阳便不会没有他的府第，不仅有，而且大，而且守卫森严。

特别是今日，因为今日似乎有极大的不同，胡太后回到她很少回过的家门，没有什么奇怪，在任何人的眼中都不会奇怪，胡太后回娘家看看兄长自然不会有人奇怪。

胡太后今日刻意打扮得极美，虽然已是半老，但那股娇媚美艳绝对不会有男人不动心。徐娘半老，风韵犹存，更何况乃是当今皇太后，修心养性的日子使她变得比任何同龄女人更年轻。

女人能混到这个样子，绝对是不简单，那一袭貂皮大衣紧裹着无限娇柔而又充满贵气的躯体，比花娇的俏脸有着一抹淡淡激动的红晕，高耸的发髻，给人一种淡雅而清媚的感觉。

对于熟知太后的人来说，都很少见过太后会做如此淡雅的打扮，也很少见过太后有如此容光焕发的情况。

知道太后来胡家的人并不多，也没有人敢管太后之事，天下要是有不知道胡太后权势的人，那肯定不懂事或是没出世。

胡太后似有一种魂不守舍的感觉，这是有几个心思比较细密的人觉察到的，但这些人都是绝对忠心之人，便是一刀刀地割下他们身上的肉，当你割下他最后一块肉时，你也绝对不要想他们说一句太后的坏话，所以太后只喜欢带这些人。

但这一次似乎例外，太后只让这些人全都由胡府之人领着四处逛逛，胡府的确很大，一个小孩要想看完这里所有的风景，可能要走上一天，不知情的人可能会在这之中迷路，因此有人说胡府比皇宫还大。这当然不会有人管，比皇宫还大的府第又不止一个，河间王的府第几乎有两个胡府那么大，还不是过得很自在。

胡太后只由胡孟陪着，顺着一条小径很优雅地行着，只是胡太后的步子似乎有些凌乱，失去了一向的从容，一向的威严，倒像是一个偷情的少女。

胡孟却轻轻地叹了一声，胡太后当然听到了，但她却没有说什么，似乎对胡孟仍有恨意，只是淡漠地问道："你在哪里找到了他？"

"少林寺！"胡孟低低地应了一声道。

胡太后的脸色霎时变得苍白，突然停下步子，声音有些颤抖地问道："他做了和尚？"

胡孟一愣，微有些歉意道："不，他只是去看他的师父，我知道他师父隐居在少林寺，因此，想从他师父那儿打听他的踪迹，却没想到刚好他去见他师父。"

"他师父还在？"胡太后有些吃惊地问道。

"还在，他的师父也不是和尚，但却已是一个神仙之流的人物。我从来不相信活着的神，但我却相信他师父。"胡孟有些仰慕而虔诚地道。

"活着的神？"胡太后愣了一愣，又疑问道："你怎样请动他的，他不恨你，不恨我？"

胡孟苦涩一笑，道："是他师父算准他要到少林，他已经二十多年未去见他师父，但这次我很幸运，我本来无脸见他，但他师父告诉我他一定会应我之邀，这才鼓起勇气去见他。"

"你把我的事全都告诉了他师父？"胡太后脸色顿变，冰冷地问道。

"没有，是他看到的。我从来没有见过那样一双眼睛，从来没有，那里面便像是有日月星辰在运行，像是有生死轮回在运行，像是包容了世间所有的一切，他只看我一眼便知道了我所想的一切东西，我只看了他一眼，便知道了一切想知道的东西。他没说话，甚至连多看我一眼也没有！"胡孟像是做了一个极虚幻的梦一般。

胡太后不由得听得呆住了，她知道他哥哥绝对不会是说谎的人，难道这个世间真的会有如此的奇人，但一切并不重要，重要的是她所提的后两问题，禁不住又问道："他不再恨你？也不恨我？"

胡孟突然叹了口气道："他从来都没有恨过你，恨的只是我，我知道这是一个绝对不可以饶恕的罪错，我在没见过他师父之前，我几乎怀疑见到他，他会向我出刀，但他的确变了。"

胡太后身子竟开始轻颤，眼角竟微含着泪花，幽幽地问道："这些年来他一直没有再娶妻吗？"

"没有，这些年他一直在阳邑以狩猎为生，但他有一个儿子，付雅为他生的。这十六年来，他们一直都是相依为命而活，是我对不起他。"胡孟内疚地道。

"他有儿子，儿子多大了？"胡太后禁不住有些微微激动地问道。

"十六岁，是他最小的那个儿子，叫蔡风。"胡孟伤感地道。

胡太后神色再变，激动地问道："便是那个宁死不降，跳崖而去的蔡风？"

"是的！"胡孟的脸上肌肉抽搐了一下子低声道。

胡太后便如是病了一般，脸色变得有些苍白，呼吸竟变得有些困难。

"二妹，他就在里面。"胡孟也有些焦躁地指指前面那栋极雅而又极为幽静的房子，提醒道。

胡太后深深地吸了口气，镇定了情绪，忍不住让眼角的泪花闪烁了一下，这才缓缓地移动脚步向那栋典雅而幽静的房子走去，便像是害怕惊碎了一场难醒的梦一般，一切全都似变得有些虚幻。

胡孟的心头有些难受，伤感地踩着胡太后的脚步，似乎怕一不小心，她会倒下去一般。也只有在这个时候，他才深深地体味到他这太后妹妹那藏在狠辣、威严刚强背后的脆弱和温柔。

屋里面有笔放下的声音，这一切都变得那般静，连风的轻微呻吟之声也不再存在，显然是屋中之人觉察到有人来了，才放下笔。

"哗！"一阵极细碎的声音再次传来，那是宣纸被揉捏成团的声音。

胡太后的心也跟着那"哗哗"之声而颤起来，便像是重杵敲在她脆弱的心弦之上一般，颤动得极为狂烈。

那柔弱的手无力地搭在那些厚实的木门之上，胡太后竟失去了推门的力气。胡孟只是静静地立在大门之外。整个屋子都极为空洞，空洞得便像是所有的生命都窒息了一般。

胡太后的另一只手却轻轻地按在胸口，似乎要握住狂跳的心，她似是要给自己一些勇气，连她也不明白为什么会这样，十几年的宫廷生活，她从来都没有如此的感觉，即便是在当初入宫见宣武帝元恪之时也不会有这种心跳的感觉，面对着满朝文武，她也会淡然自若，可是她此时却心跳得极快。

二十年，的确不是一个短短的时间，但她却一刻也没有忘记他，没有，二十年积压的感情在这一朝爆发，那的确是一件极为可怕的事情。

“吱呀!”门开了。

不是胡太后推开的，她几乎已经没有推门的力气。门开是因为有人自门内将之拉开，也从门内露出一张布满沧桑，但却刚毅无比，像用刀刻出的脸，每一条线，都为整个走廊增添了一分毫不做作的冷峻。

胡太后整个人都开始颤抖，似乎是冷极，似乎……

一切似乎都在这一刻全部死去，唯有那沉默的沉闷在膨胀！膨胀!

胡太后并不觉得冷，但她仍在轻颤，因为有一道目光让她禁不住要轻颤，那正是开门之人的目光。

冷峻之中却又有太多的酸涩，还有说不清是情是怜、是喜、是忧、是欢乐还是痛苦的情感在其中，便是这样的目光禁不住让她在颤抖。

一双极为有力的手，重重地搭在了她的肩上，正是那开门的手，那双拉开这扇门的手，这一刻才让人感觉到那种让人心寒的力感。

胡太后不再颤了，再也不颤了，便像是有一根铁柱在支撑着她，于是她有些软弱地轻呼道：“伤哥!”而在同时，那开门的人也如做梦一般轻轻地唤道：“秀玲!”

胡太后真的失去了最后的力量，软软地倒入开门者的怀中，像是一只受了伤的羊羔，紧紧地揽住开门者的粗腰。

门，再次关上了。开门者便是关门者，他那有力而厚重的手臂紧紧地环住那伏偎在他怀中脆弱得像个病人的太后。

二十年来的噩梦似乎在这一刻结束，一切都陷入了极静极静的状态之中，只有两个粗重的呼吸，两个相互感动的心跳。

真实和梦境有时候并没有分别，绝对没有。

良久，也不知道有多少个良久，但这便像是一个世纪那么长，也像是一眨眼间那么短。

胡太后松了松后，又重新换了一下手的位置，紧紧地靠着那宽阔而结实的胸膛，整个头部都静静地靠在那宽阔而结实的胸膛之上，便像是依偎在一座大山，一座可以支持到天长地久的大山，因此，她露出了一丝幸福而陶醉的笑容，这大概是二十年来笑得最甜的一次。

“呵！”开门的人似乎长长地嘘了口气，手臂拥得更紧。

良久，开门者缓缓地推开胡太后那圆润的双肩，眸子里注满温柔，深沉地望着胡太后那秀丽而憔悴的脸。

胡太后毫无顾忌地仰起那只供万人仰视的脸，袒露在开门之人的眼下，并伸出温柔的手轻轻地抚摸着那刻满沧桑的脸，眼角闪出激动的泪花，颤声道：“伤哥，这些年来，苦了你。”

开门者正是蔡伤。

蔡伤答应了胡孟，所以他真的来了。

蔡伤笑了，笑得微微有些苦涩，淡然地道：“能活着便是一种幸福，我并没有太多的要求。”

“这些年来，都好吗？”胡太后竟有些不知道从何说起的感觉。

蔡伤神色微微一黯，将搭在自己脸上的那双柔软的手轻轻地推开，淡淡地吸了口气，转过身向房子中间缓缓地踱去，平静地道：“好与坏只在一念之间，世上无尽好，也无尽坏，生活不缺，衣食可足，子孙在安，这比起正在战火之中受苦受难的普通百姓，应该说是一种幸运，一种天赐的恩典。”

“这十几年来，你为什么不到京城来找我？”胡太后幽怨地道。

“我从来没有这般想过，二十多年我都不曾想过，我只不过是一个江湖的猎手，而你却是高高在上的皇太后，这次我本就不该来。”蔡伤语意中带着淡漠的伤感道。

“你仍在怪我？”胡太后有些敏感地问道。

蔡伤静静地凝立于一幅字画之前，酸涩地笑了笑道：“我为什么要恨你，你是无辜的，你没有错，怪只能怪这个世界太残酷，怪只能怪这个世道太沧桑。”

“那年，我也想解了你家中之围，可是先皇却指使尔朱家族暗中下令，是以，我才会无能为力，因此，我一直都在恨自己，恨所有存在的权力。这十几年来，那些凶手我都已为你清除了大部分，只有尔朱家族的力量是我也无法动摇的，你肯帮我吗？”胡太后缓缓地行到蔡伤的身边狠声道。

“你为我做的一切，我都心领了，你现在是一国之后，天下万民全由你所掌握，我最想的，只望你能够使天下百姓都过上平静快乐的日子。我不想你因为我而乱了朝纲，受百姓们的唾骂。”蔡伤淡漠地道。

胡太后禁不住脸色微变地道：“你来，便是要告诉我这些吗？”

蔡伤扭过头来，那亮若明灯的眼睛幽幽地望了她的眼睛，轻轻地叹了口气道：“除了这些，我还能够说些什么呢？”

胡太后眼角泪花微微一闪，幽幽地道：“难道这十几年来你从来都没有想过我？”

蔡伤仰首避开她的目光，淡然道：“我能够骗你说没有吗？”

胡太后也微微有些欣慰地一笑道：“这二十年来，我一直都盼望着有一天，你可以守在我的身边，而不是那些可厌的阉臣，也不是那些阿谀献媚的王侯公爵，哪怕是在一个清静山谷，哪怕是没水没粮的荒漠，我都不会在意。可恨，我连做这样一个梦都是奢侈，便是偶尔见你，也是你满身鲜血。只有等到今日，才能够与你静静相对，可是，却不知道从何处说起。”说着苦涩地一笑，“二十载沧桑似浮梦，难释的情恨都唯风，我们能从头开始吗？”

第三十七章　太后追情

蔡伤的身子禁不住微微颤了一下，目中奇光暴射，却又突然长长地嘘了一口气，道："这是不可能的，生活并不是人想如何便如何，你我完全是两个世界中的人，就让往事成风吧。"

"不，为什么我们是两个世界的人？这个世上只会有人想不到的事，没有人做不到的事，我是太后，天下有谁敢说我？"

蔡伤叹了口气，转过身来，淡淡地将手搭在胡太后肩上苦涩地道："但是我却不希望你这样做，你我都再不是小孩子，不能任性，你更不能，因为你是太后。你的每一举动都可能牵连一大片，甚至满朝上下人心惶惶，我不想我成为罪人，我也不想你成为罪人。"

"你带我走，我不做皇太后了，无论是荒林大漠，我都愿意，只要你陪在我身边。"胡太后激动地反抓住蔡伤的手坚决地道。

蔡伤不由得一呆，冷冷地盯着她的眼睛，只把胡太后的那满腔热情都冷了下去。

"这不是一个玩笑，更不是一个闹剧，秀玲可想到了那会是怎样的一种后果？"蔡伤平静地道。

胡太后眉间升起一缕淡淡的幽怨，一缕黯然，有些落寞地道："可是，我却不想再在这种生活中虚耗自己的光阴。为什么我不可能快乐开心地活着？为什么我不可能与我喜欢的人在一起？这个世上，权力又有什么用处，荣华富贵又有何意思？你是否想过我每一天都过得那么艰辛，每一天都活得多么累吗？"

蔡伤的眼在这一刻似乎完全没有了锋芒，完完全全地失去了力量，悠然地叹了口气。

“你为什么不说话?”胡太后质问道。

“早知如此，何必当初呢?”蔡伤轻叹道。

“当初，当初你为什么不闯到我家带我走?你不是武功盖世吗?你不是大英雄吗?你为什么不来，你知道我盼你来盼得有多么辛苦吗?我一个弱女子，他们将我锁在屋子之中，而你却没有勇气闯进来，这能怪我吗?”胡太后激动地道。

蔡伤禁不住颤抖了一下，心似揪成了一团，不敢望着她那逼人的目光，有些歉疚地道:“我知道此刻谁推卸责任，追究谁的错都是没用的，我来见秀玲也并非想追究当年的错，往昔的恩恩怨怨便让它过去好了……”

“那我们为什么不可以从头开始?”胡太后打断蔡伤的话道。

蔡伤为之黯然，眉头却微皱。

“带我走好吗?我可以做你的好妻子，为你洗衣，为你做饭。不会，我可以学，只要你能带我走，走得越远越好。”胡太后伸手轻挽着蔡伤的胳膊，将头温驯地靠在他的肩上，软语乞求道，任谁也不可能将此时的她与太后联想到一起，那眸子之中充满了少女似的憧憬和梦幻。

蔡伤心中一阵感动，禁不住伸手紧紧地将她拥住，有些激动地柔声问道:“可是秀玲想到后果没有?”

“不，我不去想会有什么后果，只要能与你在一起，我什么都不怕，我什么后果都不想。天下乱便让它乱吧。总会有人让它安宁的，总会有人可以治理好天下的。诩儿他不是治理天下的人，我也不是，天下若是有我母子两人掌握，百姓肯定不会安宁，更何况诩儿的心全都倾向尔朱家族，一向对我这个做母亲的不满，怪我排斥朝臣疏远尔朱家。这个天下落到谁人的手中都可以，就是不能让它落在尔朱家族的手中，伤哥的仇人便是我的仇人。”胡太后喃喃地低诉道。

“秀玲真傻，你怎么能什么后果都不顾呢?若是你就如此跟我走，受害的会是谁呢?胡家会从此败亡，尔朱家族会变得更加疯狂，更无人可以制衡，你若就这样走了，我便成了罪人，我们将得到的不会是安宁逸乐，等待我们的是无尽的追杀，我们只能够在逃亡中生活，我能让你跟着我一起受苦吗?”蔡伤不由得怜爱地轻柔道。

“那怎么办?”胡太后的思想，像是完全托给蔡伤，蔡伤不由得有些担心地拥着胡太后的娇躯，眼中射出两道亮得吓人的光芒缓和地道：“移花接木!”

“移花接木?”胡太后不由得奇问道。

“我想大概只有这样一个法子可以让秀玲脱身，但这个法子却不知道能否行得通，那却是一个问号。”蔡伤不由得微微有些担心地道。

“不管如何，只要有法子，便要试，只要能和你在一起，我什么都不怕，什么破六韩拔陵，什么尔朱荣，我全都不怕。”胡太后便像是个为情冲昏了头的少女，娇憨地道。

“秀玲知道这么做有多么不值吗?”蔡伤不由得有些感叹地问道。

胡太后伸手紧紧地搂住蔡伤的脖子，像撒娇的孩子，娇憨地道：“我不管，这个世间本没有什么值与不值的问题，你不是说好与坏只在一念之间吗?值与不值不也只是在一念之间而已吗?我心里感到满足便行了。”顿了一顿，又幽幽地道：“这些年来，浮华的生活都让人很厌倦了，每说一句话，每做一件事，都得前思后想，甚至每去一个地方都要有一大群人跟着。太后有什么好，便像是一只被人供养的鸟雀，权力又有什么好，每日见到的都只是一些虚假的面孔，没有一个人说说贴心话，没有一个人能在你寂寞时理解你，没有一个人在你苦恼时为你出主意为你出力。想哭却不能哭，想笑却要憋着，连吃饭睡觉都要担心有人暗害，与你在一起，我可以轻轻松松地，为什么这样做不值。人生本就像是一场梦，短短的几年间，一晃便过去，若是不能够痛痛快快地活一场，若不能自由自在地活一场，这还有什么意思?想做而不能做，有权力有什么用?有钱财有什么用?到死一切仍不过是虚幻，仍不过是像梦一般过去。我为什么不可以尽兴而活呢?”

蔡伤不由得深情地盯着胡太后那充满柔情的眼睛，听到这似天真而又无比率真的话，动情地道：“秀玲仍然是二十年前的秀玲，仍是那么特别。”

“在你面前，我永远都是你的秀玲，没有什么可以改变我，也没有什么可以改变我的心意，只是雅姐红颜薄命，我本想让她好好地陪你，却没想到……”

“不要再说了，雅儿的仇我迟早会报的，或许是由风儿去报，尔朱荣绝不会有几年好活。”蔡伤神色间微微有些怆然的恨意道。

“伤哥，你千万不要与他决斗，虽然你可能不会输，而那样你会大伤元气，而尔朱家的高手如云，那时候吃亏的可能只是你。”胡太后有些担心地分析道。

“我从来都不会是一个逞强的人，我不会去找他决斗的，这个世上只有一种人可以活得很好，那便是猎人。无论是多猛的兽都会有方法将之猎住。猎人不仅知道怎样猎兽更知道怎样保护自己，你放心好了。”蔡伤自信地道。

“我喜欢你是一个猎人，也知道你只会做一个猎人。”胡太后深情地摸了摸蔡伤的脸道。

“我知道天下了解我的人只有秀玲。”蔡伤有些欣慰地道。

胡太后欢喜地笑了笑，又有些忧心地道：“可是这移花接木应该怎样做才不会有破绽呢？”

“那可能不是几个月间的事情，至少是一年两年的时间，首先必须要有一个秀玲绝对信得过，而且与秀玲身材高度模样差不多的人。我在南朝丹阳有一好友徐雄，在江南以医道称著。徐雄有一奇术便是整容易容之术，乃是医学世家，甚至可以根据一个人的面貌塑出一个几乎一模一样的人出来。”蔡伤肯定地道。

“天下间竟会有此奇术？”胡太后的目中大放光彩地问道。

“一点都不假，徐雄乃是我的生死至交，其祖父徐謇与我师父本是至交好友，而其父徐文伯也受过我的恩，因此徐雄与我相交已有几十年之久，绝对可以信任。而他的改容易容之术都是外人所不知的，乃是他祖传之秘，当初我师父曾与我讲起过，而我更亲眼见过他施展此术。”蔡伤补充道。

“那样真是太好了，世间有如此奇术，这一切都会好办多了。”胡太后高兴地道。

“但那样一个亲信却很难找，而且要学你说话的声音，走路的姿态，一切要向你模仿，而这改容之术，必须是在她模仿得与你没有差别之时才能做，更要找准时机，必要时还要让你这亲信去尝试一下，那一切相信秀玲定会安排得妥当。”蔡伤认真地道。

“这个我明白。”胡太后兴奋地应道。

蔡伤一阵苦笑道：“我总觉得这样做很对不起秀玲。”

“傻瓜，你这是让秀玲从苦难中解脱出来，秀玲感激你还来不及呢。吻我好吗?”胡太后娇憨地环搂着蔡伤那粗壮的脖子深情地道。

蔡伤心神一荡，禁不住伸出有力的手托着胡太后那润滑若玉的下巴，低头温柔地盖住她的樱唇……

江湖之中传说蔡风没有死，蔡风居然没有死，的确很出人意料，但传说有板有眼，似乎一点儿虚假都没有。

蔡风死了，伤神的自然很多，蔡风没死，伤脑筋的人也的确有很多，有蔡风这敌人的又都会觉得头大。蔡风的可怕并不是只是指他自己，而是指他背后那可怕得让任何人都心寒的实力。

江湖人的口传话极快，蔡风没死的消息似乎很快便传遍了各地，当然，这之中自少不了太行各寨的兄弟的功劳，更有葛荣的朋友们，在整个北魏的东部、北部都有留意蔡风的人。

蔡伤的话绝对不是白说，太行各路寨主并不是只会吃饭的人，每一个人都在竖着耳朵，便是有一点关于蔡风的消息都不会有人错过。

蔡风没死的消息传出极快，小村似乎变得有些热闹，本就因为凌伯知道蔡风的真实身份之后，村里便似乎变得有一种不太寻常的气氛，很多人也因此而激动。蔡风也知道自己留在这小村的时间可能不会很长，虽然天气很寒，不过他却不知道李崇早已经知道他不叫黄春风，而叫蔡风。不过事后想到蔚天庭与蔚长寿的话后，他似乎有些感觉，那便是军中早已知道了黄春风便是蔡风，否则别人如何知道他跃入断身崖，如何知道他独战破六韩拔陵，只有以破六韩拔陵的军中传出的消息才可以得知他原名叫蔡风。而彭乐与高欢诸人也当他已死，才会将他真名说出，因此，他知道自己安宁的日子大概已经没有多少了，无论是军方还是鲜于修礼都会找来，那可的确不是一件很好的事。不过，蔡风似乎猜错了，第一个找他的人，不是军中之人，也不是鲜于修礼的人，而是一个长满络腮胡子的大汉。

极为高大雄壮，看起来又特别粗犷的样子，来的人并不只他一个，他的身后更有一帮人，每一个人都极为剽悍，绝对可以看出不是普通猎手，只凭他们那散射着幽幽寒芒的眸子，便可知道，他们绝对不会是普通猎手。

蔡风也知道他们不是，但却清楚地感应到这是一群没有恶意的人，是以凌能丽并不畏怯地立在蔡风的身边。

“我是飞龙寨的二寨主游山黑龙付彪，特来叩见公子。”那粗犷的汉子恭敬而豪爽地道。

“是飞龙寨的兄弟，不必多礼。”蔡风心中一宽欢快地道。太行三十二寨十六洞的名号他自然知道，对于飞龙寨他的了解是要少了一些，但却知道它的存在，每年都会有人到阳邑去问安。

“付彪是奉老爷子之命来查寻公子下落，得知公子犹在人世，实在是高兴异常，若公子有什么话要转给老爷子，付彪可代为转告。”付彪极为诚恳地道。

蔡风不由暗赞这粗汉子的心思细密，只看凌能丽立于身旁便知道他没有归意，不由得淡笑道：“不若叫几位兄弟都进屋坐下吧，外面天寒，谈谈外面有什么动静或新的发展什么的！”

“多谢公子关心。”旋回头向门外喝道，“兄弟们进来烤烤火吧。”说着自己也随着蔡风向那桌几之旁行去，口中却淡淡地道，“江湖中传说，公子在几个月前舍身战于白道，不屈而宁跃落悬崖，这些全是由军中传出的消息，是由七虎兄弟在破六韩拔陵的军中所探的消息，七虎的老七张亮飞马报于老爷子，有彭老大的信。更说有个叫什么高欢与尉景的，告诉他们，叔孙家的世子叔孙长虹与冉长江曾安排杀手伏击阻杀你，才导致你入军，于是黄老爷子一怒而杀叔孙家族高手八十余人，还有叔孙家直系更死去十五人，叔孙长虹被幽云寨归老大所绑，要叔孙家族以十万两白银赎命。叔孙怒雷那老乌龟也还真乖，果然乖乖地将银两送了来，当他知道这事是黄老爷子与蔡老爷子所应允的，他只好忍气吞声。"

"痛快，奶奶个儿子，叔孙长虹这小子也真是太嚣张了一些，不给他一些教训，还以为天下无人呢。那后来怎样？"蔡风忍不住问道。

"那一批围攻你的杀手，每个人都割下一根手指，便此揭过，但这之中的事情似乎有些变化。"付彪深深地吸了口气，又道，"黄老爷子不知怎的突然多出个师弟来了，而且还要带他去见他师父……"

"什么？黄叔叔有师弟还有师父？"蔡风这一惊可就非同小可，像是突然发现自己刚才吃了三只蚯蚓一般。

付彪神色似乎有些奇怪地道："不仅如此，黄老爷子竟能够开口说话。"

蔡风这一次真的呆住了，似乎一切都变得不真实起来。他从小便只知道有这么一个哑叔叔，又哪里想过这哑叔竟会不哑，这简直便像是在做梦一般不真实起来，禁不住疑惑地问道："这是真的吗？"

"这是归老大亲眼所见，而蔡老爷子似乎也并不惊讶，事情千真万确，江湖之中早已传得很开了，几乎没有人不知道黄老爷子会开口说话的。"

蔡风呆愣愣地竟突然觉得好笑，这一切似乎变得极有意思起来，先是有了师叔，后又有师父居然会开口说话，这的确是越来越有趣了，至少对于蔡风来说是这样的。

"另外，李崇与破六韩拔陵数战失利，起义军的声势极大，更有好几路人马似乎蠢蠢欲动，看来北魏也不会有太久的好日子过了。"付彪目中射出火热的光彩道。

"是吗？连李崇也连战失利，看来那个破六韩拔陵的确是厉害得紧，天下真是有得热闹瞧了。"蔡风禁不住感叹道。

“看你好像很开心的样子，很喜欢看到天下大乱吗?”凌能丽似乎有些微奇地问道。

蔡风不由得笑道：“我当然是希望天下升平了，只是在这种时代，世间本已经没有什么平静可言。十室九空，天下百姓有多少人能安宁？与其这样慢慢地受折磨，不若痛痛快快地乱上一场，也只有这样才可能有真正的安宁，才可能有百姓的安定生活。所谓天下分久必合，若是大乱，这个天下如何可以有统一，这个战争何时才能够完结？因此，我应该是高兴才对，难道能丽会不高兴?”

凌能丽驳道：“天下乱有什么好，以前南朝不是有孙恩起义吗？可后来也只不过使世道更乱，后又有桓玄的篡位，却好了刘裕，而最终仍不过被萧衍所乘。而淝水之战后，不又将大国化零成后秦、后燕、西泰、后凉、北凉、南凉等十国吗？百姓仍是苦不堪言，谁知道这次破六韩拔陵的起义会不会让北魏偌大的疆土分成十国八国的，那岂不是让百姓更是困苦不堪吗?”

付彪与他的一群手下不禁一呆，对这小姑娘立刻另眼相看起来，他们想不到这看似娇弱的小姑娘竟会有如此一番见地，唯有蔡风并不惊讶，反问道：“难道你认为这一刻天下百姓活得痛快吗？谁不厌战，但南北两朝一日不统一，战争便会无休无止，此刻饥荒四起，战乱频繁，朝政黑暗，官贪税重，百姓如此生活便是虽生若死。不若赌上一把，或许这一次起义会改变一切，也许会使统一南北的梦加快也说不定，与其坐着等死不若舍死求生，能丽认为是如此吗?”

“赌徒!”凌能丽不由得笑骂道。

蔡风耸耸肩有些微微得意地道：“只要能丽喜欢，什么徒都行。”

“贫嘴，不跟你说了。”凌能丽娇嗔地起身离开。

付彪不由得有些惊羡地笑了笑，又道：“朝廷传诏说，明春让黄门侍郎郦道元去安抚六镇，我看那些全都是狗屁，破六韩拔陵岂会如此糊涂，以他的威势，岂甘就此放手。”

“但破六韩拔陵却有致命的缺陷，很可能便会因此而败亡。”蔡风极为肯定地道。

付彪一呆，却并未再问什么，只道：“最近，在陕西道上，尔朱家族的数十名高手丧生，听说是一个叫万俟丑奴的人干的，更有传说这个人很可能便是黄老爷子的师弟。”

“万俟丑奴！”蔡风感到大为陌生地道。

“不错，另外葛大侠也在四处查询公子的下落，大概很快便会有人来这里找寻公子。”付彪肯定地道。

“对了，你告诉我葛师叔，请他去查一下一个叫鲜于修礼的人，他的弟弟鲜于修文及一个叫铁脚鲜于战胜的。”蔡风狠声道。

“这三个人与公子有怨吗？”付彪禁不住问道。

“这三个人差点没要我的命，我倒要再去会会他们，只不知他们是什么身份。”蔡风冷酷地笑了笑道。

“我一定转告到，若公子有什么吩咐，只要上了飞龙峰，我们定会全力以赴。”付彪斩钉截铁地道。

“好……”

京城里也传出了蔡风未死的消息，获得消息的胡孟自然最为激动，似乎放下了心头的一块大石头，他要告诉的人第一个自然是蔡伤，对于他来说这的确是一个惊喜。

蔡伤的心头便若落下了一块大石头，每日都在胡府中也不会很闷，更何况这些年来，早已清闲惯了，而且胡太后也经常来陪他聊天，几十年复燃的旧情几乎浓烈如酒。

蔡伤无形之中竟似成了胡太后的主心骨，为她出些主意。最让胡太后头痛的自然是破六韩拔陵这迫在眉睫的战局，她大可撒手不管，但当今皇上却是她的儿子，怎忍心望着他痛失江山？因此，她必须在背后出谋划策。蔡伤根本不可能明着上阵杀敌，自然不能代她击退破六韩拔陵，可是放眼当朝有谁能是破六韩拔陵的对手呢？谁能比李崇更厉害呢？蔡伤也不敢说便比李崇更厉害，因此击退破六韩拔陵并不是真的就很有保证。

皇宫与胡府相隔也并不是很远，太后这一段日子常走胡府并没有什么奇怪的，太后这些日子麻烦很多，总得找个人诉说，而且与自己的亲哥哥说话这很正常，绝不会有人怀疑。但若是别的亲王可能还会有嫌疑，元诩自然不会反对自己的母后去见自己的舅舅，便偶尔不回宫中休息也不会怎样，大不了，第二天，再去舅舅家请安便是。

胡太后极想让蔡风做官，但蔡伤却不许，因为他很清楚蔡风的个性，绝对不会有做官的想法，但他却必须找回蔡风，因为他从叔孙长虹那里得知蔡风可能知道圣舍利的下落，因此，他必须找回蔡风。

蔡风晚上并不会睡得很沉，这是猎人的天性，绝对不会睡得很死，今夜，他的心情似乎更有些难以平静，那是因为他感觉到他快要离开这个小村庄了，那似乎并不是一件很遥远的事，他绝不会是舍不得这片小村庄，但他却不想离开凌能丽。

"喳——"恍惚之中，他似乎听到了一声微微的轻响，全身的神情禁不住一紧。

蔡风的手已经悄悄地搭上了床头的剑。

"呜——"一声闷响却由凌能丽的房间传了出来，蔡风神色大变，身子便若惊风一般疾掠而出，刚好发现一道黑影若大鸟一般，向夜色之中穿去，地上的雪并未完全融化，那黑色身影极为显眼。

蔡风一眼便望到那人手中抱着一个娇巧的躯体，黑暗之中，那躯体便看得并不太真切，但隐约之间却是一个女子。

蔡风心中一急，怒喝道："何方贼人竟敢做如此勾当。"

那黑影并不答话，身形反而更快，但他手中抱着一个躯体如何能与蔡风相比，不到十丈，便被蔡风拦头截住。

那人估不到蔡风竟会如此快，不由得立刻刹住脚步，那若夜鹰般的眸子中射出两道森冷而狠辣的厉芒，但却并没有说话，反而把手中的躯体抱得更紧。

蔡风心中暗自焦急，疏神默默地将四周打量了一下，却发现有几人正潜伏在不远之处，心神稍定，不由得冷冷道："放下手中的人。"

那人似乎感觉到极为好笑，冷冷地望了蔡风一眼，沙哑着嗓音道："你似乎很天真！"

蔡风心底涌起了无限的杀机，但他却知道，任何动作将是无效的，只是静静地问道："你们到底是什么人，如此深夜来窃人家姑娘，不觉这只会让世人耻笑吗？"

"是吗？你知道我是什么人，你们要耻笑谁？"那人依然沙哑着声音讥嘲道。

蔡风一呆，的确是不知道对方的身份，如何耻笑。知道自己是因为一时太过关心凌能丽的安危而失去了平时的镇定，不由得深深地吸了口冷气，将心中的愤怒压至最低点，冷冷地望着对方，平静得让人有些心寒地道："你们想怎么样？"

"这句话倒似乎还没有问错。"那人揶揄道。

"你们是破六韩拔陵的人？"蔡风冷酷地问道，那种心底涌出的杀机毫不掩饰地直逼对方，像是浓烈如酒一般紧紧地罩住对方。

"随你怎么样，我是什么人并不重要，重要的是我们所来的目的。"那人淡然地道。

"你们想要怎样？"蔡风目光锋利得若两柄利刃，那人禁不住打了个寒战。

风很大，也很寒，蔡风却只穿着极为单薄的衣衫，但却似乎并没有感觉到冷，冷与热对于他来说似乎并不重要，重要的是凌能丽的安危，最冷的其实也并不是那掠过的寒风。

的确，最冷的只是蔡风的目光，像是地狱飘浮的鬼火，也像是由冰山之中捡出来的寒水晶，那般亮，那般阴冷。

那人禁不住伸手将手中的人抱得紧一些，手掌已经淡淡地置于被中之人的头顶，但那娇弱的身影全裹在被子之中，根本就无法知道怎么一个样子。

蔡风心神一紧，知道只要对方真力一吐，被中之人可能便会立刻香消玉殒，但他却知道只要他未曾动手，对方便不会伤害被中之人。

那人淡漠地道："向后退两步再说话，否则你便不会见到她明日去看太阳。"

"你敢！"蔡风怒叱道。

"你想试试！"那人冷酷地问道。

蔡风气得两只手有些微微发抖，但他却知道这也是没有办法的事，只好咬牙切齿地向后缓退了两步，冷冷地道："说吧，你想要怎样？"

那人似乎极为得意地露出一丝微笑，但手掌却仍没有离开被中之人头顶的意思，因为他知道，蔡风在任何时刻都能给他以最致命的攻击。他很明白，因为虽然蔡风后退了两步，那种沉重得让人喘不过气来的杀气依然没有丝毫减弱，反而更加强烈，只将他紧紧地罩住，那种似乎无形却有实的气机便似一牵即发，只要他有丝毫的主动，便可能立刻遭到蔡风雷霆一击，因此他并不敢真的伤了被子之中的人。因为那样，他也绝对只会是死路一条，他没有把握躲开蔡风这蓄势一击，但唯一值得欣慰的却是他手中的人质，对方绝对不敢轻举妄动的人质，这正是蔡风致命的弱点，所以他有些得意地笑了。

"很好，我的要求并不是很高，只要你将圣舍利交出来，一切全都好解决。"那人淡淡地道。

"你是鲜于修礼的人？"蔡风目中冷芒骤增，冷漠地问道。

"这个你根本不必多问，你只要答应行与不行便可以，这笔生意只有两个结果，你应该很清楚：一种便是咱们成交，人账两清，以后的事情以后再说；另一种结果便是你心爱的人香魂归天。然后我们再做个了断，没有一丝改变的余地。"那人冷漠地道。

"我凭什么相信你拿了圣舍利之后会放人呢？"蔡风吸了口冷气，语气变得极为沉静地道。

"你没有讨价还价的余地，你只能赌一赌。"那人冷酷地笑了笑道。

"哼，我这并不叫赌，而是肉包子打狗，有去无回，我凭什么相信你？只要你一句话，一个动作我便全都输掉，你想赢就赢，不想赢也还赚，世界上还会有这种傻赌徒吗?”蔡风的声音冷得发涩地道，身上的杀气立刻变得更加浓郁，似乎立刻便准备出手，有一种宁为玉碎不为瓦全的气概，回答得也极为果断与斩钉截铁，的确让那人惊了一跳。

那人手上一加劲，被子之中传来一声闷哼，蔡风却依然没有减退半点杀气，手却极自然地搭在剑鞘之上，目光中射出两股似乎可以洞穿一切的冰寒杀机。

“你不想要你心爱的人的命了吗?”那人终于露出一丝紧张与骇然地呼道。

“如果一个人知道无论他怎么努力，他心爱的人都不会活得好的话，那他只会做一件事，你想知道吗?”蔡风的声音比吹过的北风都要寒。

那人轻颤了一下，他似乎深切地感受到了蔡风那储在剑鞘之中的杀机，那种浓得像酒一般的杀机几乎让他所有的神经全都浸入一桶冰水之中一般，禁不住有些心寒地问道：“那是一件什么事?”

蔡风怆然而冷酷地一笑道：“那便完成他心爱之人心中最后一个愿望，杀尽所有的人，然后便自杀陪着她一起到阴间去做永久的相守。”

“你真的不要她的命了?”那人眼中掩饰不住慌乱地问道。

“我想要，但你的回答令我太失望，因此，我根本就没有必要去答应你的要求。”蔡风坚决地道。

“那要怎样你才答应要求?”那人似乎又缓过了一口气问道。

“我必须保证在我交出圣舍利之后，能得到她的安全，否则一切全都是空谈。而不论鲜于修礼到哪儿，我蔡风都会让他没有宁日，直到他死为止。与他有关的所有人，包括他亲属家的无论妇孺老幼，绝对不会有一个活口。这是我蔡风的承诺，也是太行山三十二寨十六洞的承诺，绝对不会有半句虚言，不信，你们可以试试看。而你及与你有关的所有人同样不会有一个活口，以你的武功，相信在江湖中认识你的人还是有的，而那些所有参与这件事的人待遇也只会有同样的结果，除非今夜你便将我杀了灭口，否则我也必不择手段而为之。”蔡风的声音之中绝对没有半丝人性的味道，字里行间都似透出一种浓得让人作呕的血腥之气。

那人禁不住打了个寒战，向后微退了一步，道："只要你交出圣舍利，你再离我十丈远，我便会放人。"

"我怎知道你不会在我退出十丈之后对她下毒手。"蔡风冷厉地问道。

"你没有选择的权利，这已经是我们最大的让步了，否则的话，我们只有立刻就翻脸动手，没有一点回转的余地。"那人神色变得坚定地道。

蔡风心中不禁暗恨，知道这绝不会再有让步之处，不由得狠狠地瞪了对方一眼，淡淡地道："你们要圣舍利可以，但是你知道怎样保存吗？圣舍利见光即化，你们拿去又有何用？"

那人一呆，冷笑道："你骗得了别人却骗不了我，若是我不知道圣舍利还怎会向你要，什么见光即化只是鬼话，我只要你交出圣舍利便行，其他的一切你都不必多管。"

蔡风淡然一笑道："既然你不相信就算了，但我却告诉你一点，只有将圣舍利收藏在小腹之中，那才是最正确的决断。"

"小腹之中?!"那人一惊问道，旋又不屑地笑道，"若不是知道你就是蔡风，我肯定会以为你只是一个疯子，世间岂有藏在小腹之中的东西？鬼才相信你的话。"

"你不信就算了，反正我这圣舍利是藏于小腹之中的。"蔡风耸耸肩无奈道。

"少说废话，管你藏在什么地方，你只给我交出来便没你的事了。"那人厉声喝道。

蔡风冷森地望了对方一眼，狠声地道："好！"说着稍稍运功于小腹，以一口真气紧裹着藏于小腹的圣舍利，这才缓缓地逼挺而出。

那人见蔡风如此怪异的运功方式，不由得大为惊异，同时一副小心戒备之色，似乎怕蔡风有什么怪招，却不相信蔡风真的会把圣舍利藏于小腹之中，忍不住喝问道："你这是干什么？难道不想要你心爱之人的命了吗？"

蔡风淡淡地望了那人一眼，并不答话，但面色之上却显出一丝微微难受的神色。

那人的眼中显出一丝骇然的讶异之色，因为他看到蔡风果然由小腹之处有一块硬结一直向上攀升，便像是一只极小的老鼠，又像是一条活蛇直线而上。

难道圣舍利真的是藏在他的小腹之中，那人神色之间有些不敢相信之意，但他却不明白这会是怎样一种感受，而这又是什么功夫，能将如此大的一块圣舍利藏于小腹之中，这的确是一件不可思议的事情。

那块硬结一直攀升，一直攀升，蔡风微微单薄的衣服似乎并不能掩饰那种上升的路线，那便像小老鼠一般的东西，极快地升上了咽喉，这一刻蔡风的脖子似乎一下子变得粗大起来，便若一条眼镜蛇。

蔡风的目光不经意地望着对手，便像望着一只猎物一般。

“哇——”蔡风的嘴巴张开，一块亮晶晶的石块般的东西竟露在外面。

那人的心神禁不住颤了一下，他实在没有想到圣舍利会是这样一个出来之法，他似乎更没想到，对方竟真的是将圣舍利藏在小腹之中，这的确是一个极大的意外，超出他的想象范围之外，虽然蔡风刚才很明确地告诉了他，但他只不过是当蔡风是一句玩笑而已。

蔡风动了，便在那人心神禁不住颤了一下的时候，蔡风是个猎人，所以绝对不会错过每一个机会。

的确，那人感觉到蔡风可能会在任何一刻进行攻袭，他也知道在任何一刻蔡风的攻袭是绝对凌厉的，可是他仍禁不住松了一下心神，其实这一切早在蔡风的算计之中，他的确是一个很优秀的猎人，很优秀的猎人不仅会抓住时机，更会制造时机，因此他很顺利地制造了让对方心神震撼的一刻。

蔡风一下子便不见了，便像是在虚空之中突然消失了一般，当真是怪异得骇人。

那人心神一松，然后便发现蔡风不见了，他的眼睛似乎很迟钝，至少在这一刻他的眼睛似乎变得迟钝起来，这不知道是谁的悲哀，也不知道是福还是祸。

当他在想这是福是祸之时他的手便准备加劲了，但他却发现，他不能加劲，只要是他加劲于手心的时候，当他的力道仍未让被中之人致命，他的手臂便不会属于他的，这的确是一件可怕的事，对于他来说应该是一件极为可怕的事。

让他手臂不再属于他的人是蔡风，只有蔡风的剑才可以达到这种效果。其实那人也并未曾看见蔡风的剑，那只是一种感觉，一种剑的感觉，那种真实存在的感觉似乎极不好玩。

蔡风的身影便若淡化成了看不见的空气，无处不存，无处不在。但那人也不是个庸手，能够在夜晚这么快便劫持凌能丽，而且有蔡风在不远的人应该绝对不会是庸手，因此他很敏感地觉察到蔡风的存在，那剑的存在。

“呼——”那人将手中紧抱的躯体当成了重兵横扫而出，而他准备击顶的手掌也并未曾真的发力。他的确是没有那种发力的机会，的确是没有。蔡风的剑太快，蔡风的人太可怕，他们之间的一丈距离似乎根本就不成比例。

蔡风的身形出现了，却是在那人视线的死角，那是一个他眼睛看不到的角落，因此那人才没发现蔡风，蔡风绝对不可能变成风，绝对不能化成空气，因为他仍是一个人，只是他的剑便似已经淡化成了风，淡化成了空气。

蔡风的身形出现在那汉子不到三尺远的地方，那柄剑若毒蛇，但却比最快的毒蛇还要快上千倍，万倍。

那人自然感受到了蔡风无不存在的地方，是以他手中的躯体正好迎在那里，似乎只有这个武器，才可以轻松地解开这一招狠辣而可怕的剑。

也的确，他手中的武器对于蔡风来说，绝对是比任何武器都厉害。

蔡风怎样都不能够以自己的剑去击杀自己心爱的女人，因此，他的剑招突然改了，便像是变戏法一般绕过一个淡薄的弧度，以最诡秘最玄奇的角度，由躯体的底下飙射而出，而他的手却像魔术一般抓住了那甩过来，露在棉被之外的那双小巧玲珑的金莲。

那人也估不到蔡风的动作会如此快，变招的速度与还招的速度也是如此可怕，他忙将那缩在棉被之中的躯体上身向下一压，一定要逼住蔡风的剑，这样一个动作本来是极为有效的，但是有一点他却没有考虑到，那便是蔡风那只抓在小金莲之上的手。

那人想将棉被之中的人向下压，但他没有做到，他只觉得，有一股强劲得让他心胆俱震的力道向他冲到，整个身子禁不住一震，双手不由自主地松开所抱的躯体。

第三十八章　套中藏套

蔡风的眼角闪出一丝狠辣之色，他这剑招是假，而左手夺人才是真的，这一切全都在他的计算之中。那人哪里估到蔡风竟有隔山打牛的传劲功夫，不伤棉被之中的躯体，反而将他击伤，这种功夫的确是出于他的意料之外，因此，这一招蔡风很顺利地得手了。

蔡风的脚步微旋，手臂由棉被之上滑过，拦腰将那躯干紧紧地揽在怀中，这才深深地嘘了口气，但他的剑绝对不会停下，绝对不会。他的脚步便若乱披风的柳条一般，在那浅浅的雪地之中微踏下一片凌乱，但他的剑却成了无与伦比的山洪，以山洪咆哮之势迎头扑下，绝不会给那人半点喘息的机会，绝对不会。

那人眼中闪过一丝骇异之色，但是他此刻绝对难有翻本的机会，他本来打算得极好的计划，这一下全都泡汤了。这绝对不是一个很好的先兆，或许是败亡的先兆。

蔡风的剑似乎无处不在，虽然抱着一个躯体，依然不是他所能够掌握得住的，更不要说是抵抗。

那人的身子便像是一只轻燕，倒掠而出，脚下却飙射出两支劲箭。

如此短的距离，如此可怕的劲箭。

蔡风没料到对方的脚下居然会有这么两支劲箭，忙改变剑路，反挑开两支劲箭。

蔡风心中一动，身子斜斜地掠出，升上一株小松，刚好避开由身后飞射而至的两支暗箭，而他的身子又倒射而回，向那藏于附近的几人飞扑而去，手中依旧搂着凌能丽的躯体，便像是一只极怪的大鸟。

没有人敢将他当成一只极怪的大鸟，因为这有任何鸟类都无法比拟的气势和杀机，那藏于暗处的人也估不到蔡风的速度会如此之快，而且能够如此利落轻松地躲开他们的暗箭，他们哪里知道蔡风早就已经发觉他们潜伏于附近。

蔡风的剑不仅仅是剑的锋利，更是剑气的可怕，便若是绞碎了许多可怕的蝗虫一般，地上的残雪全都被剑气激得四射飞扬。

那种无与伦比的剑气，有将地上的一切都撕成万片的气势。

“呀！”数声暴喝，伏在草丛之中的人也若同惊飞的夜鸟一般冲天而起。他们手中的兵器并不一样，但他们的杀伤力与气势却是同样的可怕，同样的可怕，那说明的只有一个结果，那便是这些人绝对都是高手。

蔡风的眸子之中寒芒暴射，整个身子在虚空之中便化成了千万柄剑，在静夜之中散射开来，包括他手，那紧抱的躯体全都化成了剑。

若是在白天，若是这里有火光，这种凄美惨烈的气势绝对会让所有人有一种惊心动魄的感觉，绝对会有，因为这本是惊心动魄的一剑。

“叮叮叮……”无数道清脆无伦的声响在静夜里爆开，便像是沙漠之中传出很远的驼铃声，又像是乱风中的风铃，毫无节奏，但却有一种震慑人心的力量。

几声闷哼，几道人影立刻也由虚空之中分散而落，便若是一只只灵巧的狸猫，一落地，便又开始了疯狂的进攻。

蔡风并没有受伤，但也绝对没有讨到丝毫便宜，因为他的怀中有一个躯体，使他的动作不再若从前那般灵巧，更没有双手同时使剑的可能。但他绝对没有气馁，他知道，对方也绝对占不了什么便宜，绝对占不了，这是他的自信，因此，他依然是毫无顾忌地抢攻。

先机似乎极为重要，而蔡风的速度之快，绝对是先机的占领者，对方的六件兵器这一刻全都合在一起了，包括那劫走凌能丽的汉子，也同样是疯狂如虎。

这的确比几头老虎更难对付，老虎虽猛，但从头到尾只不过是一些同样的攻击方式，并没有什么特别，而这些可怕的杀手们，却有着千变万化的杀招，绝对不会有人情味，也绝对不会比老虎差。

蔡风吃亏在手中仍紧抱着一个包裹得极为臃肿的躯体，对方的兵刃更是老喜欢向这躯体之上攻击，这一点只让他头都大了，但也无可奈何。

蔡风必须要攻击，而且还要防护怀中的人，这林中所占的先机全都尽失，但他那快异而飘突的剑法却是没有人敢太过紧逼。

蔡风的身子突然又旋转起来，好像一团浮动于旋涡之上的弱草，开始旋转起来，他的周围也跟着生起了一团怪异的力量，使得那六件攻击的兵器全都失去了应有的威力。

蔡风不禁开始旋转，他右手中的剑竟在突然之间传入了左手，而怀中的人也灵巧无比地抱入右怀之中，让蔡风欣慰的却是他感觉到棉被之中躯体的心在跳，这的确是一件让他微感欣慰的事。

蔡风的剑到了左手，很突然，的确是很突然，但那突然的改变不是说整个剑的气势就此弱了下去，反而剑的气势更强，便若是咆啸奔涌的海潮，那般狂野而激烈。

“呀!”一声惨叫，蔡风的剑斩下了两根握剑的手指，但他的肩头却是为了挡那攻向怀中凌能丽的那一刀，被划开了一道三寸长的伤口，并不是很重的伤，但血却染红了衣衫。

仍是免不了的，让蔡风欣慰的却是敌人的伤比自己重，这一点的确应该感到高兴，在这种要命的打斗之中，最重要的便是让敌人比我伤得更重，尽量将自己的伤势减到最轻。

蔡风的脚又一次踢出，他在这短短的数息之间，竟踢出了一百七十脚之多，这一脚正是第一百七十八脚，而他的剑至少已经出了近千剑，这的确是快得没人敢想象。

蔡风这一脚是踢向那使铁杵的人，那人的铁杵的确使得极好，也很要命，但蔡风的脚却似乎是他那铁杵的克星，这一切已经是七十二次击开他的铁杵，这让那人对自己的铁杵极为丧气，他不明白为什么蔡风的脚会如此可怕，居然比他的铁杵还厉害。

这一次和往常一样，那人的身子又禁不住抖了一下，蔡风脚上传出的力气大得惊人，几乎连他自己的手都给震得有些麻木了，只不过蔡风的身子也稍稍歪了一歪，这是他唯一值得庆幸的地方，蔡风的身子歪了一歪正是其他人攻击的最好时机，这几乎是不变的规律。

的确，蔡风每次以脚与对方的铁杵相击之时，都不由自主地让手中的剑缓了一缓，是因为对方的功力的确很可怕，他不得不缓一缓，就因手中缓一缓，本来所得的先机又会被对方抢回去，这的确是一种悲哀，是一种伤感。

蔡风已经七十三次占得了先机，加上这一次，又有七十四次失去先机，这种拉锯般的战局的确不是一件很有趣的事。更何况蔡风所耗的力气绝对比对方多，无论是从自身的角度来说，还是从对方的角度来说，蔡风目前的情况虽不坏，但长久的战机却只会是极为不利的，更要命的却不是这些，绝不是！

蔡风这一次又失去了先机，受攻起来又极窘，可是这些并不算什么，也要不了命，但蔡风这一次却的确感到要命的东西存在，那便是怀中裹在被中的人。

裹在被子里的人才是要命的，人其实也要不了命，要命的只是一把刀子，一柄极锋利却不是很长的刀子。

蔡风禁不住一声狂号，右手用力一抛，将怀中的人重重地甩了出去，他这一刻才明白，怀中所拥的绝不是凌能丽。凌能丽绝对不可能在他的怀中仍能够出刀子，他知道自己的力道，所用之处，他之所以能使怀中之人减小对他的阻力，便是因为他以自己的真气逼入对方的体内，以便使两个躯体有联成一体的感觉，在这种情况之下，凌能丽绝对没有这个能力出刀。因为那所需要的也是极深厚的内劲才行，因此他将怀中的躯体重重地抛了出去，他已经没有能力在对付那围击的六名高手之时，再要对方的命，因此，他只能这么做。

“砰！”那紧裹着躯体的棉被在夜空之中爆裂成破碎的皮片和棉渣。

一阵娇笑，那棉被之中的人若一只地狱之中降下的魔女，夜鹰般飘落在地上。

蔡风心中无限的愤怒，他的确没有料到会是这样的一个结局，这一切只不过是对方设下的一个圈套而已。

“砰！”一声闷响，一记重杵重重地击在蔡风的背上。

“哇——”地一声惨嘶，蔡风口中忍不住喷出一口鲜血，一块亮晶晶的石块随着这口鲜血冲天而起，伴随着飞洒的鲜血，构成了一种极为凄艳的图画。

蔡风腰间那一刀的确极为要命，让他的功力几乎处于瘫痪之状，若非他的意志力坚强，只怕这次击在他的身上并不只那一根铁杵，而是六件要命的兵刃同时攻到，不过他已经无法再抗拒这巨杵的一击，身子像是一个肉球一般翻了出去，手中的剑勉力架开另外四件兵器，却仍有一剑深深地刺入他的肩上。

“圣舍利——”几人同时发出一声惊呼，却是一道由暗处箭一般掠出的身影，极为灵便而轻巧地接住了正在空中下坠的圣舍利，因此，这才会有人发出惊呼。

这的确是横生而出的变故，但无论是什么样的变故，这些人绝对不能够让别人捡了个便宜，得去了圣舍利。

最先的是一声娇喝，那穿着一身紧身衣美艳如花的年轻女人向那道横过空中的暗影扑去，正是刚才藏入被子之中那娇巧玲珑的女人。

的确很美，虽然比不上凌能丽，比不上刘瑞平，也比不上元叶媚，但却有着另一股动人的娇媚和狠辣，更有一种难驯的野性。蔡风心里只有苦笑，他一向认为自己很聪明很精明，然而却败在了这个女人的手中。事不关己，关己则乱，或许，便是如此。

那六个人放开了杀死蔡风的机会，他们最要紧的自然是那个半途夺走圣舍利的人，若是没有这个人的出现，他们杀了蔡风灭口自然有效，但这个人出来，便是杀了蔡风，也同样会遭到蔡伤与黄海疯狂的报复，所以他们必须连同所有知情人一起除去。

这六个人的攻势都极为凌厉，最凌厉的却是那个女人，那个年轻而美丽的女人。

蔡风只感到身上在渐渐地发凉，他并没有什么心情去看那美丽的女人动手，也并不想去看这些人拼命，他心中担心的只是凌能丽的安危。他明明看到那人是从凌能丽的房里冲出，但为什么被中卷着的人不是凌能丽呢？那凌能丽到底到哪儿去了？

当然不会有人回答他，甚至连看他一眼的人都没有，这种冷落的感觉不太好受。更不好受的却是他腰际的那柄要命的短刀，那种体内有一柄尖利的铁器的感受绝对不是在小腹之中藏下圣舍利的感觉那般温和。更不好受的还有蔡风背上挨的那杵的一击，几乎将他的内脏全给震离了位。若非那一杵与那一刀在同时击中的话，恐怕他早已五脏俱裂而亡了。

蔡风这一刻仍未死去，的确算是幸运，在别人的眼里，他应该是死定了，但他却没死，不仅没死，而且还踉跄着爬了起来，让他爬起来的是心中徘徊着要知道凌能丽怎样了的念头，也只有这个信念，才能够让他奇迹般地微微爬起身来。

离凌伯所住的房子并不远，不过十数丈远而已，刚才蔡风抵达这里的时候，只不过是眨眼间的时间，但这一刻蔡风却有着一种似乎永远也无法到达的感觉，而且这种感觉极为清晰，因为他知道自己伤得有多重，他深切地体会到那截刺入体内刀子的威力，那是一种要命的痛苦。

蔡风的嘴边泛起的是一丝凄惨而痛苦又悲愤的笑意，但他笑不出声来。

是他想要发笑吗？没有人知道，的确没有人知道，或许他自己知道，但他却咬紧了牙关。

雪，在黑夜里依然是那般惨白，血，在黑暗之中依然充满了腥气。

蔡风感觉到一种向外流泻的生命，生命便像是刀口的鲜血，向体外流去，每流去一滴鲜血，生命便像是离他更远了一步。

无论生命是否在任何一刻离开他的身体，他都必须返回凌伯的小屋，至少他必须要知道凌能丽是生是死，或许死能够死在一块儿也会是一件极为让他满足的事。

风很寒，寒得似乎每一滴血珠在落到地上之时会成为一颗鲜红的冰珠。

蔡风从来都没有感受到如此冰寒的风，便像是做了一场噩梦，永远也无法醒来的噩梦，那里的一切战斗似乎全都是在另一个世界里的喧哗，蔡风没有注意那些，他也不可能注意到那些。

外界所有的事物，只有一件事印在他的心上，那便是凌能丽的安危，其他的一切，包括他的伤，全都似乎不在意，也只有这样一个动力才可以诱发蔡风体内的潜能，支持着他的身体艰难地爬行。

夜，变得极为沉默，但却并不是很静，至少在这片空寂的地面上并不是很静，静的只是那个村落，像死域一般静。

那美丽的女人的确狠，便像是刺入蔡风腰际的刀子一般狠，但她的对手似乎更狠。

那人的身形极为高大，纵跃的过程之中，便似是整座山在搬移，那种感觉的确不平凡，不过他的敌人并不只是那美丽的女人，而是七人，七个可怕的杀手，七件要命的兵器，是以他的形势并不乐观，但他的人却极为乐观。

可以看得出，他的人极为乐观，无论是从他出刀、还刀的动作，还是从他那灵活而从容的动作之中，都可以看出他很乐观。

村中住的都是猎人，猎人的警觉一般都很灵敏，所以这里的打斗并不是没有惊醒村中的人。

村中的火把亮了起来，很亮，自然有人看到了那飞跃在夜空中的人影，于是他们全都知道这是他们根本就管不了的事。他们自然不知道凌伯家里出了事，也不知道蔡风正在生死的边缘，这并不是他们的错，每个人都会有一套明哲保身概念，当他们知道自己的力量绝对不可能解决得了问题，他们便不会去强行解决，因此村中依然很静，依然很静。

蔡风的身形依然是那般缓慢而沉重，像是一只被死神抓住脚的动物。

血与雪混在一起却成了另一种凄艳，但没有多少人去注意这极不贴切的凄艳。

蔡风的眼中射出绝望的痛苦，这的确是一种极怆凉的事情，望着那渐近的房舍，那火热的眼神渐渐暗淡。

蔡风知道自己绝对是爬不到那房舍，他很明白那短短的一柄刀，给了他致命的一击，或许……

或许会有一个奇迹，或许会有，但那个奇迹在什么时候出现呢？蔡风的确渴望一个奇迹的出现，那便是让他爬入那老屋之中，看一看凌能丽，生也好，死也好，哪怕只那么一眼，一眼而已，那却成了一种奢望，一种极残酷的奢望。

蔡风有些后悔，有些后悔为什么不早一点对凌能丽说出“我爱你”三个字呢？有些后悔怎么不早一些表白，在这一刻他才知道，他心中是如何的在意她，如何深爱着她，但是这一切似乎全都迟了。似乎是这个样，爱又何用，生命并不给你爱的时间。

蔡风感到的痛苦不再是肉体，而是心，痛苦的是心，是那颗充满惆怅的心，眼神并不再是绝望与痛苦，而是悲哀，那是一种比悲哀更深沉的基调，连他自己也弄不明白这是为了什么。这时候，他却想到，应该留些什么，的确应该留些什么。

爱并没有留给谁，留给世间的可能是一些人喜，一些人悲，但最应该留的是什么呢？蔡风的脑中闪了两字，咬牙切齿的两字，那两字是仇恨。

仇恨，对，是要留下一些仇恨，不为别的，只为那不知生死的凌能丽，他也要留下这些。

蔡风咬了咬牙，艰难地伸出手在腰间蘸上血，极艰难地写上两个字——“鲜于”，他便再也写不下去了，他只感到一阵虚弱袭上心头，一种昏眩的感觉很强烈，外界的声音他也完全听不清楚了，那似乎是从遥远的林中飘来一般，而在这时，他似乎感觉到有人在呼唤他，只是那一切似乎并不再重要了，他最后的知觉是有一个什么东西包住了他，然后，天地便全黑了，不真实了。

葛荣的面色极为阴沉，便像是他的脸上立刻可以下上一场暴风雨，一场很狂很狂的暴风雨。

他的身旁立着三个人，一个很年轻，两个却极老，老得有些像干枯的老松树皮的脸上显出一片凝重之色，倒是那个年轻人的神色很平静，平静得像是一团无波的湖水。

“谁知道这短刀是什么人的佩物?”葛荣声音之中充满杀气地问道。

那两个老者的神色依然是极为沉重，没有半丝表情，那年轻人依然若湖水一般平静，的确是没有人知道葛荣手中所指的那柄短刀是谁用的。因为没有见过刀身子，甚至不知道刀身有多长，这的确是一个极不好回答的问题，便是任何会品刀的人，也答不出这个问题的准确答案。虽然那刀柄上刻着一条极精致的凤，可这又代表什么呢?有这种图案的人很多，葛荣自身便是一个一流的品刀者，他自然知道很多有关刀的传说，至于这个短刀他却是不知道出自哪家，因为根本没有见过刀身。

其实他也并不想见到刀身，因为他不想见到有人死，那是一个不想让他死去的人。

蔡风，蔡风便是葛荣不想他死的人，那柄刀的刀身仍深深地留在他的体内，没有人敢拔出来，谁都知道拔出这柄短刀的后果是怎样的，谁都明白不拔这柄刀子结果也绝对不会好到哪儿去，只不过那个过程似乎要漫长一些而已。

很多人都盼望奇迹，很多人都知道过程漫长一些等得奇迹的概率便大一些，所以很多人都在骗自己。

葛荣从来不是一个喜欢自己骗自己的人，但他这次却不得不骗一回自己，因为他实在不忍心望着他的师侄死去，的确不愿意。他从小与他师兄蔡伤一起长大，而蔡伤对他更亲于兄长，都是孤儿出身，这使他与蔡伤之间的感情更深。而蔡风是他亲哥哥一般的师兄唯一的爱子，这么多年来，他师兄只是为了让这么一个儿子成长，可这一刻师侄却要死去，他心中的伤痛并不会比蔡风好多少。

“游四，你能不能够把那几个蒙面人的形态画下来，你说的那个女杀手的面目，我希望你可以给我一个轮廓。”葛荣向身边的那个极年轻的人道。

那年轻人自信地道：“如果庄主你要的话，后天便可以给你八张人像。”

“很好，郑老爷子可知道鲜于代表什么?”葛荣向那须发皆白的老者问道。

“依老朽之见，这应该是代表一个人。”那须发皆白的老者思索了一会儿道。

“郑老看看鲜于修礼这个人像不像呢?”葛荣淡漠中布满杀意地问道。

“鲜于修礼?”那老者反问道。

“葛庄主所言似乎有一定的道理，前几日付寨主不是向庄主说到蔡公子想查鲜于修礼这个人吗？还说差一点死在这个人的手中，我想这个人极有可能便是蔡公子血衣上所写的鲜于两字。”另外一个老者附和道。

“鲜于修礼，的确狠，我倒真要看看他到底是怎样一个人!”葛荣狠声道。

“这事要不要禀知蔡老爷子?”那白发老者问道。

“这事迟早会让我师兄知道的，我们也不必隐瞒他。”葛荣叹了口气道。

“吱呀!”那本来是紧闭的房门突然拉开，一位容颜有些憔悴的老者沉重地行了出来。

“老三，怎么样?”那白发老者急问道，葛荣与另一位老者神色也极为紧张地等待着那容颜憔悴的老者回答。

那老者望了众人一眼，一脸无奈之色地道：“我尽力了，但蔡公子伤得的确太重，我无能为力，只能以内劲暂时缓住他的心脉，不至……”说到这里那老者声音戛然而止。

“难道世间便没有可以治好他伤势的药?”葛荣急切地问道。

那老者似乎也极不忍心地苦涩一笑道：“我不知道，若是有万年人参王、仙丹之类的或许可以换回他一口气，但这却似乎是荒谬之谈。”

“万年人参王、仙丹!”葛荣禁不住微微地呆住了，这的确是极虚渺的说法，世间哪有什么万年人参王、仙丹?

“听说南朝的陶弘景大师正在冶炼一炉‘补天回气丹’，却不知道这丹是否可以一试。”那白发老者提醒道。

“补天回气丹?”葛荣问道。

“不错，陶弘景大师曾得到两百多年前葛洪大师的《神仙传》，而至炼丹之术直追当年葛洪大师，可谓当世医道第一人。”那满面憔悴的老者解说道。

“那陶大师住在梁朝哪里呢?”葛荣目光之中充满了一丝希望问道。

“这个我们却不知，曾闻蔡老爷子当年游历天下，相信他可能知道陶大师隐居之地，但那‘补天回气丹’是否便能够医好蔡公子仍是一个问号。”那白发老者有些担心地道。

“无论能否治好都必须试一试，不试如何知道能否医好呢!”葛荣果决地道。

“可是蔡公子却不知道是否可以撑得了那么久。”那满面憔悴之色的老者有些担心地道。

葛荣的心头不禁微凉，的确，蔡风所受的伤如此之重，是否能够撑到他找回到那“补天回气丹”的日子呢?的确没有人敢保证。

“那他最多可以挨过多少天?”葛荣有些怆然地道。

那憔悴的老者叹了口气道：“若是以药治的话，蔡公子最多只可以支持五天，那已经是一个最大的限度，还得他的意志坚强，不过，若是以本身的真元助他缓住心脉的话，不断地为他体内注入生机，再附以药物相疗的做法，最多可以支持三十五天，但那运功者至少要损耗两成的功力。”

“三十五天，三十五天!”葛荣口中喃喃地念道，目光之中却充满着无奈与伤感。

的确，从这里到南方梁朝，便是快马也要十七八日，而这往返两趟便需要三十五日，这之中还是不计换马，若是再加上寻找蔡伤，蔡伤再去寻人，这个过程至少又要用上五六日，这种计算之法，在三十五日之内如何可以赶回。

“我师侄可否坐在马车之上?”葛荣问道。

“坐马车?”三位老者禁不住一惊，同声问道。

“不错，我们便带着他一起去求丹。”葛荣坚决地道。

那满面憔悴地老者微微沉吟道：“若是乘马车的话，那一路的颠簸，蔡公子最多可以支持三十天左右。”

“那就好，请郑老为我准备一辆铺满棉絮的马车，我要带着他一起去寻陶大师求丹！”葛荣目中又充满希望道。

“葛庄主的确是义薄云天，小老儿也跟着葛庄主一起去，路上也好有个照应。”憔悴的老者感叹道。

“老朽马上就去备马车。”那白发老者毫不犹豫地说道，说完立刻转身而去。

“你找谁？”胡府后院的大门拉开一条缝隙，那双锐利的眼睛望着葛荣，冷冷地问道。

“你快去通知你们大人，便说冀州葛荣有事求见！”葛荣沉声应道，声音之中却有几丝微微的焦灼之意。

“你叫葛荣？”那人冷冷地打量了葛荣几眼，有些漫不经心地问道，似乎并不知道葛荣是谁。

葛荣心中微怒，目光之中寒芒暴射，若两柄锋利无比的冰刀一般深深地插入那开门者的心田，那人禁不住打个寒战。

“叫你去通知你们大人，有这么啰唆吗？”葛荣微怒道。

那人禁不住一呆，却想不到葛荣居然如此火暴，才不过一句话便如此凶，但他却为葛荣的气势所慑。虽然，他并没有听说葛荣这个人的名字，但他见过的大人物却绝不少，葛荣那种微怒的架势，那种逼人的气势却是他很少见到过的。

那似与生俱来的高手气势绝对不是可以装出来的，他们的眼睛很亮，虽不明白葛荣为什么走后门而进，但他却不敢再问葛荣的话，只得极为不快地望了一下大门外那辆豪华无比的马车，冷冷地道：“你等着！”说完就要关门。

葛荣心头一阵冷笑道：“不要怪我没有事先提醒你，若是因为你迟了误了大事，你们大人斩下你的脑袋可就不关我的事了。”

那人心头一紧，脸上出现一片愠怒之色，但他的确被这一句话给震住了，对方的神态，与打扮及穿着都给人一种神秘莫测的感觉，他的确不敢怠慢，忙急急地关上门，迅速向府内跑去，关系到自己的性命，还是宁可信其有而别信其无。

后院的大门很快便被拉开，前后却只不过半炷香的时间，但对于焦虑地等在门外的葛荣来说却是一个极为漫长的过程。

葛荣目光之中精芒暴射，盯着那大步迎出的一排人，其中走在前面的一个头发微微有些花白的老者打量了葛荣一眼，抱拳笑道：“这位想必便是闻名河北的葛荣葛庄主了。”

“不敢当，想必你便是当朝皇舅胡孟大人了。”葛荣淡淡一还礼道。

“正是，不知葛庄主找我有何事？”胡孟疑惑地打量了那豪华的马车一眼，疑问道。

葛荣望了他身后的那一排人一眼，淡淡地道：“我要找一个人。”

“你要找一个人？”胡孟反问道。

“不错，我来向胡大人打听一下一个人的下落。”葛荣改口问道。

胡孟似乎松了一口气，他当然听说过葛荣的名字，也知道葛荣的厉害之处，这一刻听说只不过是问一下一个人的下落而已，自然微微松了一口气，问道：“不知葛庄主要找谁呢？”

“我师兄蔡伤！”葛荣淡漠地问道。

“你师兄是蔡伤？”胡孟一惊，连立在他身后的一排人也都大吃一惊，他们很少听说蔡伤会有一个师弟，连胡孟也是首次听到。

“不错，我希望胡大人能告之我，我师兄的下落，我有非常重要的事要找他。有人说胡大人可能知道他的下落，所以我才这样冒昧来问，还望大人见谅。”葛荣急急地道。

胡孟有些惊讶，淡然道：“我并不知道他的下落，不过可能另会有人知道，不若先请葛庄主进府坐着喝杯茶，我立刻派人去问可好。”

葛荣望了胡孟一眼，目光微微扫了他身后家将一眼，果决地道：“那好吧，我车里还有两位朋友，可否也将马车赶入府内？”

“没有问题！”胡孟豪爽地应道，说着早有人将大门全部拉开。

葛荣反身向那车夫打了个招呼，那车夫立刻“驾”的一声，驱着几匹健马奔入院内。

“我便在这院子之中等候大人的消息好了，只愿大人能够快一点。”葛荣神情微微有些憔悴地向胡孟抱拳道。

胡孟望了那马车一眼，又望了葛荣那有些焦躁、憔悴但却绝对有气势的脸一眼，点点头道：“既然葛庄主这样说，那我也就不勉强，我这就立刻派人去问。”

“有劳了。”葛荣微微抱拳客气地道。

……

“我家大人请你到桂花楼一议。”一名极为儒雅的汉子走过来，对葛荣极为恭敬地道。

“桂花楼？”葛荣不由得望了身后那马车一眼，疑问道。

“若是葛庄主认为不方便的话，可以叫人把马车也赶到桂花楼之下。”那汉子又道。

“请带路！”葛荣微微一抱拳，客气地道。

桂花楼耸立得极为雅致，那枯枝斜挺带有一种高贵的风韵，北风微洒，几只寒鸦栖落树枝，微显出严冬的凄凉。

马车的驰入惊起了寒鸦，却并没有损去桂园的情调。

“大人便在楼上等着葛庄主。”那汉子恭敬地道，葛荣斜望了那汉子一眼，道了声谢，便大步向楼上行去。

胡孟立刻迎了出来，赔笑道：“不知葛庄主便是蔡兄弟的同门师弟，怠慢之处请见谅。”

“我师兄可在贵府？”葛荣怔怔地问道。

“不错，蔡兄弟便在楼上。”胡孟哂然应道。

葛荣一喜，飞速奔上楼，刚好与蔡伤面面相对，差点没撞个满怀。

“师兄！”葛荣有些激动地唤道。

蔡伤神色一变，自然看出葛荣眼中的焦躁与憔悴，不由得急问道：“出了什么事？”

“风儿他此刻身受重伤，命悬一线……”

“什么？风儿在哪里？”蔡伤的脸色极为难看地问道。

“便在楼下的马车之中，郑三庄主也在车中守候，说师兄可能知道陶弘景大师隐居之处，便带他来求‘补天回气丹’。在阳邑，长生说师兄可能在胡府，便又折到洛阳。”葛荣吸了口气道。

蔡伤急切地向楼下奔去，心神微乱。

马车依然静静地停在了一株枯树之下，那般沉默寂静。

蔡伤急忙伸手拉开车帘，却见蔡风一脸苍白地静躺在马车之中，那厚厚的棉被构起一种与蔡风脸色极不相称的气氛。

蔡伤的心忍不住揪紧，他完全没有注意到守在一旁的长生与郑三。

蔡风没有半丝反应，便像一段枯死的木头，一尊横躺着的雕像，身上盖着厚厚的棉被，甚至连极为微弱的气息都没有，这绝对不会让任何人有一个好的心情。

“蔡老爷子要节哀！”郑三忍不住出口劝道。

“是谁下的手？”蔡伤冷冷地问道。

“还不清楚，只在他的血衣之上发现鲜于两个字。”葛荣有些伤感地道。这时候胡孟也来到车边，禁不住有些慌急地道：“我去找京城最好的大夫。”

“没用的，便是御医全都赶到也不会有结果，只会浪费时间。我们当务之急，便是要去找到陶弘景的隐居地点，求得他的‘补天回气丹’，或许还有一线生机。”郑三叹了口气道。

胡孟不由得一呆，打量了郑三一眼，有些不大以为然。

蔡伤吸了口气道：“风儿还有几天可活？”

“最多还有七天。”郑三吸了口凉气道。

“好，就这七天，我们上少林。”蔡伤坚决地道。

胡孟不由得眼睛一亮，脱口道：“对，烦难大师定可以治好风贤侄的伤。”

“师父？”葛荣禁不住问道。

“不错，师父早就出关了，我们带风儿去见师父。”蔡伤坚决地道。

郑三与长生不由得全都一呆，哪想到蔡伤与葛荣的师父竟仍在世间，而且还在少林寺之中，不过为了蔡风的安危，他们也不会再问什么，这个世上出乎意料的事的确太多了。

少室山依然是那般寒冷，风依然吹得极有个性，那些光秃秃的树干发出呜呜的惨鸣，而松枝那沙沙的声音也并不是一种很悦耳的音调。

寒冬本身就是一种残酷，一个凄凉多于灿烂的季节，风也是那般凄迷，连景色也是那么凄凉，凄凉之中，却又有一丝安详和宁静。

最安详宁静的地方当然是少林寺。少林寺的确很安详，便像是一位熟睡的老者。

蔡伤的步子极紧，连同一旁抬着一顶横放着的大软轿的四名粗壮的大汉，葛荣也同样是紧紧地跟在众人之后，神色间的焦躁之情谁都可以看出。

少林寺的山门犹未曾关上，门口的知客僧立刻迎了下来，双手合十宣了一声佛号，问道：“施主可是蔡伤蔡施主与葛荣葛施主？”

“正是在下，不知小师父怎……”蔡伤想到师父那种似可预测未来的能力，不由得立刻改口问道：“我师尊他老人家可曾出关？”

“正是烦难大师叫小僧前来迎接两位施主，请蔡施主与葛施主跟贫僧一起来。”

蔡伤向身后的那几个人打了个眼色，立刻大步行了进去，那几名大汉便随长生与郑三立在寺门之外。

烦难大师的眼依然是紧闭着，似乎这个世间的一切都不值得他去留恋，不值得他去看。

蔡伤与葛荣双双行了进来，他依然是紧紧地闭着眼睛，连手指头都不曾动一下。

“弟子叩见师尊。”蔡伤与葛荣同时跪下磕了个响头恭敬地道。

“嗯，我知道你们会来。”烦难大师淡然道，便若是一阵春风从蔡伤与葛荣的心头拂过，那种疲惫的感觉尽去。

“弟子想恳求师尊大人救救劣子。”蔡伤极直接地道。

“我知道，他命中注定有此一难，也是他命不该绝，若是在清明之后，这个世上将不再有人可以救他性命了。”烦难依然极为平静地道。

蔡伤心头一喜，欢喜道：“师尊是说风儿有救了？”

烦难脸上微微展现出一丝淡薄的笑意道：“天下间能救他的那一个人是绝对没有，但若是我与佛陀同时施救的话，那他才会有生的希望。”

“师尊仍没见过师侄的伤……”

“世间生灭只在人心间，当你们一踏上少室山的时候，我已经看出了风儿的伤势。”烦难大师恬淡的声音打断了葛荣的话。

葛荣与蔡伤一呆，特别是葛荣，哪里想到师尊的神通如此广大，不由得疑惑地望了烦难一眼，有些难以置信的神色。

“葛施主不必惊奇，令师尊早达天人交感之境，人虽未动，神游千里，你们上山之后的每一个小小的变故都不可能瞒得过大师。”一个不很熟练的汉语在蔡伤与葛荣的身后响起。

第三十九章　禅学回天

蔡伤与葛荣不得不同时大惊，这人居然可以神不知鬼不觉地来到他们俩人的身后，让他们没有觉察到，这份功力是如何可怕。他们甚至想都未曾想过世间居然会有如此可怕的人，会有如此不可思议的绝世神功，禁不住同时回头一看，只见一个身穿玄门袈裟打扮却有些不伦不类的老僧端坐于与他们不到四尺远的地方。

这老僧是如何进门，如何行至，对他们来说竟像是一个谜一般，这种可怕的程度简直比鬼魅更可怕，无声无息之举便若是突然由另一个空间蹿出来。

“这便是天竺国高僧佛陀，还不见过高僧!”烦难大师淡淡地道。

“弟子蔡伤见过佛陀大师。”葛荣也忙跟着蔡伤行礼，他们在心底的确对这个受他师尊看重的异国高僧起了极大的敬意。

“你可以把风儿抬进来了，我与佛陀须要闭关十日与他疗伤，这十日之内不得有任何人来打扰。你们也不必担心，我看你们二人也损耗了不少功力，不如在少室山上住下，静静地休养十日吧。”烦难大师淡淡地道。

蔡伤与葛荣心头暗喜，蔡风有救，他们自然高兴，对于他师父所说的话绝对不会不行，那只要他师尊这般说了，那便是绝对假不了。

“风儿曾叫我去探查一个叫鲜于修礼的人，说是这人还有个弟弟叫鲜于修文，另外还有一个鲜于战胜，差一点便要了他的命，而风儿更在衣衫之上写了鲜于两字，想来定与鲜于修礼这一群人有关。”葛荣淡淡地道。

“鲜于修礼我知道，在六镇之中还算是一个人物，与破六韩拔陵是好友，沃野鲜于家族之中，这个人可谓是最工于心计，更是武功最好的一个人，是个人才，但是他为什么要追杀风儿呢?”蔡伤凝思道。

“只有待风儿醒过来之后便知道原因了。”葛荣也有些不明其理地道。

“或许是因为破六韩拔陵的关系，他才会出手，那风儿怎会腰间被短刀所制呢？这绝对有些不可能，以风儿的武功，若是对手能够在如此近的距离之中出手，那这个人的武功绝对比风儿高出很多。但那晚出手人的武功并不是达到超凡入圣之境，这应该是暗算，风儿在那小村之中有什么特别的情况没有?”蔡伤忍不住又问道。

“据付彪说，他见到风儿的时候，风儿与一个极美的姑娘在一起。据风儿说曾是这一家父女所救，而且治好了他的重伤，风儿也跟着那叫凌伯的学医，可是却不知道怎么会弄成这个样子。我会叫人将那晚几个蒙面人的身形画出来，其中有一个女子，并没有蒙面，据游四回报说这个女子的武功极好，而另外一个蒙面人的功夫也极好，在应付七个高手的攻击之下，并没有处在明显的下风，此人一定是江湖之中名气极响之人。”葛荣淡声应道。

“姓凌的父女？师弟事后没有派人去那小村里打探一下吗?”蔡风沉声问道。

“郑庄主已经派人去查探，只不过我急着赶路，并不知道其中情况而已，不过我相信只要等风儿伤势一好，再回蔚县之时，便可以有个答案了。”葛荣肯定地道。

蔡伤的眼中射出淡淡的杀机，那只不过是一闪即灭而已，葛荣却已深深地感受到藏于蔡伤心中的煞气。

蔡风悠悠之中只觉得自己做了很多梦，梦见了一个个熟识的人，有的冷笑，有的凄号，有的哀呼，模糊之中又似梦到了母亲，他心中似乎明白这只是一个梦境，却怎么也无法睁开眼睛，他甚至感觉不到自己躯体的存在，一切都是那般空洞虚渺，不真实。

他梦见了元叶媚，梦见了元胜、元权，梦到了仲吹烟，也梦到长孙敬武、元费及元浩，还有那两个俏丫头兰香和报春。他梦到了高欢、尉景、太行七虎与崔暹，更梦到了破六韩拔陵。当他梦到破六韩拔陵的时候，便似是噩梦的开始，那满地的鲜血，那狂洒的箭雨，那漫山遍野的尸体，那在他身边一个个死去的战友，陈跃临死前那种惨烈的场景与声音，便像是催命一般萦绕在他的思维之中。

他不知道这是真实还是虚幻，他似乎明白这一切都是一种幻象，但他无论如何也感觉不到自己身体的存在。

四周似乎永远是一片黑暗，有的只有那似萤光攒集在一起向他索命的人头，一个似鬼骷髅一般的身体，向他发出一种让人心神俱寒的怪笑。

他拼命地逃，拼命地逃，似乎极不想被这些骷髅抓住，总是在挣扎着奔行。他只觉得自己似乎完全浮游在空中，随着风飘动，这一切是多么不真实，是多么恐怖，但他似乎没有一点办法。

他的眼中似乎有一丝光亮，那是极遥远极遥远的地方传过来的，但这却似乎是他唯一的希望，于是他拼起全力向那微弱光亮的地方奔去。

蔡风终于找到了一丝微微存在的契机，那便是有一种极温暖的感觉，那片光亮似是一个极为温暖的窝，无比的恬静，无比的温暖，也是极为舒适，再也没有那些可怕的骷髅，他并不知道自己正是在死亡的边缘打了个滚。

那片光明似乎越来越亮，最后竟像是燃烧的火炉，只让他有一种呼不出气来的感觉，而热度似乎越来越高，几乎要让他灰飞烟灭，但他连动一根指头也不可能，甚至没有一点力气，他终于抵抗不住，失去了那一点点微弱的感觉。

蔡风再一次恢复了知觉，这一次却清楚地感觉到自己的躯体的存在，也深切地感受到了痛苦，那种锥心的痛苦。

这个感觉告诉了他，他并未死去，连他自己也有些不敢相信，自己居然会没有死。他的意识极为清楚，似乎没有一刻他的意识真正的消失过，只是他不知道自己为什么仍未死去。他很清楚地记得自己所受的伤足以要了他的命，他清楚地感觉到那柄尖利的刀刺入体内时的那种极为深切的感觉，便像是他的神情几乎全都麻木了一般，可是这一刻，他似乎并没有感觉到那柄刀子的存在，虽然他的腰际的疼痛依然极真实，但那种活着的感觉却极好。

活着他便开始想，想凌伯，想凌能丽。是谁救了他？现在可是仍然在那小村庄？

蔡风想呼叫，但却没有丝毫的力气，甚至连睁开眼的力量也没有，一阵疲倦袭上心头，蔡风在不可抗拒的情况下，沉沉地睡去。

再次醒来的时候，蔡风在微微朦胧之中发现了两具极为高大的身影，当他看清楚两个人的面目之时，已经嗅到了一丝一缕的檀香之气，那种宁静而祥和的檀香却只让他感到乏力与疲倦。

“这是什么地方？”蔡风禁不住有些虚弱地问道，眼神有些疑惑地望着眼前的两位怪人。

佛陀与烦难大师的打扮对于蔡风来说，的确是极为怪异的。

烦难似乎极为欣慰，但他仍只是闭着眼睛，这个世界上的一切都似乎并不能够引动他一目，但蔡风却很清楚地读懂了这位慈祥而宁静若整个天地一般的老者心中的欣慰。

“这是少林寺！”烦难大师极为宁和地道。

“这里是少林寺？”蔡风大惊，欲挺身而起，却发现并没有这个力气，不由骇然问道。

“不错，这里正是少林寺，你先好好休息，不要胡思乱想，这对你的伤势是没有好处的。”烦难大师轻轻地探掌按住蔡风的身子道。

蔡风只感觉到一种大自然般的恬静，与一股不能挥去的势力直透心底，使他那因急掠而疼痛的伤口似乎减少了许多痛苦。

“这里是洛阳嵩山少林寺？”蔡风深深地吸了口气，声音有些发硬地问道。

“不错，你不必奇怪，是你父亲和你师叔送你上少室山的，你便在这里安心养伤吧！”烦难大师依然是那般安详地道。

“多谢大师救我一命，不知大师法号如何称呼？”蔡风语意之中有些发冷，但感激之情却极为真挚。

烦难大师不由得微微一笑，慈祥地道：“我法号烦难，救你的，这位佛陀大师出的力最多，你应该感激的是他。”

蔡风一呆，微微扭头向那正闭目打坐若一尊佛像的佛陀望了一眼，诚恳地道：“谢谢高僧救命之恩。”

佛陀并没有回答，依然静坐着。

“佛陀大师因为你疗伤，本身真元损耗极甚，正在休息，不要去打扰他。”烦难大师温和地道。

蔡风一呆，但心中却早已飞到千里之外的小村之中，凌伯现在怎样了呢？凌能丽现在怎样了呢？而圣舍利更是谁人得去了呢？蔡风的心神已全都飞散。

“大师，现在是什么时候了？”蔡风吸了口气问道。

“再有五天便是过年。”烦难大师依然极为温和地道。

“我，我居然熟睡了十多天？”蔡风惊骇地道。

“不错，能够活过来已经是极为幸运的了，这一生之中，你注定会有这一劫。”烦难轻轻地将手搭在蔡风的身上，温和地道，“你好好休息，别胡思乱想，要知道你的伤若没好的话，将什么事也不可能做好，想也是多余的。”

蔡风一呆，又问道：“我爹与师叔可还在寺中？”

“在，但你这两天不能见任何人，必须在这静室之中静静休养，到时候，我自会让他们来见你。”烦难大师静静地道。

蔡风虽然有些不解这是为什么，但对于眼前这个慈祥老人的话，却似有一种自心底的服从，或是因为被对方那种由体内散出的超然于世俗的气质所震慑，更对这慈祥的老人有一种自心底的信赖。

烦难大师似乎知道蔡风所想，温和地道："我来为你疗伤，心神不要分散。"说着伸出一双晶莹若玉的手，一双与他头发极不相配的手，缓缓地搭在蔡风的玄机穴上。

蔡风来不及惊异这位老人那惊世骇俗的手，便觉得一股极温和、纯正而又浩瀚无边的力量，涌入他的身体每一个窍穴，使他想说话也没有那份力气，更觉得通体无比的舒适，一股懒洋洋的意念升上了他的脑际，竟似乎又要沉沉睡去，不过在迷蒙之中，他发现自己本身潜在体内的无相真力竟完全融合入了那股涌入的长江大河之中，这使他禁不住自心底发出一丝疑问。

他的确有些糊涂了，眼前这位老者的内功怎会与他的无相神功是同一种根源呢？这老者到底是谁？难道无相神功竟会与这老者有何渊源？否则怎么可能会出现自己的气劲与对方融合得那般融洽，简直是完全没有隔阂。但他已经没有开口相问的力气，他体内残余的功力不由自主地便跟随着对方劲气的涌入，在全身不停地流转与游走……

"哎，大叔，你们可知道那个蔡风是在哪儿住吗？"张亮叫住凌跃问道。

凌跃有些惨然地望了张亮一眼，冷冷地道："你是什么人？找他有什么事吗？"

"我叫张亮，乃是他军中的朋友，今日是来寻他。"张亮客气地道。

凌跃抬头望了张亮身旁的达奚武及数名兵丁一眼，吸了口气道："我不知道他现在到哪儿去了，你们来晚了，他走了。"

"他走了？什么时候走的？"张亮惊问道。

"走了已经有一个月了，不知道他是怎么走的，听说那晚有很多极厉害的人在村中打了起来，不仅他走了，而他住的那间屋子的主人也被害死了。”凌跃眼中射出几缕深刻的痛苦道。

张亮与达奚武不由得全都呆住了。“大伯可否带我到他住过的房子中去看一看吗?”达奚武吸了口气道。

“那房子我们早已经收拾好了，也没有什么好看的，我劝你们还是不要找他好了。”凌跃声音有些冷硬地道。

张亮与达奚武不由得相视望了一眼，都听出了对方语意之中的那种愤然，但却知道事情的变故可能的确很大，不禁淡淡地道：“那我们便不麻烦大叔了。”

凌跃也再没有理他们，一脸悲愤地走了开去。

“蔡公子是不是回阳邑了呢?”张亮怀疑道。

“不知道，不过听刚才他的语气，应该是出了什么变故之后，蔡公子才离开。但这怎会与蔡公子的性格相合呢?”奚武有些惊疑地道。

“对呀，蔡公子要走，也不可能在出了事情之后又无声无息地走，至少也得跟村中之人说一下才行呀。”张亮也有些怀疑地道。

“不过事已至此，我们只能这样回复将军了。”达奚武淡然道。

蔡风自觉精神好了很多，每日都有烦难大师以那博大无伦的内劲为他疗伤，使他的伤势恢复得异常快。

这一天，佛陀与烦难大师全都走出了这石室，而进来的却是蔡伤与葛荣。

父子二人已有半年未见，又几经生死，蔡风的心中一阵感动，蔡伤却极为平静地安抚了蔡风一下，淡淡地道：“没事就好。”

“你在这里安心养伤便是，其他的一切事情待你伤好之后再说。”葛荣也安慰道。

“爹，我要到那村中去看一下。”蔡风声音有些发硬地道。

“去干什么?”蔡伤有些不解地问道。

“我的救命恩人与他的女儿此刻不知怎么样了，我想去看他们一看。”蔡风有些虚弱地道，眼神之中却显出果决之色。

“现在你的伤又没好，这里到蔚县数千里路，你实不宜远行。”蔡伤安慰道。

“你放心，我会派人去看的。”葛荣也安慰道。

蔡风嘴角微微牵出一丝酸涩，有些惨烈地道：“若是他一家人有什么不测的话，风儿这一辈子恐怕难以安心。”

蔡伤的脸色微微一变，定定地望着蔡风。蔡风并没有回避，依然是那般果决与坚定。蔡伤一叹道：“男子汉大丈夫是要恩怨分明，我知道你的心思，只是你此刻重伤在身实不宜远行，若你执意要去的话，我也不阻你，但必须等过了年再去，那时候你的伤可能会要好上少许。”

蔡风感激地望了蔡伤一眼，蔡伤的确是极为了解他，不由欣慰地笑了一笑，神色又一转道：“爹，孩儿有件事情不明白。”

“什么事？”蔡伤有些奇怪地问道。

“孩儿与破六韩拔陵交过手。”蔡风淡然道。

“这个我知道。”蔡伤道。

“但孩儿却发现破六韩拔陵所使的武功竟是‘怒沧海’刀招。”蔡风依然极为平静地道。

“怒沧海？”葛荣与蔡伤同时惊骇地问道。

“不错，破六韩拔陵的刀招正是怒沧海，只是他所使的内劲不是无相神功，纯以至刚至猛的力量冲击，这是他无法完全领悟怒沧海的主要原因，因此孩儿以黄叔的黄门左手剑伤了他，不过也同样被他击伤。”蔡风有些不解地淡然道。

蔡伤与葛荣不由得陷入了沉思，蔡风却怔怔地望着两人，也有些茫然。

“去问问师父，师父定知道。”葛荣提议道。

“师祖？”蔡风不由得大奇，问道。

“不错，为你疗伤的就是你师祖。”蔡伤道。

“啊，难怪我体内的无相真力没有一点反抗，可是我怎么一直未曾听爹爹你说起师祖呢？”蔡风有些疑惑地问道。

“这是你师祖的规定，他并不希望有人知道他在人世，我也便没有对你讲了。”蔡伤淡淡地道。

蔡风不由得惊得有些微微发呆，很难想象他的师祖居然仍活在世上。那这个世上有谁的武功可以比得过他师祖呢？这的确是一件极为骇人听闻的事情。

“那烦难大师便是师祖吗？”蔡风有些惊疑地问道。

“正是！”葛荣慈祥地笑道。

“孩儿竟不知是师祖亲自为孩儿疗伤，真是笨。”蔡风假装有些自责地自语道。

“师祖再也不会计较红尘之中的名利与称呼，你也不必自责，至于破六韩拔陵的事，便由我与你葛师叔去问好了，你好好休息吧。”蔡风安慰道。

蔡风心中意念电转，知道是应该好好休息，因为他已经感到微微的疲惫了。这一段日子失血过多，身体极虚，必须得好好休息，但他的脑子之中始终盘旋着凌能丽的身影，思念便像是一根尖尖的刺一般深深地插入他的心神之中。

“师父，弟子有一疑问，想请师父指点。”蔡伤恭敬地道。

烦难大师淡然而平静地道：“说吧！”

“刚才风儿说当世之中还有人会使怒沧海刀法，弟子却不明白。”蔡伤极直接地道。

“当世还有人会使怒沧海刀法吗？”烦难大师依然紧闭着双眼，有些微讶地问道。

“风儿说，他曾与北六镇起义军首领破六韩拔陵交过手，发现他所使的正是怒沧海刀法，只是内功心法并不是以本门的无相神功为主，而偏重于阳刚之气。"

烦难大师一阵沉吟，喃喃地道："难道是你那个叛徒师叔并未过世?"

"弟子还有师叔?"蔡伤与葛荣同时一惊，问道。

烦难大师不由得深深地吸了口气，淡然道："那是五十年前的事情。"旋又似陷入了回忆之中一般悠然地道："你师叔叫破六韩盖世，当年你太师祖圆寂之时，成就佛身，化一圣舍利，这圣舍利之中蕴有你太师祖毕生的精华及天道的秘密，传言留与有缘之人，后圣舍利由你师祖天空掌管，可惜你师祖并未能真的悟通这圣舍利，也便无法窥通天道，达至般若，成不朽之佛。"

"可是，天有不测之风云，那一日，师门重宝圣舍利竟不翼而飞，我也不知道为什么，你师祖竟一口咬定是我偷的圣舍利，因为当时的确也只有我与你师祖才知道那圣舍利收藏的地点。你师祖的怀疑也并非无理，只是这数十年，他一直在研悟圣舍利，使得他本身所具的佛性慢慢淡去，甚至有走火入魔的倾向，于是我便直言提出这种迹象，谁知你师祖并不听，反而更不容我有任何分辩，便要我交出圣舍利，否则便打折我的腿。"烦难大师讲到此处，不由得露出一丝微微伤感的淡笑。

"那一天，风很大，也像这个时候一般寒冷，再有几天便是过年了，但谁也没有想到快到过年却发生了这样一件绝对令人悲伤遗憾的事，那天我怎么分辩也没用，你师叔只在一旁似乞求一般劝我把圣舍利交出来……"说着竟似返回了五十年前的岁月似的。

"师兄，若是你拿的，你便交出来吧，师父养育我们这么大，我们怎能对不起他老人家呢?"破六韩盖世的话正像是为那燃着的火上添油一般，将天空大师的怒气燃得更旺。

"我没有拿，若是我拿了圣舍利，叫我死后下至十八层地狱，受尽千万种酷刑。"烦难大声道。

天空像充气的皮球一般瞪视着烦难，冷冷地道："你以为发个誓便可以算了吗?盖世，你去他的房间给我仔细搜!"

烦难的心里有说不出的悲愤，他从来就未曾想到一向视他为亲子的师父今日竟如此不信任他，如此对他。更恼的却是被他视若手足的师弟也在一旁加油添薪，这让他心中如何不愤怒，但他并没有反抗，知道一切的反抗都只是徒劳而已，他更相信自己是清白的，决不会怕人搜，因此，他只是定定地跪于地上，静静地品尝着心底的悲愤。

良久，破六韩盖世在房中呼道："找到了，师父。"

天空大师狠狠地瞪了烦难一眼，也不管面色苍白的烦难，急冲入房中，果见破六韩盖世移开烦难的一块床板，从那暗柜之中拿出一块亮晶晶的石头，正是那块遗失的圣舍利。

烦难的心在这一刻几乎已经麻木了，他简直不敢相信会有这么一回事。他绝对没有偷那块圣舍利，这一定是一个骗局，一定有人陷害他，因此他心中悲愤便像是烈火一般燃烧起来。

"你还有什么话说?"天空大师声音冷得像冰一般问道。

烦难心神有些麻木地冷望了破六韩盖世一眼，依然果决地道："不是我偷的，但我无话可说。"

"事实俱在，你还否认?"天空大师怒意大炽地问道。

"这绝对不是弟子偷的，师父难道还不明白弟子的为人吗?"烦难大师解释道。

"你还狡辩……"天空手掌高扬就要击下。

烦难将双眼一闭，竟变得异常平静地道："师父要弟子的命，弟子无话可说，但弟子的确是不甘心，我不知道是谁要陷害我，只是若能以一死了却师父心头恨意的话，那便请师父下手吧。"

天空大师一呆，破六韩盖世插口道："对呀，师父，或许真的有人陷害师兄也说不定呢，请你饶了师兄这一次吧。"

天空大师冷冷地打量了破六韩盖世一眼，吸了口气道："我们门下绝对不能容许有任何不诚实的人，事实俱在，我绝不容他在我的门下。"说着竟一掌斩在箕门与风市两穴之上，决然地道："你走吧!"

烦难只觉得一阵麻痹遍行两腿，但他却没有哼半声，他的心也似乎随这一斩而完全麻木，两行眼泪滑出眼眶，只是重重地跪下磕了三个响头，语调极为平静地却微微有些颤抖地道："谢谢师父不杀之恩，弟子一定会找出害我的真凶……"

"我不是你的师父，你也再不是我的弟子，你另飞高枝吧，今后你的一切都再与我无关。"天空极为冷漠地打断烦难的话道。

烦难的心头几乎在滴血，但这事情已经成了定局，他很明白他师父的脾性，所决定的事情绝对不可能有任何更改，说出口的话更不可能收回。虽然天空大师跟着慧远学过十几年的佛学，但他原是俗家之人，更是一代武林宗匠，十几年佛学潜化了他的那暴戾之气，却因近十多年来参悟圣舍利不得法，而让他潜化的暴桀之气重升而上，几乎让他坠入魔道，因此，绝对不会有悔改的可能。

烦难不再说话，只是又重重地磕了六个响头，这才艰难地撑起身子，咬着牙，拖着几近偏瘫的双腿向山下爬去。

破六韩盖世似乎有些不忍心，进屋将他的一些行囊全都给他送了出来。

烦难却惨然一笑，并不接下，只是淡淡地道："现在只有你在师父的身边，你要好好地侍候他老人家。"

"我会的，无论师父怎么对你，你永远是我的师兄。"破六韩盖世竟眼眶微湿地道。

烦难淡然道："我一直都把你当兄弟看待，从来都不曾改变过。"

破六韩盖世脸色微微有些不自然，道："我明白师兄对我的心意，我相信师兄绝不是偷圣舍利的人。"

烦难走了，在风中，很寒的风，在微薄的雪地之上，爬了下山，没有半点流连，也不曾回头。

虽然这一路上极为艰苦，但却并没有将他心中的愤怒与悲愤化解……

"后来，我以自己的内息不断地尝试着修补双腿的箕门与风市两穴，也只有这样才可以使自己的双腿恢复行走能力。你师祖毁去我这两大穴本也等于毁了我的足太阴脾经与足少阴胆经，我所需要修复的不仅仅是这两大穴道，更是要打通这两大经脉。不过，我并没有将这两处穴道修复，却将这两条筋脉打通，使自己悟出了无相神功，将这两大被破坏了的穴道移开。”烦难大师微微有些叹息道。

“后来师父可曾查出那嫁祸之人?”蔡伤与葛荣同时问道。

烦难叹道：“那嫁祸于我的人便是你师叔。当我练成无相神功之时，腿上的伤势已经完全好了，而功力更增进了极多。无相神功乃是根据你师祖的‘波罗潜阳’神功演化而出的，‘波罗潜阳’神功主重阳刚之气，乃是至刚至阳的劲道，而无相神功更是阴阳相融，收发由心，同样是纯正而博大，但经无相神力所发出来的劲气使怒沧海的刀法，威力便要强大数倍。我刚出江湖便闻说你师祖升天，以你师祖的功力本不应该如此早便升天，我便又重新上山，但你师叔竟借我是被逐出门墙的弟子，不可以得见你师祖的遗体，其坚决程度使我起了些疑心。后来，我夜探灵堂，发现你师祖竟是受了重伤，后因气恼过度而去，于是我便检查了一下你师祖的遗物，却发现了一封给我的信，上面几乎将他的死因全部写明。原来你师祖起先与天痴尊者的师父白云上人比武，便是要争佛道之长，比武之后，你师祖以一招之差败给白云上人，由此受了极重的内伤，更发现那次偷圣舍利嫁祸于我的人正是你师叔，而白云上人也正是你师叔怂恿来的，只有当你师祖升天之后，又没有我这个师兄在中间，他自然便明正言顺地可得到了圣舍利，如此心机实叫人心寒。而当你师祖得知真相后竟活活气死，这真相也是你师叔亲口向他讲的，也只有这样才能够兵不血刃地气死你师祖。当时你师祖气得昏过去，你师叔便以为他死了，才出去办后事。而你师祖却又在此时醒来，以血写下此书，本不指望我能获得，可是苍天偏偏如此有眼，竟让我得到了，于是我便去找你师叔，将那遗书与他对质，他并不否认，但他只将我当成一个废人而已，他根本不会相信我可以真正地打通腿上的筋脉，更没想到我居然会创出无相神功。”

“后来他逃掉了，我并没有杀死他，因为我下不了手，于是他负伤而逃，我也未曾追。当我处理好你师祖的后事后，便去找白云上人比武，仍是以佛道为名与他决斗，那次，我与他竟战成平手。江湖之中再也没有听到过你师叔的行踪。我却四处打听他的下落，因为圣舍利仍然在他的身上，这一找竟是十年，我依然未曾得知他的踪迹。白云上人又一次来找我比武，那时候你们还小，可能并不记得当时的情景。那一次我胜了，也是仅以一招之胜赢了他。而白云上人也因此而积郁成病死去。但天痴尊者却是他的嫡传弟子，他是一个奇才，武功竟比白云上人更好，更创出世人难比的左手剑法，而我在这时也找到了你师叔，他却怎么也不肯交出圣舍利，于是我与他动手，并废了他的武功。便在我要夺他性命的时候，却闻得一婴儿的啼哭，这么多年来，你师叔不仅仅在苦悟圣舍利，而且已经娶妻生子，便因为婴儿的啼哭，我并没有杀他。后来也并不知道他是否已经悟出了圣舍利之中的奥秘，自此之后，我便再也未曾见过你师叔，而天痴尊者在几年后又约我比武，那时你们都应该记事了，于是三次决斗，他仍是败给了为师，便有了三十年之约。”烦难便若了却了一个心愿一般长长地嘘了口气。

“那照师父的说法，这破六韩拔陵很可能便是师叔的儿子喽?”蔡伤惊讶地道。

“有这个可能，若是风儿与他交过手，说那是怒沧海刀法，且内功心法又是至刚至猛的话，他很可能便是你师叔的后辈。”烦难极为平静地道。

蔡伤与葛荣不由得全都呆住了，世界上的事的确都极出乎人的意料，他们从来都没想到自己仍然有一个师叔，更是第一次听说那圣舍利的事情，不由得全对神秘莫测的圣舍利感到有一种莫名的诱惑力。

“这么说师叔并未能悟透圣舍利的秘密了，否则，破六韩拔陵怎么可能仍被风儿的黄门左手剑所伤呢?”蔡伤肯定地道。

“应该是如此。圣舍利并不是每一个人都可以悟通的，必须属有缘之人才行，破六韩拔陵你们今后要小心一些便是，因为你师叔的原因，每一个会‘怒沧海’的人可能都怀有敌意，而又传闻他拥兵数十万，绝不能小看。”烦难大师认真地道。

“弟子明白。”蔡伤与葛荣同时应声道。

“爹爹可听说过圣舍利?”蔡风望着蔡伤淡然地问道。

“圣舍利?”蔡伤与葛荣禁不住同时低低地惊呼反问道。

“不错，传说乃是慧远大师升天后的圣物。”蔡风解释道。

“你怎么知道?”蔡伤疑惑地问道。

“孩儿便是因为这‘圣舍利’连连受伤。”说着将如何从元府得圣舍利，如何被杀手围攻，被逼投入军中，如何与破六韩拔陵交手，路上所受的重重阻杀连那跃入断身崖也一并讲了出来。更将杜洛周、鲜于修礼等人事极清楚地讲了出来。最后讲到跳水而逃，荒山重病而被凌能丽与凌伯所救，并直言不讳地说出自己爱上了凌能丽，如何又受那七个人的攻击，差一点便魂归天国。讲到最后眼中竟射出数缕焦灼的神色，显然是在为凌伯与凌能丽担忧。

蔡伤与葛荣哪知道这之中的曲折，更没想到会有如此多的惊验，同时也完全了解了蔡风此刻的心情。特别是蔡伤，父子连心，更何况蔡伤自己对情的感悟绝对比任何人都深，否则也不会有几十年余情不绝。

“照你这么说，圣舍利可能是那晚的人所拿去的喽?”葛荣问道。

“应该是!”蔡风肯定地道。

“那几个人到底是什么来路呢?照这么说知道圣舍利可能在你身上的人只有鲜于修礼与叔孙家族，而鲜于修礼又与破六韩拔陵有关，这圣舍利很可能是破六韩拔陵指使他们做的。”蔡伤淡淡地道。

“鲜于修礼也是破六韩拔陵的人?”蔡风有些惊异地问道。

“很有可能。鲜于修礼与破六韩拔陵同为沃野镇人，而鲜于修礼据说与破六韩拔陵的关系极好，应该是与破六韩拔陵有关系的。”蔡伤平静地分析道。

蔡风有些落寞地道：“孩儿可能与破六韩拔陵势难两立了，我杀了他的儿子破六韩灭魏，更让他丢了一个大面子，他自然是恨我入骨。”

“你今后只要小心一些，破六韩拔陵并不是怎么可怕，以你的武功，天下能高过你的有很多，今后切忌太过张扬。而尔朱家族之中更是高手如云，千万不要轻率出手。”蔡伤忍不住提醒道，但眼中却射出两缕幽幽的仇恨。

蔡风的心头一动，禁不住问道：“爹，娘是怎么去的？”

蔡伤一惊，脸上的肌肉抽动了一下，挤出一丝极为难看的神色道：“你娘是病死的！”

葛荣不由得扭头望了蔡伤一眼，有些不解之色，但却并没有说话，只不过蔡风却极为敏感地捕捉到那种感觉，心中不由得升出一丝异样，却并没有作声。

“你目前的事便是好好养伤，养好了伤再去蔚县我不反对。现在你已经不是小孩了，有什么事情你可以自己做主了。”蔡伤吸了口气，淡淡地道。

“孩儿明白。”蔡风极为乖巧地答道。

“你先休息吧，你失血过多，必须多补补血。”葛荣插口道。

“多谢师叔的关心。”蔡风淡淡地道。

“蔡施主，外面有位姓胡的施主要见你。”一个小沙弥走了进来道。

蔡伤从深思中收回心神，淡淡地应了声道：“哦，我就去。”

胡孟此刻却已经立在门口了，望了蔡伤一眼，似乎有些欢喜地道：“蔡贤侄已经没有危险了吧？”

蔡伤一愣，估不到这再过两日就要过年了，胡孟仍有闲情上少林寺问蔡风的伤势，不由得微微有些感激之意地道：“已经没有危险了！”

“没有危险就好，秀玲让我将宫中的补伤之物带了一些来。”胡孟淡淡地道。

“秀玲知道我们都没离开少林寺？”蔡伤有些疑惑地问道。

“要想知道你们的行踪，对于我们来说本是一件极为容易的事情。秀玲自然知道你们在少林啦。”胡孟哑然失笑道，“秀玲本想寻上少林，但目前朝中事务极多，而她上少林又会牵动一大片，也便没有亲来。”

“秀玲有心了。”蔡伤微微有些感激地道。

“秀玲对蔡贤侄的名字早就听说过，若听到他没有危险的话肯定会极为高兴的。”胡孟笑道。

蔡伤脸色微微一变，淡笑道：“对付破六韩拔陵有一个办法。”

“什么办法？”胡孟喜问道。

“那便是与柔然和解联手，柔然由西进击破六韩拔陵的东部六镇，而朝中由南进击破六韩拔陵的前锋军，抑或到时候看柔然人与破六韩拔陵两败俱伤也可以。”蔡伤淡淡地道。

胡孟不由得眉头一皱，疑惑地问道：“这能行吗？柔然王阿那瓌并不是轻易便可以说动的。”

蔡伤淡漠地笑道：“我能告诉秀玲的便只有这么多了，世界上只有人想不到的事情，没有人做不到的事情，只要诱之以利，动之以害，没有谁会不心动的。这便要看朝中是否可以舍得一些小小损失了。”

“我会向秀玲说的。”胡孟也似乎有些微微的动心道。

蔡风的体力恢复极快，每日都有老山人参、灵芝之类的珍药进补，同时又有无相神功相疗，加之蔡风自己对医道又有些了解，所以治疗起来极快。这些日子又听烦难大师讲佛，更听到极多以前本不明的道理，在武功境界之上似乎又有了一个深深的明示，只是他极为奇怪，为什么烦难大师的眼睛始终不睁开，不过这一切也并没有什么要紧的，要紧的是他的伤能够快快地好起来。

少林寺本是极为安详宁静的地方，即使过年也是极为宁静祥和。

蔡风在过了元宵节之后便再也坐不住了，他必须到蔚县去看一看，否则他的心永远也无法安稳，潜修也只是一句鬼话。

蔡伤为他准备了一辆极为舒适的马车，并有长生相陪。葛荣早已离开少林，去探查那几个神秘人的消息，那柄短刀，正是胡人最喜欢用来割熟牛肉的刀，这柄刀的打造方式极为特别，所用之水，所炼之地都比较特异。

蔡伤曾遍行天下，听说此刀必须在极干燥、极酷热的地方才可以炼制，更是以骆马尿做冰剂，再以雪水烧焦熬炼才可以除去刀身上的异味，而这样炼制出的刀品质之优，绝对是普通刀剑所难比的锋利，在北部应该只有一个地方可以有这种炼刀作坊，那便是那日图的“阿鲁西”作坊。

蔡伤曾经见过阿鲁西作坊制出的刀，一般绝对不会刻上龙凤之类的，刻上龙凤之类的必须是顾客定做，按要求去定制，而这样的顾客绝不会多，有刻龙凤习惯的人大多都不是胡人或是当地人。更何况这刺入蔡风体内的刀应该是龙凤一对，所想寻查的对象便极为简单了，更何况那女子的画像想来早已画好，只待葛荣按图索人了。

蔡伤并没有陪蔡风一起去，他仍要留在少林寺，因为他知道与烦难大师可能只会有短短的两个多月的相处，而这两个多月却是极为重要的两个多月，绝对重要，他要聆听的不仅仅是教诲，更多的却是对那未知天道的感悟。

第四十章　碑前誓言

白龙江畔，虽是冬日，但景色也依然与众不同，山自然，水自然，虽然寒意极盛，但更有一种说不出的情调与宁静。

舟山，白龙江畔，一处宁静而祥和的小茅屋之中，黄海恭敬地立于一旁，而火坑之上却盘膝坐着一位仙风道骨的老道，正是天痴尊者。

“你不肯回来见我？”那老道语气极为平和地问道。

黄海脸色微微一变，并不隐瞒地道：“弟子是不想回来。”

“为什么？”天痴尊者依然极为平静地问道。

“我不想师尊问我三十年之约谁胜谁败？更不想再去延续三十年之约。”黄海认真地道。

天痴尊者不由得淡然一笑道：“恐怕还不只这些吧？”

黄海脸上肌肉微微抽搐了一下，淡淡地道：“弟子实没必要隐瞒，那便是弟子不理解为何师父当年一定要将师妹嫁给萧衍。”

“你还在恨师父？”天痴尊者悠然吸了口气问道。

“弟子本不敢恨师父，但恨字何解？若说弟子没有怪师父那是在欺骗师父，明知自己根本没资格，也没有权利恨师尊，可我忘不了师妹。师尊若要责怪弟子，弟子无话可说。”黄海有些倔犟地道。

“你的脾气依然没改。不过你能毫不隐讳地说出来，证明你依然是个磊落之人，为师怎会怪你呢？只是你这些年来依然摆脱不了一个情字，你这一生恐怕便无法真正地感悟天心了。”天痴尊者吸了口气，有些遗憾地道。

黄海不由得一呆，却并不作声，只是静静地立着。

天痴尊者又道："我这次与烦难相约并不是要拼个你死我活，也不会让你与他的弟子再订什么约。清明之后，为师便不会再留人世之间，只希望你回来能在为师身边好好地待上数月而已。"

黄海一愣，惊问道："师尊难道认为自己真的会败？"

"世间本无胜败，胜败只在人心而已，为师早已超越胜败，这次北台顶之行，只是共赴天道而已，为师早已与烦难交过手，本以为这二十五年来你早已忘情，才让你师弟找你回山，将我对天道的感悟讲与你听，但你始终还是过不了一个情关。"天痴尊者有些悠然地道。

黄海不由全呆住了，天道又是什么东西？怎样一种境界？但却也有些微不在意。

"当初我将你师妹嫁给萧衍，并不是因为他是一国之主，也不是因为他比你强。而是想你了却一个情字而专心修道，好继承我的遗学。你的资质并不比烦难的大弟子蔡伤差多少，若是能一心学道，步入天道并不是一件很不可思议的事。只可惜你永远也无法勘破情关。"天痴尊者有些叹息地道。

黄海心神微震，插口道："或许天道真的是一个极美极值得人追求的境界，但是人若无情，又怎会对天道真正的体味呢？天心本是施仁爱于万物，师尊当初难道便没想到人同样可由情入道，弟子或许很难说明白，但是生命若只是追求空洞的天道，那让人很难理解何为天道，天道有何意义，如此天道不追也罢。"

天痴尊者眼睛居然睁开，两道幽深而朦胧的目光只似将黄海神经之中的每一点都看透，黄海更从之中看到深广无比的天空，那包含着无限生机的轮回。

这哪里还是一双眼睛，分明便是整个天地，整个时空的幻景。

黄海只觉得自己进入了一个令他迷茫而又让他兴奋不已的天地……

蔡风与长生缓缓步入小村之中。

风很寒，如一柄柄小刀由他们脸上刮过，去年的枫叶早已全部腐成了泥土，在犹未曾化去的雪面上，两人行出一行沉重而悲哀的踪迹。

村中似乎极静，只有几缕淡淡的青烟升上天空，才会让人感觉到这里有人的生机。

蔡风的心几乎立刻抽紧，神经全都有些麻木的感觉，一种极不祥的感觉升上他的心头，的确，林中的静寂的确很可怕。

他的伤势已经好得差不多了，整日坐在马车之中疗伤，这由洛阳至蔚县，已经是二月了，蔡风只离开这小村庄不过两个多月的时间，竟觉得这个小村庄极为陌生。

长生也似乎感觉到了蔡风的不安，当然明白蔡风此时的心情，他们从小一起长大。

步入林中，依然没有人来问他，那些猎狗，似乎也全都畏冷而缩入房子角落，懒得出来。

蔡风的心揪得很紧，因为他望见了凌伯的那老屋，依然那样静立着，那扇被蔡风撞破的窗子依然静静地开着，便像是巨虎的嘴巴，贪婪地张着，似乎想要吞噬一切。

蔡风心中的不祥之感更加浓重，移向那老屋的脚步，便似悬上了千斤巨石，极为艰难地挪动着，像是梦中一个难以逾越的长廊，那般缓慢，让他的心中也跟着这极缓的脚步跳动起来。

“咦！呀！”一扇大门突然被打开，一颗脑袋探了出来。

“蔡大哥！”凌通一声惊呼。

蔡风那麻木的心似乎有了一丝依托，扭过头去望了那正探出脑袋的凌通一眼，艰涩地笑问道：“大伯在家吗？”

凌通那张本还有些惊喜的小脸这一刻却变得极为悲愤，却并没有说出话来。

“是不是出事了？”蔡风的声音禁不住有些颤抖地问道。

“吱！呀！”凌跃那张悲戚而又微带愤怒的脸从门后闪了出来，声音极为冷峻地道：“你还回来干什么？”

蔡风不由得一呆，便像是有一盆冰水自头顶淋下一般，眼神之中的痛苦在这一刹那间完全点燃，充斥了整个心田，颤声道：“二叔，到底是怎么回事?”

“谁是你二叔，怎么回事你不知道吗?”

“通儿他爹，算了吧。”凌二婶拉了一拉凌跃，劝说道。

“姐姐难道没有跟着你一起走吗?”凌通这时候疑问道。

蔡风的头立刻“嗡”的一下响，思想便像是完全失控一般，仰天一阵长啸。

地上的雪花与冰粒便若被龙卷风掀起了一般，全都蹿飞而起。

天地似乎在这一刹那之间完全崩裂了，那海啸山崩般的声音若一根锋利无比的尖刺重重地穿入天际，刺在天空中的云层之上，竟发出一阵裂帛般的爆响，松针、小枝全都在乱飞狂舞。

凌跃与凌通及凌二婶吓了一大跳，只觉得难受至极，但却并没能关上大门，连长生也吓了一大跳，谁也想不到蔡风竟会如此长啸，啸声如此惊人，更让人心颤的却是啸声之中那股悲愤、痛苦的基调。更让心惊的却是那充斥于啸音之中那浓得便像是水一般的杀机。

雪沫、冰粒、松针四处狂飞，像是一个由魔鬼控制搅乱的世界。

全村都为之震惊，漫山遍野的回音，只使所有的人心颤神驰。

良久，声音霎时一遏，蔡风竟“哇”地狂喷出一口鲜血，像一道残虹一般划过天际，洒落在地上，成就点点滴滴的花斑。

“阿风，你怎么了?”长生惊骇地扶住蔡风问道，他哪里想到蔡风会如此激动。

凌跃、凌二婶与凌通都禁不住一声惊呼，哪想到几句话竟使蔡风激愤得吐血，心中不由得一阵怜惜，凌通忙跑出来有些关心地问道：“蔡大哥没事吧?”

蔡风惨然一笑，轻轻地摇了摇手，口中却又涌出一口血沫，这才吸了口气问道：“能丽是不是失踪了?”

凌通有些黯然地道：“大家都以为姐姐是与你一起走了，你也不知道姐姐去哪儿了，那肯定便是失踪喽。”

“那凌伯呢?”蔡风期盼地问道。

“大伯被坏人害死了，杨大哥说是你害死他再带走了姐姐，爹与乔三叔还与他吵了一场。但是那些……”

“通儿，别胡说，快回来。”凌跃恼道。

蔡风一呆，望了凌通一眼又望了凌跃一眼，心里几乎都快滴出血来了，所有的神经几乎全都麻木。

凌通无奈地望了蔡风一眼，又望了凌跃一眼，放开蔡风的手，缓缓地向屋中走去，不时回过头来看蔡风一眼。

这时候林中各人全都闻到啸声跑了出来。

“蔡风，你还有脸回来。”杨鸿之大老远发出一声怒吼道。

长生冷冷地回望了一眼，脸上升起了一丝愠怒，但却并没有出声。

众人迅速围了过来，有些惊异地望了望地上的血渍，又望了望面容有些惨淡的蔡风，乔三上前一步，有些关心地问道:“你受了伤?”

蔡风感激地瞥了他一眼，有些惨然地微带歉意道:“惊扰了大家，真是不好意思。”

“交出能丽，你把她藏到哪里去了?”吉龙在杨鸿之的怂恿之下喝问道，村民们也微微起了一阵哄，但似乎并不是所有的人都对蔡风有恨意，毕竟蔡风曾击毙四只恶虎为他们村里带来了安宁，更因为蔡风那一手好菜曾让村中的每一个人都心服。

“大家不要吵，有话好好说。”乔山挤开众人，来到蔡风的身旁，双手虚按呼道。

众人微微静了下来，乔三在村中的威信毕竟不是常人可以盖过的，全都静静地望着他，待他讲。

蔡风感激地望了他一眼，心中似乎仍在淌着鲜血，没有人知道他此刻心中那种悲愤。

“蔡公子，我们都希望你能告诉我，那晚到底发生了什么事，凌大哥被人害死，能丽失踪，这些全是谁干的?”乔山的声音有些哽咽地道。

蔡风扭头扫了众人一眼，吸了口气，惨然地道："我不知道是谁干的，但我绝对会查得出是谁干的，总有一天，我会将这些人碎尸万段，以祭凌伯在天之灵。你们放心，我便是走遍天涯海角也一定要将能丽找到。"

"难道凌伯不是你杀的，能丽不是你带走的？"杨鸿之鼓动道。

"我为什么要害死凌伯？凌伯对我恩重如山，我若是有害凌伯之心，叫我不得好死，天地不容。"蔡风狠声道。

"这话谁都会说，天便真的会降罪于你吗？"杨鸿之得势不饶人地道。

"那你想怎样？"长生冷冷地望了杨鸿之一眼，声音便像是吹过的北风一般寒，只吹得每一个人的心头发毛。

杨鸿之一愣，但被长生那双冷厉得若电芒的眼神一射，竟不由自主地打了个冷战，不敢再开口，因为他深深地感受到长生那眸子之中凌厉的杀机，只要是一句话说错，很可能便会成为剑下游魂。长生便若一只魔豹一般硕壮，那种逼人的气势，便若是一座大山一般紧迫着立于周围的每一个人，让所有的人都知道他绝对可以击倒任何人。

乔三立刻站出来，吸了口气，道："我相信这绝对不会是你干的，但这些到底是为了什么？为什么会这样？"

蔡风无奈地道："这件事的确与我有关，但这却只是江湖恩怨，我不希望你们也卷入这场纷争。而我真的不知道他们是什么人，这一切早已有人去调查，那晚，我中了贼人的诡计，这才被人所救。"

"怎么有人救你，便没有人救凌伯呢？没有人救能丽呢？"杨鸿之不死心地道。

蔡风冷冷地道："若大家实在要怪我的话，我也没有什么话可说。"

"我相信你的话，要是能丽有个什么三长两短的话，相信此时最急的就是你，只是能丽身为女儿身，若是出了什么事，那她这一生可就毁了……"说到这里，凌跃也有些语不成声了，身子有些微微地颤抖。

蔡风的心紧紧地揪在一起，连呼吸都有些困难，良久才喘过气来，目光之中射出无限杀机，声音竟是显得异常平静道："我蔡风发誓，无论能丽怎样了，只要她还活着，我愿意照顾她一生一世。而无论是谁，只要曾有辱于她的，都杀无赦，便是当今天子也绝对不例外，若蔡风有失此誓，将死于万箭之下，尸果狼腹，永世不得超生。”

“阿风!”长生不由得一急，拉了蔡风一下，但蔡风并未停止，一口气说完，声音若金珠一般重重地砸在每一个的心上，语意之诚恳，绝对让所有的人都忍不住感动。

凌二婶目光之中微微闪出泪花，那些重情义的汉子也禁不住为之骇然，蔡风这当众之下如此毒誓，其决心是何等坚决，只是杨鸿之、吉龙诸人听起来却极不自然，极为刺耳，但却又无话可说，也是因为他们不敢说什么。只要是明眼人都可以清楚地感应到这之中的杀意是如何浓厚。

“好，有你这句话，我可以放心。”凌跃眼中微微含着泪花地颤声道。

“我相信你是一条汉子，北魏第一刀的儿子绝对是守信之人。走，我们一起去祭祭凌大哥的亡灵，若是他在天有灵的话，应该保佑你早日找到能丽。”乔三有些激动地道。

蔡风心中充满了无限伤感地随着众人一起向凌伯的埋身之所行去。

“让我在这里坐一坐。”蔡风声音极为平静地道，目光却定定地凝视着那一块竖立的墓碑，似乎从墓碑之上看到了一丝淡漠的血印。

长生并没有说话，他说话似乎是多余的，他很明白什么时候该说话，什么时候应该沉默。

乔三与凌跃望了他一眼，微微一声轻叹，转身随众人一起离去，留下蔡风若雕像一般静静地坐于坟前。

风轻轻地吹，极轻，但调子却极为悲凉，掀起蔡风那微披的头发。

天空中的云很淡，淡淡地有些空洞。

蔡风的心却无比的宁静，便像没有生命存在的荒漠，寂静而空漠。

几个月来所发生的事便像是一场虚幻的梦，那般不真实，但这种感觉却又极为真实地存在，极为真实地印在他的心中。

回想起这一切的变故，他似乎完全失去了一个猎人的本性，他也并不清楚为什么会这样。不过他却知道，由这一刻起，他再也不会如以前一般游戏人间，再也不会如此前一样不顾一切随心所欲任性而为，并不是他不能如此，而是他知道不应该如此，这个世界比他的思想更复杂，因此，任何事情绝对不能单纯地去考虑。

“要不要将与鲜于修礼所有有关系的人全都找出来，然后分别击杀?”长生声音极冷地道，他很明白蔡风的心情，所以他出的主意全都很合蔡风的胃口，他们俩是一起长大，关系之亲密绝对不会比兄弟差，因此，长生很直接地便提出了这一点。

“那些人或许并不是鲜于修礼的人，不过鲜于修礼，我照样不会放过。这个世上只有他与叔孙家族怀疑我拥有圣舍利，这一批神秘的人至少与他叔孙家族脱不了关系。”蔡风有些冷酷地道。

“那我们要查那一批神秘人便必须从这两家查起了。”长生有些疑问地道。

“这些可以多派一些人马去查探，从多条线索一起查会更快一些。走，我们回村中去吧。”蔡风淡漠地道。

凌伯的房子依然是那个老样子，连那些药材都似乎没有作任何改动和变更，床依然是那张床，桌上放的笔墨纸砚似乎也并没有多大的改动。

凌伯的房中依然放满了药书，这些并没有改变，正因为没有改变，蔡风的心才真正的揪紧了，那种似乎心头要滴血的感觉，绝对不是一件很爽的事，望着凌能丽那空荡荡的房间，蔡风禁不住鼻子微酸。

转身便行至厅中，想到往昔抄书的事，禁不住手有些颤抖地握住笔杆。

长生却极配合地磨起墨来。

蔡风不由得抬头望了长生一眼，长生也只是平静地望了蔡风一眼，手依然没有停留地研着墨。

蔡风长长地叹了口气，却又想到了凌能丽为他研墨的情景，那一颦一笑，每一个细微末节的小动作，与那俏丽无双的面容，及那微带顽色，又微微透出爱意的眼神，蔡风禁不住想痴了，手中的笔禁不住饱蘸一浓墨，反拉下一张宣纸。信笔将心中那种无比动人的神态若流水一般，由脑中流至手中的笔尖，再由笔尖流至纸上。

长生禁不住看得呆住了，他很少看见蔡风如此痴醉、如此投入地去作一幅画，他倒曾见过蔡风作画，并没想到蔡风竟也会画得如此认真。

长生越看越惊，蔡风笔下的人物一部分一部分地落成，那种跃然欲飞的感觉，绝对真实，很难想象世间竟会有如此美丽的女子，他更没想到蔡风的画工竟会这样好。

蔡风的心神完完全全地投入到手中的笔上，便若将整个灵魂都融入了进去，画意与武道本就没有相差多少，蔡风习武是由练字开始，其笔法之流畅，其心神之专注，绝对不值得怀疑。更何况此刻他的心神完全地融入那美丽的记忆之中，顺乎自然而佳作大成，这连他自己也没有想到会是怎样一个结果，他根本就没有去想是什么结果。他只想到要画出心中的那张美丽的脸，画出那份美丽的记忆，这完全是另一回事。甚至超出了画的感觉，那纯粹是一种意念，一种极奇、极玄妙的意念，跟着感觉走。

蔡风手中的笔，东画一下，西点一下，根本就不成章法，但却脉络清晰，让人知道这绝对不会是一简单的，更不会有一个让人失望的结果，长生更知道，绝对不会是让他很失望的结果。

一张眼睛极为模糊的画像，但那模糊之中却更透着一种朦胧的美感，反而使整个画身更有一种真实而凄迷的感觉，不仅不损画像的真实，反更增人物那种神秘的内涵。

长生不由得看痴了，良久才淡淡地问道："为什么眼睛如此模糊?"

蔡风伤感地望了长生一眼，苦笑道："我不知道如何将她的眼神完全捕捉下来，没有人可以画下她的眼睛。"

"她就是凌姑娘?"长生吸了口气道。

长生苦笑道："我现在才明白为什么那些年轻人如此嫉恨你了。"

蔡风心头一酸，手中的毛笔重重地甩了出去，笔杆竟"噗"的一声插入墙中，狠声道："无论天涯海角，我都会将凶手找到!"

"对了，我们何不让画师将这幅画多画几幅，然后让兄弟们拿着这份画像四处查找，我不信便找不到凌姑娘的下落。”长生似乎有所悟地道。

蔡风的目中立刻射出几缕希望之光，喜道：“对，我们便去找游四，只要以他的画工，临摹出几份这样的画，应该不会有困难。”

“真没想到公子的画工会如此好，特别这双模糊的眼睛，更似可以将人引至另一个神奇无比的世界，这比画清楚这双眼睛更难。”游四拿着凌能丽的画像，不由自主地赞道。

蔡风心中微微一酸，却并不否认地道：“这或许也是一种意境吧。我只是跟着自己的感觉而画，才会有如此突发之作，若是叫我再画，我便是临摹也不可能画到这个样子，因此，我还得让游兄为我持笔了。”

游四欢快地道：“这个没问题，我立刻便去摹出二十张。”

“那就好！”蔡风淡然地道。

“那一群杀手的画像已经画好了几份，还请公子过目，看看是否有错讹之处。”游四将手中的画卷一卷道。

蔡风目光立刻射出骇人的杀机，随着游四行入他的画室。

八副画像整齐地挂在他的墙壁之上，其中七幅的脸面朦胧，显是蒙面之人，而另一副则是面若樱花的极美之人，最精妙之笔应是那双透出冷芒和杀意的眼睛，栩栩如生，仿佛八个人齐立于蔡风之前。

“正是这些人，游兄真是神笔，有这几幅画像，便是找到天涯海角也要将这些恶贼碎尸万段。”蔡风的语调越来越冷漠地道。

“有人证实，这女子乃是突厥三花之一的毒花，土门花扑鲁。”游四淡淡地道。

“突厥三花土门花扑鲁？”蔡风有些不解地问道。

“不错，突厥乃是柔然人隶属的一部分，但是也有自己的势力，不过目前看不出有很大的实力，最著名的有三花三刺，皆是一等一的高手。不过知道三花三刺的人并不多，因为他们一般都在漠外行动，很少走入长城以内，多为突厥王土门巴扑鲁执行极重要的任务时才出手，连柔然王阿那瓌对这三花三刺都十分看重。”游四解释道。

“突厥，那可有他们的行踪与其他的消息？”蔡风沉吟了一声，断然问道。

“有关消息说，这一行人向西行去，只是不知他们为何要向西行。”游四也有些不解地道。

蔡风若有所思地指着那极为高大、最后突然而出的蒙面人疑问道：“这个人是谁？”

游四眉头微微一皱，摇摇头道：“我也不知道，这个人与七人对敌之时，并未出兵刃，但他绝对有兵刃，只是怕人认出他的兵刃而已。而这人空手能与七人交手如此长时间不败，足见其武功之高，绝对不是七个人所能攻下的，由于无法见到他的兵器，黑暗之中对他的招式也并未曾看清楚，因此不知道他是谁。”

蔡风目中神光一闪，肯定地道：“这人定是得到圣舍利之人。而这七人只是为了追回圣舍利，而全都向西追去。”

游四与长生不由得微微一怔，神色微变道：“看来很可能是如此。”

“无论这些人向哪里行，我们都必须要由这些人入手，绝不能让凌姑娘跟着他们。”长生淡漠地道。

“我立刻传书各地的兄弟，注意各路关口，无论谁见到这一批人，皆予以狙杀。”游四果决地道。

“不。若是能丽在他们身边的话，那还有效，但若能丽不在他们身边的话，还必须从他们的口中探清楚能丽的下落，这几个人之中必须留下两个活口。”蔡风冷冷地道。

黄沙漫漫，北风若一柄柄刀子般把地上的沙也全部切碎。

二月的天，北方的寒意依然浓如烈酒，似乎风中飞旋的每一颗沙粒都是一点冰块。

四处都是一片荒芜，沙却成了这里最重要的色调，偶尔一株暗灰色的胡杨立成一种凄惨。

太阳的色调极单调，极昏暗。

战乱，那铁蹄之印早被这黄沙淹没，便是刚刚踏过的蹄迹也不再存在，存在的只有一匹马，一匹全身乌黑的马。

在风中，寒冷如刀的风中，没有惊嘶，没有啼鸣，甚至连半点不安的表现也没有，那般恬静，那般安详，伴着这骏马的有株胡杨，那暗灰色的树身像是远山上那野藏了千年的岩石，另外还有一个人。

像胡杨一般挺立的人，也是那么挺拔，同样有那种苍劲迎风傲寒的气势，要形容这个人，不若说他像是一根插在沙漠之间的路标来得形象。

风，轻轻地滑过天际，重重地扫过沙面，再汹涌地冲向这立着的马，立着的胡杨，立着的人。

那人身上的皮大衣裹得有些紧，没有看见脑袋，那是因为头上有一顶极大极为暖和的帽子，整个人全都在衣服和帽子之中，只有脚下那双靴子，像是虎皮做的，但这些并不重要。

对于这个人来说似乎并不重要，连那呼啸的北风，那寒如刀子的北风，他都并未在意，又怎会在意其他呢。

那胡杨似乎并不寂寞，至少有这个人伴着他，还有这匹马，一切都显得那般的突出与意外，在这种沙漠之中，竟有着三个生命在享受着凄寒的北风。

风声极为凄厉，但却掩饰不住那一阵微弱却极清脆的铃声。

风送来了铃声，风中的铃声尤其悦耳，那乌黑的骏马两耳上竖了起来。对于声音，它似乎极为敏感，也似乎极为活跃，只是那静立于树下的人并没有作任何反应，便像是一个完全没有知觉的人。

或许那只不过是一个假人而已。

风铃之声越传越近，伴着风声便若是在招魂一般。

那立于树旁的人，头顶上的帽子微微动了一下，似乎是被风掀动的，但又有点不是，总之是那种异样的感觉。

风铃，是系在骏马的脖子之上，这一片沙漠并不是很大，但若要去东胜，便必须穿过这片并不是很大的沙漠，虽然现在的风极大，马儿若不停歇的话，也只不过才要十多个时辰而已，但不可否认，这段路绝对不好走。

风铃系在马脖子之上，马背之上，却是人。

马背上的人本来极为高大，但在风中，不免有些微微地缩着身子，是以并不显得怎么高大。

马背之上并不只一个人，也不止一个风铃，也不止一匹马，而是一条长长的马队，至少有十数匹极为神骏的马，至少有十数个极有气势的人。

马上的人，看见了马，看见了人，看见了树。

马是那匹乌黑的骏马，人是那与树并立成一种奇异风景的人，树便是那株胡杨，挺拔、沧桑而又极有生命力的胡杨。

有人传说，胡杨可以活着一千年，死了站立一千年，倒下不烂一千年，自然没有人可以活过一千岁，也无法证实，死了之后的胡杨是否可以孤立一千年，但这株胡杨却站着，站得极为挺拔。

这个天气极寒，胡杨是否有生机，也并没有几个人可以感受到，能感受到的生机的便是那匹骏马，那个人。

寒风中，那个人显得极为突兀，极为不协调，便像是预示了一些什么。

那乌黑的骏马极为安详和宁静，依然没有半丝惊乱，没有一点不安的表现，甚至连低嘶也没有，只不过在静静地立着，那双眼睛在风中微微眯着，眯成一种蒙胧而怪异的表情。

那一个马队上的人竟全都停了下来，带住马缰在十丈外静静地立着。

有马儿的低啸，却是那马队之中的马匹，似乎有些不安的惊嘶。

的确是有些不安的表情，那风依然在狂吼地吹，像是在对谁无言的呼唤。

静，静得有些怪异，若是索性没有任何生命存在，这种静是可以理解的，但是这里却有人，有人这种静便是极不正常。

有人便应该是有人的静态，而这里，有人却像没有人一样静，那便是一件极为不好说的事，至少在很多人的心中是这种感觉。

那马队静静地停着，在风中显得有些怪异。他们本来可以不停的，但他们还是停了下来，因为他们知道，有些事若是怎么也避不开的话，便干脆不避。不避，有不避的好处，那便是使心里少些压力和负担。

他们似乎感觉到这样一个人是一个无论如何也避不了的债务。

让他们有这种感觉的，不是别人，正是那静立在风中，静立在树旁怪异的人。那匹马也让他们有一种惊悚的感觉，因为那匹马太平静，太自然，通常这样的马，都可算得上是好马，只看那清一色的毛色，只看那膘壮的四腿与高大的身子便知道，这一定是一匹千金难买的宝马，而通常总会是宝马配英雄，一匹好马定会有一个极好的主人。

谁是这匹马的主人，一看便明白，那像这匹马一般神秘安静的人。

看不见头，看不见脸，看不见手，只知道那身材极有个性，那双虎皮靴下的脚印也并不太深，一切都透着一种从骨子里渗出的神秘。

风依然很狂野，空气也极为冷缩，沙尘飞扬，更衬出那股淡漠而肃杀的气氛。

马队依然极静地停在十丈之外，但为首的那个将帽沿压得极深的汉子却缓缓地策马行了过来。

“唏吁吁！”那汉子的坐骑似乎感觉到了一丝极为异常的气氛，竟然嘶叫起来，立在两丈之外不肯前进。

那汉子这时候才发现那本来眯着眼的乌黑毛色的骏马竟睁开了眼睛。

马眼之中透出一种幽深而明亮的神光，这正是他胯下之马为何不敢前进的原因。

那汉子一惊，他没有想到对方的一匹马会有如此的威慑力。

那立于树旁的神秘人依然没有什么变化，便像是一尊被风化掉了的塑像，静静地立着，让人感觉不到他心底的意图，但谁都可以极清晰地感应到他身上的那种比狂风更强烈的寒意。

没有看清面目的机会，那立在马背的汉子有这种感觉，但他又极想知道那神秘的帽子之下扣的是怎样一个人，扣的是怎样的一张脸。

立在树下的人，连手也没有看见，因为他的手已经深深地插入自己的大衣之中，整个人给人的感觉，便像是一截枯木，一截有着一种无形生命力的枯木。

这个人是谁？为什么要立在这里？这个人是什么样子？为什么全身都罩入大衣之中，难道便不怕沙漠之中的野狼，难道便不怕那来去如风的马贼？

难道他本身就是马贼？那立在马背之上的汉子脑子之中不断地猜测着，不断地想着有多少种可能。

马贼怎会静静地守在这里不动呢？四周的蹄印早已被沙尘淹没，那便是说明这人早已守在这里，这绝不是马贼的作风。

马贼一贯是呼啸而来呼啸而去，但这里却只有安静的一片，像是一个枯死的山林。

那汉子凝目立于树下的人，他甚至有些不知道该如何开口，的确有些不知道怎么说，因为对方那股来自骨子里的冷漠，似乎让所有的人觉得他绝对是不可以接近的。

那匹低啸的马，在沙地上有些慌乱地移着步子，但却并不敢踏入树下那人两丈之内的范围。

而立于树下的人始终是不动声色地立着，没有一点回顾的意思，甚至连头和脸都没有露出来的意思，那种神秘的感觉，使人感到一种心虚，气喘不过来。

那立于马上的汉子并没有开口问话，他的确不知从何问起，因为他根本就不知道对方是一个怎样的打算。

"朋友，请问到东胜去如何走？"那汉子似乎终于找到了一个话题，一个几乎算得上是废话的话题，因为他早就已经知道东胜是如何一个走法，但是这里他却又问了一次。明知故问的话自然是废话，不过，他并不在意废话多说一次，他想要的只是对方开口。

一个爱说话的人，总会不经意地露出一点缺点和破绽，但一个你永远也无法让他吐出一个字的人，那才是可怕的，说话的敌人总会比不说话的敌人要好对付一些，至少在心中有一个稳定的作用，因此他并不在意问的是不是废话，而在意对方是不是开口说话。

风依然很狂很野地吹，掀起迷雾一般的黄沙，夹着马儿低低的喘息与嘶鸣，显得有一种异样的肃杀之意。

朝中早有诏书改镇为州，诸州镇军贯，非有罪配隶者皆免为民，并派黄门侍郎郦道元为大使，抚慰六镇。

举天之下都似乎在拭目以待，几乎所有的百姓都厌倦了战争，那种似乎永无宁日的战争，只使得百姓困苦不堪，但是这战争也似乎永远都没有一个遏止的日子。

南战，北也战，朝中官贪吏乱，税重政苛，百姓哪有宁日。

破六韩拔陵起义似乎让天下百姓感到了一点点光亮，而朝中这一刻却只不过是改镇为州，设镇军贯，配隶者皆免为民，这似乎只是一个极小的措施，根本就没有从根本上将问题解决，因此，很多人都在拭目以待。

百姓们都厌倦了战争，但很多人都更想改变眼下的状况，唯一改变目前状况的方法那便是自己当上能左右天下的人物，或是能彻底地改变这个世道，因此，很多人希望这个战争延续下去。

天下几乎处于一种沸腾状态，因为郦道元的出使，郦道元作为大使，无论是行到哪里，哪里的州官县令，全都极为恭顺地相迎，谁不知道这是一个当朝极红极红的人呢？没有谁不想巴结这个人，因此，这沿途都极为热闹。

最担心的自然是朝中的人，没有谁比朝中之人更担心这场战争，虽然北魏一向极喜欢战争，但是这么多年来安逸的日子已经让所有的人都有些麻木了，更何况，北六镇全都是自己国土中的人物，六镇多为鲜卑族的子民，自然极不希望这战争仍继续下去。

边塞的大军也极忙，李崇自然是大没面子，居然无法扑灭破六韩拔陵的势力，不过，这也是没有办法的事情，如今朝中却派出郦道元去安抚六镇，对于他们这些领兵之人来说，都是一种幸运。

最不希望打仗的人便是这些兵士们，每一个人都是在血的洗礼中捡得了生命，每一个人都知道战争对于他们来说，完全是一种残酷，一种难以解脱的魔魇，只有这一场不打了，他们才会有更多生的机会，才会有更多的安逸，因此，郦道元北行，这是对他们的一种鼓动，一种安慰，因此军中的兵士们都万分欢喜，只不过他们并不敢太过露于形色，这对他们对上级绝对不会是件好事。

军中最忙的，应该是速攻营，这数百人的特殊组织，没有一天停止过训练，无论天多冷，无论风多大，无论是雪天还是雨天，他们的训练有些近乎残酷，而且不是一般的残酷。不过，速攻营的兵士待遇与普通兵士绝对不同，他们所吃的东西，至少可以与偏将同级，他们每一个人的身份在军中，几乎可与普通营中的偏将相提并论。

只说他们的作战经验、功夫绝对只会比那些偏将更厉害，这些人最厉害的还不是这些，而是刺杀，这六百多人的组织，每个人都几乎可以与敌人近百的武装相抗衡，这绝对不是夸张，在暗中，这些人几乎是一支无敌之师。

速攻营第七队的人物更是速攻营之中的精华，每一个人都是绝对的好手，每一个人都绝对是可以轻易指挥作战的优秀战士，这是速攻营中不可否认的事实，也是崔延伯引以为骄傲之处。

能够培养出如此一批高手，如此一批人才，无论是谁都应该感到骄傲，当然，这之中更多的却是这些人本身就是一个极好的将领坯子，本身便是聪慧过人的人，崔延伯自然引他们为自豪，只是崔延伯有一点暗叹遗憾，那便是那个杀伤破六韩拔陵的蔡风并未曾被他训练过，那样击伤破六韩拔陵，他至少可以分得一分光彩，不过江湖中传说蔡风并没有死，因此，他便立刻派张亮与达奚武与一些人去找。

的确，像蔡风这种高手，若是不能好好地抓住的话，那的确是一件极为遗憾的事，像蔡风这般厉害的属下，没有人会嫌多，绝对没有，他们并不怎么追究蔡风为什么没死。虽然他们知道有一些微微的不高兴，但在与破六韩拔陵的交手中，只有这么两件事可以让人引以为夸奖的，一个便是蔡风击伤破六韩拔陵后又传出破六韩拔陵的儿子破六韩灭魏被蔡风击毙，更有敌方的一流高手宇文一道、归远山、风吹刀，这些高手在江湖之中无一不是显赫一时之人，每一个人都足以与崔延伯、崔暹诸人抗衡，但却被蔡风无声无息之中全都杀了，这一点的确不能不让人心服，而且还是在蔡风身受重伤之时。

在临淮王元彧战败王厚的时候，六镇第一豪士宇文一道便曾助破六韩拔陵，若非有宇文一道为破六韩拔陵支持着，武川与怀朔两镇定不会如此快便降于破六韩拔陵，而蔡风却杀死了此人，这比立上一大军功更让李崇、崔暹诸人振奋。

而另一件值得提起的事便是高欢诸速攻营的战士竟闯入赵天武的营地，割下叛徒宇文定山的脑袋，却只损失极少数人，这一记打击几乎与蔡风杀死宇文一道，杀死破六韩灭魏一样振奋人心，这是军中两件可以值得高兴的事，因此，绝对没有谁会怪蔡风没有死。若是蔡风死了，便自然无法杀死风吹刀、归远山、宇文一道、破六韩灭魏等高手了。

不过，蔡风似乎极为神秘，竟然无法找到他的行踪，让崔延伯与崔暹微微有些丧气，只是此刻朝中竟然真的派黄门侍郎郦道元出使六镇做大安抚使，那些战事只能告一段落了，但绝对不会有丝毫松懈，绝对不会，谁都知道安抚不成功的话，那便只有一个结局，战！

李崇很明白这一点，崔暹与崔延伯也极明白，是以，他们的任务不仅仅是要护送好郦道元，更要防备破六韩拔陵的偷袭与入侵。

因此，军中也极繁忙。

第四十一章　雪战漠野

沙漠之中除了飞扬的沙便显得极为死寂，风吹得那么紧，声音应和着战马的低嘶，这种感觉只可用一个词来形容，那就是“萧瑟”！

风“呜呜”地吹，那一阵单调的风铃依然在响，可是立在马上问话的汉子却有些失望，也有些恼怒，因为立在胡杨之旁的人，并没有开口答应他的话。

那立在胡杨之旁的人，便像是一个聋子，一个地道的聋子，不能听事，所以没有听到那汉子的话，而那盖在帽子之中的脑袋也没有伸出来的意思，所以没有看到这一切。

但没有人不知道，这立着的人绝对不会是个聋子，绝对不会，难道是个死人？

那立在马上的汉子心中诅咒着，诅咒着那似没有任何感应的怪人。

“朋友，你听得见我的问话吗？”那汉子似乎有些不耐烦地问道。

那立于胡杨旁的人依然没有吱声，但是那顶盖着脑袋的帽子微微地动了一下，那般突兀，那般有动震，似是被风掀动的，但是那立在马上的汉子绝对不会认为这是被风掀动的。

那立在马背上的汉子眼睛放亮了，便像是两颗寒星亮在沙雾之中，他的目光紧紧地盯着那顶突兀地动了一下的帽子。

那顶帽子的动作并没有停止，没有，而且继续缓升，继续缓升，看起来极为怪异，但是那脑袋依然没有看见。

的确有些怪异，那立在马背上的汉子握刀的手，已微微渗出了汗来。

那帽子仍在升，但脑袋依然没有露出来，不过却露出了一双眼睛，一双亮得让人心底发寒的眼睛，在飞扬的沙尘之中，在那正西斜的阳光之下，这双眼睛便若似暗夜的启明星，但比启明星更深邃，更有内涵，像包含着无穷无尽的玄机，只在那双眼睛露出来的一刹那，将所有的玄机全都散射而出，才会达到这种让人震撼的效果。

那怪人依然没有说话，只不过是露出了两只眼睛而已，那双眼睛也似乎并不代表什么，只不过是有一种像吹过的北风一般寒冷的感觉，流过那立在马背上的汉子之心头。

“朋友，打扰之处还请包涵。请问到东胜的路怎么走？”那汉子有些不死心，心头却有些震撼地问道。

那双眼睛在这一刹那间竟似乎变得更加锋利起来。

“到东胜去的路，我不知道，但我却知道到黄泉去的路怎么走。”一个极冷极冷的声音由那双眼睛之下的风衣之中传出来，便像使这吹过的沙粒在一刹那间全都凝固了一般。

那汉子激灵灵地打了个寒战，眼睛中的光芒也变得无比锋利起来，这一刻，他已经明白了对方的意思，对于他来说，这只是一个好事，一个无法了解的敌人才是最可怕的，而眼前的敌人却并不是完全无法了解，至少这一刻，知道他是个敌人。

对敌人，自然不会有人客气，对敌人客气便是对自己的残忍，因此，那人的目光也变得锋利起来，只是他的目光比不上那两道幽深而似有着实质眼波的目光。

“朋友在这里便是要等我们来告之黄泉之路？”那汉子的声音也极冷地问道。

“不，我并不是要告之你们黄泉之路。”那人依然是那般冷漠地道。

“那你想干什么？”那汉子冷冷地问道。

“我只是想送你们上黄泉。”那人没有丝毫感情地道。

那立在马背之上的汉子脸色一变，微怒地问道：“朋友既然想送我们上黄泉，为什么不敢以真面目见我？”

“你不配!”那立于树旁的神秘人极为漠然地应道。

“你……”那汉子极为愤怒，抓住刀柄的手微一用力，刀抽出了一半却又压了下去，吸了口气，淡然问道，“朋友是哪条道上的人?”

“我所在的道叫有仇必报，你该明白了吧?”那人冷哼一声道。

“我们有过仇吗?”那立在马上的汉子不解地问道。

“你与我没有，但鲜于修礼却有，鲜于修文也有，鲜于战胜也有，因此，也便与你鲜于家族之中的所有人都有仇了。”那人淡漠地道。

“你……到底是什么人?”那汉子有些骇然道。

“我说过你不配，你可以去叫鲜于修文来说话。”那人冷漠地道。

“朋友，你不觉得太狂了一些吗?”那立在马背上的汉子怒道。

“如果你是这么认为的话，也无不可。”那人冷冷地道。

“我倒要看看你有多大能耐。”那人神色一冷，说话间，整个身子便若一柄凌厉的刀向那神秘人飙射而至。

那神秘人的眸子之中似乎闪过了一丝怜惜的神色，但却并没有任何动作，便像是根本没有什么东西可以让他心动一般，包括那凌厉得可以将他劈成两半的刀。

那汉子的人像一柄凌厉的刀，而他的刀则更凶，更狠。

地上的黄沙便若是被一条巨蛇疾速游过，在那汉子划过两丈空间之时，黄沙极为迅疾地向两旁分开，而这条奔腾的巨蛇向那神秘之人疯狂地吞噬而来。

这一刀绝不容小看，也绝对没有人敢小看这一刀。

的确可算得上是一个高手，一个极好的高手。鲜于家族在沃野镇是个大户，而生于北六镇的人长年在击杀的环境中长大，其武功绝对不能够小看，他们讲来的绝对不是花哨，他们的每一个动作只有一个目的，那便是将对手杀死。只有将对手杀死，这才是他们最大的目标，也是他们刀法的要旨。

这种只讲求杀人效果的刀法的确是很可怕的刀法，而使这种刀法的人本身便很可怕，因为他们的眼里、心里绝对没有软这个词，更不会心软，杀人对于他们来说，便像是吃饭，像是喝酒那般平凡。

这种刀法的杀气极重，那不仅是刀本身的杀气，更是这刀主人那浓缩的杀机，这种人想要杀一个人，他们的刀一般都极为坚定，一般都不会落空，而且都绝对的狠辣。

这神秘人的眼神依然那么清澈，便像是那蓝得发碧的天空，没有丝毫杂质，没有半分惊异与骇然，更没有半点避开的意思。

那出刀的汉子心中在暗笑，他在笑他的敌人竟是个疯子，一个不知“死”字怎么写的疯子，没有人会在他的刀下有如此轻松的感觉，至少他目前还没有发现有哪一个像眼下这个敌人一般轻视他而活得很好的人，这似乎是一个不改的定理，也是一个极为现实的结果。

难道眼前这个敌人有更厉害的后招？那汉子在心中暗想。

黄沙漫漫，像是掠过的大蛇，两丈多的距离并不是很远，绝对不是，但这一段距离却似乎极为漫长，至少那汉子这一刀有如此感觉，他竟发现自己的刀永远也无法抵达那神秘人的脑袋。

这不是真实，这似乎只是一种幻觉，一种极重的感觉，他根本不相信这个世上还有他的动作无法抵达的地方。

他之所以产生他的刀永远也无法抵达对方脑袋的感觉，是因为对方的眼睛。

那人的眼睛是那般清澈明亮又毫无杂质，更让人心惊的便是那种像是涨潮一般疯长的自信。

那双眼睛之中的自信似乎若流水般要溢出那人的眼眶，但却并未溢出，可是这已经足够感染任何人的情绪，包括那名刀手，也包括那柄杀人的刀在内，这绝对不会假。

那双眼睛之中不仅有让人心寒的自信，更多的却是一种近乎怜悯的悲哀。

那汉子知道，这绝对不是为自己悲哀，绝不是。那么悲哀怜悯的对象又是谁呢？

死亡似乎并不是一个很遥远的事，那柄刀横过天空，那抔黄沙便是死亡的坟墓，那只不过是谁死谁活的问题。

刀，只不过有几尺的距离而已，几尺的距离，便是死亡的呼唤，死亡的脚步声甚至都可以听得清楚。

可是那持刀的汉子却是不明白，对方为什么眼神之中会有如此奇怪的神色，为什么会有这些呢？怜悯谁？

会有人在夸下海口后又为自己而怜悯吗？或许有人会这样，但眼前的神秘人绝对不像，因为他的目光之中有太多的自信，太平静，太清澈，太深邃，只凭这些，便绝对不会是一个对自己怜悯的人。

那这个奇怪的眼神又代表什么意思呢？难道是对对手的怜悯？那刀手不由得在心中再一次问道，不过他已经无暇想这一些，他这一刀必须击下，必须要让对方见阎王，要让对方知道去黄泉的是谁，要让对方知道，他配不配，是以，他的心中充满了自信，充满了杀机，充满了斗志，充满了无限的激情。

这一刀下去，死去的是谁？

没有人会怀疑这一刀杀死的不是神秘人，绝对没有。甚至连那神秘的人也不会不知道这一刀下来，死去的绝对是他而不是那名刀手，但问题却不是在这里。

问题却是在这一刀是否真的能够砍下。

这一刀真的能够砍下吗？那名刀手的刀只不过再有两尺距离便可以将神秘人劈成两半，那这个神秘的人是否也可以像这胡杨一般，死后一千年不倒呢？

没有人知道这个答案，哪有人知道这死尸可以站立一千年的，便是可以立上一千年，只怕早已烂成一堆白骨，风化成干尸了。

没有人知道答案也并不是因为这一点，而是因为这神秘人并没有死，没有死的人谁知道他死后是站着还是躺下，所以这一刀只不过是虚妄之谈，的确是极虚妄之谈。

那神秘人没有死。

那神秘人的确没有死，并没有像那刀手想象的一般劈成两半，也不是因为那刀手的刀不锋利。

那刀手的刀的确极为锋利，但锋利的刀不一定都有用，因为事情总喜欢出人意料。

这一次便是出人意料，那刀手的锋利的刀并没有杀死那神秘人，是因为那刀手自己死了。

那刀手居然死了，只发出一声极低沉、极淡的细微声响，便死去了。

一个死人的刀便是再锋利也起不到任何威胁，绝对起不到。

当然也不会有人相信一个死人的刀法会杀死人，因此，那神秘人没有死是极为正常的。

谁杀死了那刀手呢？是谁能如此快地让那刀手死去？

那刀手这一刻才真的读懂了那神秘人的眼神，那种怜悯甚至有些怜惜的眼神，不过已经迟了。

动手杀他的不是那神秘人，不是，那神秘人连个指头都没有动过，他那双手紧紧地插在风衣之中，似乎是怕被风吹坏了，或是被太阳晒坏了。

那又会是谁杀的呢？

杀手是一支箭，一支不知从哪里射出的箭，来得那般突兀，那般神秘，却又那般及时，便像是经过计算的游戏，那般轻松，那般自然。

那柄神秘的箭并没有人看到，那立于十丈之外的马队之中没有人看到，那神秘人也没有看到，但在他的心中却早已知道有这个结果，一切都在他的计算之中。

那支箭不知道是从哪里来的，但却真实地存在，因为那持刀的人咽喉已深深地插了一支劲箭，甚至已经有一截箭头从他的后脖子穿了出来，只要有眼睛的人都能够看到那支箭的存在，那支射死那持刀高手的箭。

在十丈外的马队很清楚地看到这之中的微微变故，只是他们并没有捕捉到那支无影无踪的箭是从哪里来的，他们甚至并不知道那刀手是死于一支箭之下，不过，他们却知道那刀手死了，绝对活不了。

这些人对那刀手极为熟悉，因此知道什么时候，这个刀手会作出什么反应，而这次由空中重重地坠在地上的动作绝对是死亡的征兆，只是他们有些不太明白，为什么会如此突然地死去呢？

难道那神秘人会使用巫术，会引动鬼神，否则怎会死去的不是那神秘人而是那刀手？这是什么道理？

不管是什么道理，这刀手死了，那马队绝对不会不管，绝对不会，鲜于家在六镇之中很少受到过什么打击，很少向人低头，只是这一次遇到如此神秘的怪人，竟使事情变得有些可怕起来，但事情到了这一步，绝对不会有人退缩，绝对不会。

那十几匹骏马都发出了微微的低嘶，微弱得让风声变得更加凄惨。

这沙漠中的气氛本来就极为肃杀，虽然极为干燥，但是却绝对不减那股寒冷之意，那种冷峻冰寒的意境的确会让人有些受不了，何况马儿。

马在低嘶，每个人的目光之中都射出了杀机。

那神秘人的眼睛却眯了起来，便像是一道极细的线，但那目光也被挤压成两道极薄极锐利的刀锋，甚至比那吹过的北风更寒。

这并不是一个好的开始，其实好早的开始便不好，极为不好。

北风吹得更疾，黄沙在地面上不断地推移，远处便像是海浪一般，一波波地向前推移，那动感的确是极好，但那种感觉却极为不好。

那十几匹马便立在胡杨的三丈外，紧紧地逼迫着那立于树下的神秘人，他们便若看一头古怪的猎物一般看着那静立于胡杨之旁的神秘人，为首的正是鲜于修文。

那神秘人依然像那棵胡杨一般立着，绝对没有丝毫的压迫感，他似乎并不知道什么叫作压迫，似乎不知道什么叫作紧张，什么叫作可怕。

这种人的确让人有些心寒。

鲜于修文的眼中显出一丝惊异，因为他看见那刀手的死因便是那洞穿咽喉的劲箭，这是谁干的？

鲜于修文的目光若流水一般漫过这漠漠的黄沙，但是他似乎并没有发现什么异样的动静。

满眼只有沙痕不断地推移，还有那胡杨静静地立着，再看，便应该数那神秘人与那匹极为神骏的马。

凶手是谁？他们的目光都盯紧了那神秘人，但他们明明见到那神秘人并没有出手，那么这又是怎么一回事呢？难道这支箭是从天上掉下来的。

“他是你杀的？”鲜于修文的话问得极有趣，明明见到那刀手伏尸在那神秘人的面前不到两尺远，仍要这样问一问，他似乎并不嫌多余，真是极有趣的一件事。

那神秘人并没有因此而感到好笑，他的答话，依然是那般绝冷：“我本来是要杀你的，但是他却先来了，便只好让他先死了。”

鲜于修文脸色一变，他对眼前这个声音极熟，只是他一时却记不起这声音的主人是谁，更让他色变的却是对方竟直言说要杀的人是他，不由得冷冷地问道：“我们有过节？”

“不错！”那神秘人淡漠地道。

“你是谁？”鲜于修文冷然地道。

“桑干河畔，相信鲜于二当家的不会忘记吧？”那神秘人冷漠地答道。

“你是蔡风？”鲜于修文神色大变，惊问道。

“你的记性还不差。”那神秘人冷冷地道，眼神之中却显出一丝嘲弄的神色。

“你居然还没有死？”鲜于修文惊疑地道。

“土门花扑鲁来了没有？”蔡风冷冷地问道。

原来蔡风早听说鲜于修文会到东胜去办一件事，必然会经过这一块沙路，因此，便特在此守候。

蔡风绝对不是一个有仇不报的人，更何况凌能丽的安危至少与鲜于家族有着间接的关系，天下知道圣舍利的，只有鲜于修礼这一帮人与叔孙家族之人，因此，蔡风绝对不会放过任何可能查知凌能丽的机会，绝对不会。更何况，他也不会放过鲜于修礼与鲜于修文及鲜于战胜，是因为他们，才使得自己差一点死去，而且受那么多折磨，因此，他便事先守在这条路上。

鲜于修文脸色大变，像看个怪物一般盯着蔡风，却似乎有一点被抓住尾巴的感觉。

蔡风心中暗恨，从鲜于修文的脸色可以看出，他那突如其来、莫名其妙的一问正打中鲜于修文的心病，那是因为他怎么也想不到蔡风如此清楚地得知那土门花扑鲁的存在，而是如此平淡地问话，似乎早已经知道一切一般，便是他这种老江湖也禁不住有些脸色不自然。

蔡风早成真正的猎人，那双眼睛，绝对可以将对方的一点点变化都找出来，从这细而微小的目光变化中，他很清楚地知道了很多他想知道的事情。他本只是一种试探性的问话，是因为他一听鲜于修文问他怎么会还没死这一点便知道，鲜于修文绝对知道那一晚的事情，才会有此言一探，却没想到，对方被一试便露出了破绽。

“你终于拿到圣舍利了却心愿了，可是你不该做错一件事。”蔡风声音之中显出无限悲愤地道，想到凌伯的死，想到凌能丽的失踪，他心中的杀机便若烈火一般焚烧起来，而且越来越烈。

鲜于修文深切地感受到那由蔡风眼中所透出来的杀气，比吹过的北风更寒上数十倍，使得他不由得暗惊，他没想到蔡风在伤好之后会有如此可怕的气势与杀机，不由问道：“做错了什么事?”

“你不该杀死那无辜的老人，更不该绑走那位凌姑娘。”蔡风声音之中透出极为淡漠的杀机道。

鲜于修文脸色渐恢复正常，也变得极为冷漠地道：“可是你是否也同样做错了一件事呢?”

蔡风头顶的帽子再次上扬，风衣向下一降，那张极朴实，却极有个性的脸才真正地露了出来，不过看起来犹有一些苍白，显然是重伤新愈，而血气犹未曾有以前那么旺盛。

蔡风淡淡一笑道：“是吗?”

“你不觉得你不该一个人找到这里来吗?”鲜于修文眼神中杀机暴射，冷酷地道。

“那是你的认为，事实却还得看别的，你说的也是太早了。”蔡风不屑地道。

鲜于修文嘴角牵出一丝极为冷漠的微笑道：“我看你的确是作错了选

择，我本来以为你早就死了，只想不到，你居然还有这么一手，仍能够活着。不过，你实在是有些与众不同的胆量。”

“哼！”蔡风不屑地一声冷哼，目光之中神芒暴射，冷冷地问道：“你们把凌姑娘带到哪里去了？”

“你很在乎那个姑娘吗？”鲜于修文目光之中射出一丝极为嘲弄的眼神问道。

蔡风神色再一次变得淡漠，但声音却比在冰山中积压了千万年的玄冰更凉，道：“我会让你鲜于家族后悔做这一切。我更明白地告诉你，若是凌姑娘有丝毫损伤，你们鲜于家族将不会有一个人活在这个世界之上！”

“我鲜于修文不是被吓唬大的，不过敢当着我的面说这种话的却只有你，这个不知天高地厚的娃娃，真是叫天下人笑掉了大牙。”鲜于修文大感好笑地道。

“既然你这么说，那我今日便留你一命，让你看着你鲜于家族的人怎么死好了，相信你一定会后悔今日所说的这一些话。”蔡风变得极为冷酷地道。

“今日不是由你说得算，若是你能够活过今日再说这些不知天高地厚的话吧。”鲜于修文淡漠地道。

“哦，你以为今日你可以杀得了我？”蔡风似乎感到有些好笑地问道。

“那便试一试吧！”鲜于修文冷漠地笑道，他身后的数匹马上的人手已经全部搭在背后的箭壶之上。

蔡风知道，对方绝对可以在他跨越过三丈距离之内，可以发出这一箭，这每人一支箭的十数支箭，绝对不好挡，以他的武功若想挡下这些箭，并不是一件极难之事，但那他势必无法进攻，更别说去杀人。

蔡风的眼睛却眯成若刀锋一般薄的一片，他的目光便若两道极为锋利的剑，但他却没有动，连动手的意思似乎也没有，他的手依然插在风衣之中，沙面之上依然只是那双虎皮靴，但谁也不敢轻视这个极简单、极简单的动作。

鲜于修文也不能，因为他已经深深地感应到了蔡风身上涌出来的那股让他的心变凉的杀机，那种极为鲜明的感觉，让他有些气愤，不知道为什么会这样，反正那种感觉极为强烈。

蔡风静静地立着，便像那静的胡杨，变成一种古老而且沧桑的姿态。

那种由骨子里透出的感觉，绝对不会有人会认为他真的活不过今日，虽鲜于修文这么对自己有信心，仍禁不住有些动摇。

因为蔡风的那双眸子，那般清澈，那般平静，便像那无云的天空，显出一种与地面上截然相反的恬静与安详。

那绝对不是一个快要死去之人可以有的神态，那绝对不是一个面对生命危险的人应该有的平静，除非他知道他绝对死不了。

他凭什么会认为他绝对死不了呢？不是疯子，那便是他真的有那股实力。

蔡风的表现的确是让人有些莫测高深的感觉，那种感觉，只会让人心寒。

鲜于修文若不是知道蔡风绝对不会是傻子，他还真不会相信世上居然会有他这般的狂人。他知道蔡风不仅不是疯子，而且精明得有些可怕，至少经过这么多的追杀仍未能够要去他的命，这一点便让所有的人都不能不承认他是一个可怕的人物，绝对是一个可怕的人物。

蔡风能够得知他的行踪，难道就不知道他绝不会是单身行动吗？而他自己却是单独行动，这是为什么？

鲜于修文有些不解。不过，他并不在意，这一切的事情，在他的眼中，只有简单化，不可以复杂化。

蔡风的手依然那样极为轻松地插着，只是极平静地道：“我劝你最好不要让他们动那些破铜烂铁，否则他们会比你更先死去。只要你自己废了自己的武功便可以了事了。”

鲜于修文竟有一种想笑的冲动，或许他的确未曾听过比这更让人觉得好笑的事了。

的确有些好笑，他真的会认为蔡风是被人伤了脑筋，否则的话怎会如此思想不正常，说话如此离谱。

那些正准备出箭的人也不由得感到极为好笑，他们似乎觉得蔡风的确应该算是疯子之列的人物，否则怎会说出如此疯话？

蔡风脸色依然平静得像是一潭湖水，没有丝毫的起伏波动，更不像是一个说笑的疯子，的确有些不像，没有人会想到一个疯子的眼睛会有如此清澈，会有如此的内涵，便像湛蓝的天空，目光如此逼人而沉稳，话是从蔡风的口中说出的，蔡风虽不是一个很让人心寒的人物，但却有着让人心寒的资本，是以他的话，鲜于修文竟不得不有片刻考虑之举。

若是别人说这话，鲜于修文肯定早已让他断尸八截了，不过蔡风的确应算是个人物，至少鲜于修文不能小看他。

在桑干河畔，他们交过手，那时候蔡风还是身受重伤，犹可以在他鲜于家三大高手的围攻下走掉，只凭这一点便足够让鲜于家族之中每一个人都不能小看他。

鲜于修礼曾对蔡风作过评价，对蔡风那随机应变的武功本就极为赞赏，更何况蔡风击伤破六韩拔陵这一件不可否认的事实。而破六韩拔陵早就有北部六镇第一高手之誉，与鲜于家的关系并不是很坏，在破六韩拔陵未曾起义之前，他们也曾相互切磋过武功，自然知道破六韩拔陵的武功是如何的厉害，而蔡风却有着相同的厉害，只是这一点便绝对没有任何人敢忽视蔡风的每一句话。

不过，鲜于修文始终有些不明白，为什么蔡风有如此的自信，那眸子之中自信之色，便像是流水一般流淌在风里，流淌在沙漠之上，那种感觉的确有一种不灭的威势。

但自信又有什么用？最有用的自然是弓箭与刀枪。

武器，似乎并不是很重要。

重要的，是能否杀死人！

能杀死人的武器便是最好的武器，正如无论是什么招式，能击倒敌人的招式便是好招式一样。

绝对不会有人反对这个说法，因为谁都知道，这是事实，不可以更改的事实。

弓箭，刀枪，只不过是一些死物，重要的却是人，那能用武器杀死人的人。

鲜于修文像是极为好奇地望了望蔡风，有些揶揄地淡然笑道："是吗？想来你应该是一片好意喽。"

蔡风目光之中反射出一丝不屑而冷酷的笑意道："你大可不必相信我的话，我说过今日并不杀你，但是若他们想动手的话，杀不杀他们那是另外一回事。"

鲜于修文一见蔡风如此傲态，心中不由得微怒，冷笑道："我不相信你会有巫术，便是你师叔葛荣亲来，也不敢以如此傲态相视。你以为你是什么人？叫别人自残便自残呀？若不是知道你是蔡伤的儿子，天下人定会认为你只不过是一个疯子。"

蔡风并不发怒，只是不经意之中，移动了一下步子，一只脚轻轻地踩在地上那刀手的尸体之上冷笑道："既然你不领情，我也没办法，只好先送他们上路了。"

蔡风突然移出那么一步，所有的人全都吃了一惊。

鲜于修文只感觉到有些不妥，却不知道那不妥之处在哪里！

在鲜于修文感到不妥的时候，他看到了那刀手尸体上，那支洞喉而过的劲箭。

明明确确正是一支要命的弩箭，谁的箭？什么地方来？弓在哪里，或是弩在什么地方？

蔡风的手依然在风衣的袖中，依然那般轻闲自在，那般洒脱自然。

北风在那一刻，竟似乎变得极为优雅，到底是什么时候开始起了变化？或是根本就未曾有过变化，变化了，只不过是一种感觉，那是因为蔡风的动作与姿态似与北风一样变得无比优雅了。

鲜于修文感到不妥，他的手正要挥出，挥出他的手，便是要给以致命攻击的先兆，但是他的手却并没能挥出去，便看见了一些东西，一些可怕的东西。

那是箭，由沙底冒出的箭，像是由地底突然冲出的水笋芽，那般突兀，那般快捷，那般让人心惊魄动。

居然会有箭由沙子之中冲出来，的确是极出乎人的意料之外。

鲜于修文这时候才明白为什么那刀手会死得那般突然，无声无息地便死去，便是因为那支从黄沙之中破沙而出的劲弩。

的确出乎所有人的意料之外，谁会想到那流动的黄沙之中竟会有人在埋伏，竟会有夺人性命的杀机。

也只有在这个时候，这些人才明白，疯子绝对不是蔡风。蔡风不仅没有疯，而且极精，极狠辣，一切都似乎在蔡风的计算之中。若世上有这种疯子的话，那肯定是极为可怕的一件事。

蔡风的自信是源于什么？没有人会不明白。

“呀！呀！”在那些人根本就没有反应过来的时候，那些劲弩已经全都穿透了他们的身子，或是刺入了他的心脏。

那种准确程度，便是像鲜于修礼这类的高手也不由得骇然变色。

立于马背上的人没有躺下的并不多，鲜于修文是一个，他知道是因为蔡风说过不杀他，因此，他变成了极为幸运的人。

这或许也是一种悲哀。悲哀与幸运本就没有什么界限，没有什么太大的差别。

鲜于修文知道，他所面对的命运将会是另一种悲哀，或许比死更让人心寒，心酸，但他仍只能孤立于马背。

在一声声惨叫之中，鲜于修文的马不住惊慌地嘶叫，似乎感觉到了一种异样的压力。

鲜于修文知道绝对走不了，他便像是陷入了一个死局，一个似乎没有回头路的死局，但他依然不得不回过头去看看那些或死或伤的兄弟。

那一阵阵痛苦的呻吟，像是被瘟神撞击了一般，软软地伏在马背上，他们的弓箭根本没有机会发挥应有的功效。

地上，风吹着那微腥的血，很快便以黄沙埋去那让人伤感的场面。

风淡淡地吹，像是在吹着哀丧的曲子，只让鲜于修文的心若泡在寒冷的冰水之中一般，那呻吟之声更使他的心升起一股莫名的愤怒，但那又能如何，他知道，只要对方想杀死他，绝对不会让他有半刻好活。

蔡风依然极为平静，黄沙除了那微微扬起，并呈波浪般推移之外，似乎并没有更多的动作，黄沙之中除了那连串的劲弩之外，似乎便再也没有了动静。

静得有些可怕，蔡风那微眯的眼睛似是对风有些许的畏惧，才会如此，但那种被挤扁的目光却让人心头起了一层鸡皮疙瘩。

“我说过，要想知道谁对谁错，还必须看结果如何，任何人都不可能预知将来，你也不能，所以错的只是你。”蔡风仰天微微吸了一口凉凉的北风，淡漠地道。

鲜于修文的确是不知道说什么好，的确，败军之将何足言勇，但他却不想沉默，有时候，沉默倒的确是一种最好的意境，但有的时候，沉默却似乎是一杯极苦极苦的酒，让人喝了会反胃，会呕吐。

鲜于修文这时候只感觉到，沉默便似乎是这样，所以他必须开口说话，他不想被这杯苦涩的酒给灌醉，给迷糊，更不想反胃、呕吐，那样，将太不好受。

“你的人埋伏在沙层之中?”鲜于修文望了那寂静而又极有动感的沙漠一眼，神色间有些惊骇和悲愤地问道。

“可以这么说，不过这个已经不算重要，重要的只是让你知道，你鲜于家族已经一错再错，这已经成了不可饶恕的罪孽，唯一可以减少你们损失的便是交出凌姑娘。”蔡风声音极冷地道。

鲜于修文神色微微一变，冷哼道：“今日你不杀我，你总有一天会后悔的。”

“能够让我后悔的人还不是你，你并没有资格说这些，包括你鲜于家族中的所有人。”蔡风毫无人情地漠然道。

“你不觉得太狂了吗?”鲜于修文脸色变得极为难看，表情有些愤怒地道。

“我虽然很狂，但却有个对象，若是谁惹了我，我绝对不会对他客气，除非他可以杀死我。我这么说已经不是第一次，你鲜于家若是惹与我不相干的人，或许我还会给你几句赞赏，但你们不该惹我更不该杀我的恩人。这个局面没有谁可以解得开，总得有人为这些鲜血付出代价，你只不过比起你那些亲人来说，要糟糕一些而已。”蔡风漫不经心地道，脚下却将那刀手的脑袋深深地踩入了沙底。

鲜于修文的手指骨不经意地暴出一阵极清朗的响声，但他却依然没有下马的意思。

“我再问一次，凌姑娘在哪里？”蔡风淡漠地问道。

“哼，你想知道吗？”鲜于修文眼神之中显出一丝微微的得意，更有一丝嘲弄地问道。

蔡风眼睛缓缓地睁开，突然之间暴出一团亮得让人心寒的厉芒，声音却极缓也极有力地问道：“你们将她怎样了？”

鲜于修文禁不住一阵得意地长笑，似乎终于找到了蔡风一个弱点，这的确是让他高兴的发现，因此，他禁不住一阵得意的长笑。

蔡风却没有动，但他的两只脚连他脚下踩的那具尸体全都极深地陷入了沙中，显出他心底的愤怒，但他的脸色依然极为平静，目光之中虽闪过一丝杀机，却并不是很强烈，他并不觉得杀死这个人便可以解决问题。

鲜于修文似乎极为得意，极为开心，只要能看到蔡风的痛苦，他便会开心，绝对的开心，他极喜欢见到蔡风这强忍着愤怒的样子，是以他笑声才遏，便又再来一轮，虽然笑得那么勉强，但得意之色绝对不假。

“你笑够了没有？”蔡风的声音便像是一桶冷冰将他从头淋到脚，那笑声竟生硬地从中间截断。

鲜于修文在一呆之后，竟又来一轮大笑，笑得在马背上前俯后仰，那种得意之色并未减去。

北风依然吹得极寒，吹得黄沙不断地翻腾，不断地飞扬，蔡风的那张脸也变得极为寒冷，便像是一块放在雪原之上的坚冰，但却并没有说话，只是静静地听着鲜于修文的狂笑与北风的呼啸。

鲜于修文大笑良久才止，眼中有一丝怜悯的光芒，定定地落在蔡风的脸上，吸了口气道：“告诉你，你可要挺得住哦。”

蔡风心头升起了一丝不祥的感召，那强压的杀机立刻若山洪般地翻涌起来，冰冷地道：“她死了？”

鲜于修文淡然一笑道：“那倒没有。”说着有意停顿住，似是一定要吊足蔡风的胃口。

蔡风的心头微微地松了一口气，淡漠地问道：“那她怎样了？”

“哈哈！”鲜于修文有些得意而揶揄地笑了笑，“我劝你还是死了这条心好了，只怕那位俏娘儿们此刻正在元真王的怀里婉转承欢……”

“你找死！”蔡风一声愤怒的暴喝，那本在体内翻涌的杀气，此刻全都鼓涌而出，那张本来就有些苍白的脸，此刻却为鲜血涨红。

说话间，蔡风的身形便若幻影般，迎风扑向鲜于修文。

这一刻他的脑子之中只有一股强烈得几乎可以将万物撕成碎片的杀机与愤怒，心中所有的怒意悲痛这一刻完完全全地爆发出来。

蔡风此刻几乎已经成了一只愤怒的雄狮，一柄无坚不摧的刀。

地上的黄沙，空中的北风，几乎在这一刹那之间全都改变了本来应有的规矩，在虚空中骤然形成一种激涌的气旋，一团强烈无比的风暴。

鲜于修文大吃一惊，他根本就想不到蔡风发起威来竟会如此可怕，如此难以捉摸，如此狂暴。这时他才想到鲜于修礼说过，若是蔡风不是受伤的话，那么伤的可能会是他们三人。这句话此时对于鲜于修文来说，绝对不会起疑。

鲜于修文绝对不会是束手待毙的人，虽然面对蔡风如此可怕的攻击，还有那些隐身在黄沙之内的神秘箭手，但他仍然要抗争，鲜于家的人只有战死的，没有不战而坐以待毙的人。

那股割体的气劲几乎让鲜于修文的衣服被割得碎裂。

鲜于修文一声狂号，身形竟由马背之上站了起来，一柄极大极厚的大门板刀，以双臂疾抡，向蔡风疯狂地斩到。

虚空似乎像是破开的竹子，发出一阵阵碎裂的爆响，惊得战马一阵狂嘶。

“轰！当！”

不知什么时候，蔡风的手中又多出了一柄剑，的确没有人注意到蔡风的手中会出现这个，因为连看见蔡风手从那风衣的袖子之中抽出来的人也几乎是没有。这是多么可怕的一件事！

没有人看清楚蔡风是怎么出手的，甚至连蔡风的身形也无法分清，那是一种完全超出速度概念的动作。

鲜于修文只知道，蔡风一开始便已经出现在他的眼前，他的马前，三丈的距离便像是一个极小极小的一条线，这么随随便便一跨，便达到了他的身前，这的确不得不让人心惊，但他虽然心惊，却绝对不敢放弃反击，他是一个高手，他能感觉到，唯一的便是蔡风可能会从什么地方出手，因此，他的刀竟在前一刹那与蔡风的剑相会，只是他并没有讨到任何便宜。

绝对没有半点便宜可讨！

蔡风这愤怒的一剑，几乎已经凝聚了全部的力气，在功力之上，蔡风那先天而刚正的无相神功，竟比鲜于修文更精湛。

鲜于修文当然有些难以置信，但是他却不得不信，因为这已成为事实。

在鲜于修文的刀与蔡风的剑相交的一刹那间，鲜于修文竟感到一阵若是被电击过的麻木之感，由手心传到臂上，再传遍全身，禁不住发出一声惨号，整个身子向下重重地一沉。

战马也一声狂嘶，整个躯体猛地向地上一陷。

鲜于修文的身形禁不住狂飘而出，而战马四蹄却全都被埋入沙下，只留下硕大的躯体，露在沙土之外，变得形象极为怪异，马口之中微微渗出一丝血丝。

鲜于修文心中大骇，身子在离开马背的一刹那，稍稍恢复了知觉，但他的手臂依然麻木之感极重。

鲜于修文心中大骇，这不仅仅是如此，更可怕的却是蔡风的身子竟若一阵飘风似的又赶到了他的面前，那双阴冷的眼中，闪烁着无穷无尽的杀机，便是整个寒冬全都浓缩在这一双眼睛之中，显出异样的凄惨与冷酷。

第四十二章　怒剑残敌

蔡风的脸上红潮渐隐，但那游魂一般的身法，似乎是由沙上滑行，也似是在风中飘飞。

鲜于修文回过神来之后，便看到了一点亮星，那似极为遥远的亮星。

近了，却发现那本是一柄剑，一柄极为要命的剑，带着微微的、极为悦耳的低啸与惊嘶。

鲜于修文心中有些奇怪，他不明白那柄剑怎会有这样一个出场的方法，看见了剑，竟没看见手，蔡风的手。

居然没有看见蔡风那握剑的手，那么这柄剑又是怎样一柄剑呢？难道是蔡风的剑？难道不是蔡风的剑？

蔡风的整个身子都不见了，似乎在虚空之中突然消失，唯有那柄剑，一柄只能看见剑尖的剑。

那是什么剑，似乎完全超出了人的思维想象，那么小小的一个剑尖，竟像是在这一刻充斥了整个虚无的空间。

天与地，地与一切的生命，似乎全都融入了这一剑之中，天地在这一刻变得极不真实，至少在鲜于修文的眼中，这一切都变得有些不真实。

鲜于修文一声狂嘶，他竟闭上了眼睛。他知道这一切是不可能的，绝对不可能，怎么会有一柄剑可以充斥天地，怎么会有一柄剑挡住人所有的视线，因此他闭上了眼睛。

蔡风心中依然那么平静，整个天地都变得极为肃杀，变得极为落寞，想到鲜于修文说的话，他的心中便若被千万根钢针在重扎，他的心也若被露洒在千年的雪原之上，风吹，雪冻，几乎快成了坚硬森冷的冰团，他的感觉之中，只有一个可以发泄他悲愤的方法，那便是杀人。

鲜于修文不愧为高手，在最后一刻居然醒悟，居然明白他不能够这样，居然及时地将眼睛闭上。

半闭眼睛的鲜于修文，只感到四面八方都是呼啸的剑气，连吹过的北风也竟似乎成了剑场之中追命之物。

鲜于修文根本没有机会考虑，他也不能考虑，他唯一的生机，便是出手，出刀，那柄大刀便若是一团粉雾一般升腾而起，地上的黄沙，在飞旋之中竟成了一种朦胧的虚幻。

在这虚幻即将吞没鲜于修文的那微微的一刹那间，蔡风的剑若一道幽风一般，刺入了那旋动的黄沙之中，变成了亮丽的赤霞，使那本来即将成形的虚幻在一刹那之间竟被吹散，绞成无数的碎末飞散，飞散。

“当，当，当……”交击的声音便像是从天外传来，那般沉寂而清脆。

“呀!”一声长长的惨哼，在凄厉的北风中，在飞扬的黄沙之中翩然逝去。

蔡风一声冷哼，他手中的剑竟不见了。

鲜于修文的身体重重地向后倒翻几个跟头，重重地落下之时，双脚已经有一半埋入沙中，眼睛张开之时却大为骇然。

鲜于修文眼睛张开之时，先是看到一张脸，微微有些苍白，但又抹上了一层浓浓的杀机的脸。

是蔡风的脸，蔡风的确像是一阵风，甚至比风更可怕，像是鬼魅，像个飘行不定的鬼魅，总是紧紧地咬着他的行踪，以最快的速度赶到。

鲜于修文竟感到一阵虚弱，他怎么也想象不到对方连让他喘半口气的机会也不给，便追了上来，便像是永远也摆脱不了的魔鬼，是以他的心中有些虚弱。

蔡风的脸出现在他的面前，便像充斥了整个天地，整个虚空，最可怕的只是那双眼睛，那双似乎永远也化不开寒冷的眼睛，却又那般深邃，那般明澈，更有一种似乎极为空洞的感觉。

那只是一种感觉，是否空洞没有人可以回答，但那种感觉却极为真实地印入鲜于修文的心中。

那种空洞，便像是一个塌陷的时空，将所有的生命，所有的力量全都吸入进去，甚至连他的灵魂也完完全全地拉入那双空洞的眼睛。

鲜于修文似乎极受不了这种刺激，“呀”地一声大吼。

埋住那双脚的黄沙尽数飞扬而起，便若一片凄美的黄云，向那空洞得可以吞噬万物的眼睛之中飞去。

一只手却盖住了那双空洞的眼睛，也挡住了那本来似乎充斥了所有空间的脸，而这个天地却完全被这只手给充斥了，这是多么可怕的一件事，几乎让人有一种不敢想象的感觉。

这只手极白、极白，便像玉雕琢而成，不仅白而且润滑，更有一种似乎流转不息的生命力在手中不断地翻涌。

修长而有力的一只手，便像是整个天空一般，将那片黄云全部盖住，那片黄云在这只手下，竟显得如此渺小，如此无力，如此没有生命。

鲜于修文的心几乎快要颤抖，他那种由心底升起的无力感，几乎把他的脑子冲得要爆裂而开。

“嘣！”“呀！”一声闷响之中，再夹着一声长而凄厉的闷哼。

鲜于修文只感到心口一阵狂震，五脏六腑全都一阵翻腾，忍不住狂喷出一口鲜血。

蔡风的脚以最快的速度收回，他不想沾上鲜于修文的血，因为他的那双鞋是凌能丽为他做的，无论如何，也不可能让这种人的鲜血染腥。

蔡风这一脚的力量并没完全爆出，他刚才曾说过，他定会留下鲜于修文的命，让他看清楚，他们鲜于家族的人是怎么样一个死法，所以他这一脚并没有要鲜于修文的命，他却让鲜于修文至少要躺上一个月的床。

鲜血都是一样的红，也一样的腥，只不过洒落在地上，迅速又被黄沙所淹没而已。

鲜于修文眼中露出的是绝望的惊骇，有些不敢相信这是事实，他只不过才敌对方两式的攻击，这怎么可能？

不过，这却是个事实，他想不到的事实的确太多了。

蔡风的身形并没有再一次移动，只是像株胡杨一般定定地立在那里，目光之中依然是难以抹去的杀机，冷冷地望着鲜于修文。

鲜于修文伸过衣袖抹了一下嘴角的鲜血，艰难地撑身坐起，目光有些近乎野兽一般望着蔡风，嘴角仍溢出一丝得意。

“你便是杀了我，也无法改变……你心爱女人的命运，哈哈……”鲜于修文断续地说着，竟放声得意地笑了起来。

“嘣！”“哇！”鲜于修文再一次喷出一口鲜血，下颌却被重击得肿了起来，身子也一下子仰飞而出，重重地甩在沙地之上。

蔡风冷酷地行上一步，缓缓地蹲在鲜于修文的身边，像是一只猫在看一只在爪下的老鼠一般，望着鲜于修文。

“我说过不杀你，但是我可以让你求生不得求死不能。”蔡风冷酷地道，同时，伸出一只修长而莹润的手，重重地捏在鲜于修文的下巴，冷笑问道：“痛吗？”

鲜于修文胸口急速地起伏着，眼中射出怨毒的神色，但蔡风正捏着他那被踢的下巴，只痛得他神经不断地抽动，但却不想显示出自己那痛苦的样子。

蔡风似乎有些怜惜地望了他一眼，揶揄道：“想不到你竟是一个硬汉哦，很恨我吗？”

鲜于修文眼中显出极端的愤怒，再怎么说，他也是一个有头有脸的人物，竟被蔡风在这里如此羞辱，怎叫他不怒。

“很怒吗？你当初在要我命时可曾想到有今日？你在杀那无辜的老人时，可曾想到有今日？你在抓住那弱女子之时可曾想到有今日？我不会让你死得这么早的。”蔡风吸了口气，怨毒地道，“这个世道便是这个样子，谁也怨不得我，我说过会让你看着你的家人，你最亲密的好友，一个个地死去，一个个地呻吟着步入黄泉，那绝不是说假的。我曾发过誓，任何有辱过凌姑娘的人，都得从这个世上消失，这或许是你鲜于家最大的错误……”

“噗!”“啪!”“呜!”一声闷响，在一声脆响之后，竟传来一声嘶哑痛苦的惨呼。

鲜于修文的口中血泡沫鼓涌而出，从两嘴角溢涌出来，眼睛都因痛苦而变得有些惨绿，脸全都变得扭曲起来。

蔡风一声冷笑，狠狠地道：“竟想喷脏我的衣服，你的血不配，你的口水更不配，这是你自找的，怪不得我。”

原来正在蔡风说话的时候，鲜于修文竟以一口口水喷出，想把蔡风羞辱一下，却没想到，蔡风竟将他的下颌向上一推，竟以下牙把舌尖给咬断。

鲜于修文嘴角满是鲜血，形状极为凄厉。

蔡风并没有半分怜惜，他的心早已变得无比冷硬，想到凌能丽此刻的遭遇，他的心中便充满了无限的杀机，更恨不得将鲜于家的每一个人全都剁成碎末，然后再去与破六韩拔陵比个生死，便是千军万马也要去闯上一闯，只要能救出她，便是死在敌营又有何妨，这一刻他根本就不再有半点仁慈之念。

“我曾叫你自废武功，你不肯，而这一刻只好由我代劳了。”蔡风目中射出两缕杀机，伸出两指在鲜于修礼丹田穴上重重一拍。

“哇!”鲜于修文再一次喷出一口鲜血，蔡风废去他的武功并不是以一般的方法去废，而是将他储存在丹田之中的真气逼得向七经八脉一阵乱冲，再由各穴冲出体外，这种散功之法，几比千刀万剐更让人痛苦不堪。不过，蔡风绝对不会有丝毫的怜悯，只是像看一条死狗一般冷冷地盯着正在抽搐痛苦地翻滚着的鲜于修文。

黄沙依然在飞扬，天空中的大鹰却在不断地盘旋。

大鹰们似乎都不畏寒冷，或许是因为它们闻到了血腥的味道，只是它们并不敢飞落，那是因为地上有人。

并没有躺下去的人，静静地坐在那棵不知在沙漠之中挺立了多少年的胡杨之下。

寒风吹，并没有让那人有丝毫的动静，虽然那块地面是那么寂静，但并没有淡化那股潜在的杀机，那股杀机似乎已经深深地融入了那冷漠的空气之中。

黄沙低旋，北风不再呼啸，似乎淡了很多，天上那还算灿烂的太阳有些西归之意，地上的人、马却没有归意，至少现在是这样，他们似乎在等着什么，在那风铃之声中，他们的确是在等着什么。

不知道是远方的归客还是天外的浪人。

那人静静地坐在胡杨下，那是一个比较好的牛皮帐篷，这一刻却并未拉开，只是折叠成块，在黄沙之中便成了一个极好的椅子。

风铃声传出极远，但有点召魂的意味，反正那种调子极不好。

那些马儿都似乎极为驯良，那乌黑的马儿犹为亲热，紧紧地立在那坐着的人身边，像一个参禅者似的感受着那股由风带来的寂静。

远处，也有风声在应和，但那极为遥远，不过那并未逃过那骏马的耳朵，也没有逃过那坐于胡杨之下的人的耳朵，只见他的手紧紧地插在风衣之中，他的脑袋严严地扣在他那顶帽子之中，并不能看清他那脸上的表情，但他那微微一动的帽子却表明这个人已经听到了那遥远风铃之声的召唤。

那风铃之声本极为遥远，但很快便近了，越来越近，马背之上的人身影便清晰地映在那黑马的眼中。

黑衣人依然那般安详、宁静，没有半丝躁动不安的倾向。

风铃之声越来越近，那缩在帽子的脑袋露出了一双眼睛，一双极为凌厉而且充满杀意的眼睛。

七匹极为骏健的马，掀起一路的沙尘，若一阵风一般驰向那胡杨树。

“唏吁吁……”

几匹健马一声长啸，似乎是对那斜日的一种讽刺。

“嘣！”“唏吁吁……”

几匹健马似乎还来不及兴奋，被主人一带马缰，将本来疾驰的身子突然打横，竟一起向沙中坠去。

马背上的人一声惊呼，全都自然而然地飞跃离开马背。

沙尘飞扬，几匹健马一阵惨嘶，它们所立之处竟是一排极大的沙坑。

一排极大的沙坑使那本来极为有气魄的马主人在这一刻之中变得极为狼狈。

是谁挖的陷马坑？

那七人的目光全都凝在十数丈外那胡杨之下的神秘怪人。

远远地便可以察觉那七人眼中的愤怒与杀机，他们的目光不仅仅是望着那神秘的怪人，更望着那十几匹健马。

七个人的步子全都向胡杨之下逼进，他们的步子极缓，但却极有气势。

在凄厉的北风中，更有一种让人心震撼的肃杀。

那坐在胡杨之下的人，竟缓缓地伸出一只极为光洁而修长的手，极为优雅地摘下头顶的帽子，露出一张冷漠却极有个性的脸，虽然有些苍白，那股刚强而充满灵气的感觉却极为清晰。

他正是蔡风，并没有离开这株胡杨。

蔡风冷冷地打量了那行至的七人一眼，冷漠地一笑，淡淡地道：“我等了你们很久。”

那七人一呆，相互望了一眼，显出一丝讶然。

七个人，都极有特性，最有特性当数那个比较娇小的女人，极美，像一支盛开的玫瑰，有说不出的风情。

另外六人都极为粗壮，每个人都具有野兽般的气势。

这样一群人组合在一起的确是有些惹眼，只不过这里只是一片荒漠，惹只惹一个人的眼睛。

那便是蔡风！

“你是什么人？等我干什么？”那极美的女人露出一个几乎可以让所有男人都有些着迷的媚笑娇声问道。

蔡风有些漠然，似乎是极不解风情的枯木，只是冷漠地道：“但是我认识你们。”

“是吗？那可能是我太忘事了，真是该罚，公子如此英俊潇洒之人，我怎么会忘记呢？”那极美的女人似乎有些风骚入骨地道。

蔡风冷哼一声道：“我为你准备了一份薄礼。”说着衣袖一拂，竟是一卷画像旋飞而出。

那极美的女人与那六个壮汉一呆，伸手一把抓住那卷画像，重重地抖开。

七张脸全都变了颜色。

有些难看，却也有些惊疑不定之色。

“有错吗？”蔡风淡漠地问道。

“真想不到公子居然会有如此手笔，将奴家画得如此美，连我自己都有些羡慕，这份礼我真是太喜欢了，谢谢公子喽。”那极美的女人声音无限娇美，更多的却是一种来自骨子里的媚艳之气。

“土门花扑鲁果然名不虚传，只不知突厥三花之中的另外两人是不是也有这样出众，更是让我蔡风心动。”蔡风揶揄地冷笑道，说话之前也长身而起，向那七人行了几步。

那极美的女人神色微微一变，这才收起媚笑，淡淡地道：“北魏第一刀的儿子果然厉害，不仅没死，还这么快便找上来了，真是了不起。”

蔡风淡漠地一笑道：“承蒙夸奖，那晚的刀我忘了带来，真是不好意思，不过我已经为你准备了一份更好的礼物，希望你不会不喜欢。”说着轻轻地一拍手，那神骏的黑马调头便行，片刻竟叼来一个正在呻吟的躯体，重重地放在地上，才转身又回到胡杨之后。

“鲜于修文!”那七人同时惊呼起来。

“还好，你们没有装糊涂不认识他。”蔡风淡然笑道。

“是你干的?”土门花扑鲁惊骇地问道。

蔡风淡漠地道：“不错，只不过让他变成一个废人而已，你不必有什么惊讶，你们不会有他这么幸运。”

“你废了他的武功?”那背上背着大杵的汉子脸色变得极为难看地问道。

“对呀，你们可以直接去赴黄泉，不必像他这般变成一个废人，他只是为了留下来看鲜于家族之人是怎么样一个个地死去而已。”蔡风那平静的声音，竟让七人若置身于冰窟之中一般。

那声音之中似乎将那股仇恨与杀机全部浓缩，将那种极端的情绪以一种极普通的形式表达出来，反而更会增加那种恐怖之感。

土门花扑鲁的俏脸也变得极为厉害，似乎少了一些血色，几可与蔡风的脸色相比，她虽然杀人无数，可是在蔡风口中如此轻描淡写地说杀人，实让她深切地感到那种血腥之意。

“你们本不必死，但你们却不该去杀害无辜，这是你们犯的最大的错误。想杀我，是因为你们有理由，也并不是不可以原谅。在这个乱世之中，谁的双手不沾满血腥，你们要杀的是我，却杀害了那无辜的老人，更掳走了那无辜的姑娘，都是我所不可原谅的！我的良心也不能够原谅我自己!”蔡风仰天深深地吸了一口凉气，幽幽地道，眼神之中竟升起了一丝淡淡的悲哀，像是眼前突然起了一阵迷雾，将蔡风那本来锋利若刀的目光变得更凄迷，更幽远而富有情感。

几个人不由得一呆，那比较粗壮却又微矮的汉子冷哼道：“老子毕不胜平生杀人无数，只不过是一个干瘦的小老头而已，杀了便杀了，哪还有这许多废话，若不是那老小子想拦老子抓那小娘儿们，老子还不屑杀这不堪一击的瘦老头呢。”

“哦，你叫毕不胜吗?”蔡风心头杀机狂升，但语气却平静至极地问道。

“老子坐不更名，行不改姓，便是毕不胜，你待怎的?”那矮壮汉子不屑地一翻眼反问道。

蔡风的眸子之中的那悲哀的神情在瞬间竟转为无尽的杀机，若两道冷电般定定地落在毕不胜的脸上，冷漠而充满杀意地道：“怎么样，在不久你便会知道，我会让你死得比鲜于修文更惨，我记得有一种叫万蚁食肉的玩意儿，倒很想看看你这满身的贼肉可不可以用一用。”

毕不胜心头也升起一缕寒意，脸色微变，却不甘示弱地反唇相讥道：“大言不惭的话谁都会说……”

话犹未说完，他的眼前，蔡风竟似乎突然不见了。

众人眼前一花，蔡风与他们的距离只不过两三尺远而已。

蔡风又再一次不见，而是融入了满天的剑花之中。

像是天边的残虹一般，也像是闪电一般的剑花，照亮了所有人的眼睛。

黄沙漫漫，北风依然呼啸而驰，天空中的骄阳那灿烂的光芒竟有些虚幻。

土门花扑鲁与那六位壮汉心头都不由得揪紧，他们根本就未曾想到蔡风的动作会如此之快，而那剑法竟如此可怕。

每一个人只感到自己似乎完全孤立在一种狂澜之中，没有任何人相助，也没有任何人可以帮助。

这是什么剑招，每一个人眼睛似乎都免去了应有的作用，便若置身在一个荒渺的迷雾之中，根本就找不到出路，根本就不知道如何还手。

这一招的确太仓促，的确大大地出乎所有人的意料之外，他们的戒备全因蔡风那魔幻般的身法给弄糟，所以他们只有退。

退而求其次，这是一种极好的战术。

“噗！啪！嗯!”

两声闷响之中夹着一声闷哼，一切便在这三声响声之中恢复正常，但毕不胜的脸色已经变得苍白，极为苍白。

蔡风静静地立在一丈之外，便像是看戏一般冷冷地盯着七人，便像是在看着几只刀下的小兽。

毕不胜的眼中充满惊骇，一只手重重地捂着自己的嘴巴，几丝血水缓缓地由指缝之间流出。

土门花扑鲁与另外的五名汉子眼中也射出无比惊骇的神色，他们刚撤出的兵刃竟停在半空之中，不知道是否该进攻。蔡风的动作太快，那种突如其来的变故便像是一阵狂猛的风，来得突然，去得迅速。

“你怎么了?”土门花扑鲁骇然地问道。

毕不胜声音有些呜咽地道：“我没事。”不过似乎有些微微漏风的感觉，但他的眼神之中那种惊惧之色却丝毫掩饰不住。

蔡风立在风中，那件披风轻轻地飞扬，形态极为优雅，那修长的体形比胡杨更具风骨，整个身体似乎充盈着无限的生机，在任何一刻，都有爆发的可能。

土门花扑鲁的眼神变得有些怪异，并不完全是惊惧，多的只是一种难以名状的朦胧。

他们都像是第一次见到蔡风一般。

的确，蔡风刚才那么一手，其震慑之力足以让人心寒，在轻描淡写之中，竟使毕不胜如此轻易地受伤，甚至连一丝反抗的机会也没有，这是如何耸人听闻。

毕不胜乃是仅排在突厥三花之后的突厥三刺之一，其武功足以进入高手之境，可是在蔡风的手下竟会如此无还手之力，这的确是几个人没有想到的。

蔡风的武功难道竟在受那重伤之后的短短几个月增长了那么多?若这里全因为蔡风武功增长而成此局的话，那恐怕太不可思议了吧。

当然不是蔡风的武功增长太多，在武学修为之上，蔡风的确上进了一个层次，那是因为与烦难大师的沟通，体内更注入了烦难大师与佛陀的两大佛学正宗真气，使他百脉俱张，本元更深厚，但以他无相神功的修为，还不能把握住这股潜入体内的纯阳正气，虽然在武学境界之中，似乎又领悟了许多以前根本弄不明白的东西，可这并不足以达到这种效果。

蔡风之所以能够比几个月前在小村之中表现好如此之多，是因为，今日的蔡风无牵无挂，更可以自由发挥，今日的蔡风不再会心慈手软，那晚，蔡风因为心系凌能丽，而且又怀抱着一个人，无论是在心神之上还是在招式的灵活度上都大大地打了一个折扣，这才会有那种被围攻的局势，而今日却是空着手，心头又充满了杀机，几乎将体内的潜力尽数激发。

毕不胜如何会想到这些，一个疏忽之下，竟被蔡风以一个小巧之动作给击伤了。

这之中，蔡风也是尽力发挥，一出手便是左手剑的绝招，而他并不能借这一招杀死毕不胜。因为另外六人已经有反击的准备，而毕不胜仓促出掌，掌力也绝对不小，使他的攻势缓上了一线，若再攻下去，肯定会失去起手时的优势，既然如此，不若来一个快攻快收，反而造成了一个高深莫测的气势，一下子震慑了七人，重重地打击了他们的斗志与信心。在战略之上，蔡风绝对是正确的。

土门花扑鲁的脚步微微移动了一下，冷冷地道："你以为你可以让鲜于家族败亡?"

蔡风目中射出一丝不屑的神色，冷漠地道："鲜于家族与你们似乎并没有极大的关系，不过我也不妨直接一些，只要我蔡风活着，鲜于家族便绝对不会有好日子过，绝对不会有。"

"呵呵"，地上爬着的鲜于修文痛苦地从咽喉中挤出一丝热气，但却根本说不出话来，形状之惨，只让七人不由得打了个寒战。

土门花扑鲁脸色退去潮红，显得有些苍白地问道："你到底是人还是魔鬼，竟将他弄成这个样子。"

蔡风目光霎时变得无比幽远，便像是望向了九天之外，停顿了良久，才深深地吸了口气道："人和魔鬼本身是没有距离的，距离只是在世俗人的眼光，你说我是人，我便是人，你说我是魔鬼，我便是魔鬼，这一切都是你们逼我这么做的，因此，谁也怨不得谁。难道你不觉得这是你们应该有的报应吗?”

土门花扑鲁不由得哑然。

“凌姑娘是不是你们抓去的?”蔡风有些微微黯然地问道。

“噗!”毕不胜吐出两颗门牙，红肿的嘴中蹦出一声怒吼，“是我们抓的又怎么样?”

蔡风神色再一变，微微有些苍白的脸上升起一股极浓烈、极深烈的杀机，冷冷地道：“你是觉得只让你失去两颗门牙是一件很舒服、很有趣的事是吗?”

“我呸！……”

土门花扑鲁伸出玉手将毕不胜一拉，阻住那要出口的骂语，淡然应道：“的确是我们抓的，没有人会不知道这般美丽的女子会有用处。我们没有抢到圣舍利，但她却也不会比圣舍利更差，只好顺手将她掳去了!”

蔡风的心情逐渐变得极为平静，深深地望了土门花扑鲁一眼，淡漠地道：“你说的倒很坦白，但你们将她送到哪里去了?”

土门花扑鲁似乎并没想隐瞒什么，只是淡淡地道：“我们自然是将她交给鲜于家族，是他们请我来的，而我们大王与鲜于家又有和亲的关系，这样的美人，我们又不可能远远地带回我们突厥，只能交给鲜于修礼。”

“你可知道，鲜于修礼将她送给谁了?”蔡风声音之中掩饰不住愤怒地问道。

“鲜于修礼将她送给谁，这并不关我们的事，我们只是忠于自己的职责，我们既然未曾替他拿到圣舍利，便不能空手去见他。便是空手回去见了他，我们也无脸回去见大王。”土门花扑鲁淡然地道。

“那我杀死你们，也不会有人替你们伤心的喽?”蔡风冷厉地道。

土门花扑鲁难得地显出一丝苦涩而黯然的笑意，淡淡地道：“你说得不错，我们只不过是一群由别人训练出来的工具而已，是大王将我们栽培起来，我们生也是为他们生，死也是为他们死，没有人会在意我们的生死……”

“花扑鲁!”那背杵的大汉怒叱之声打断了土门花扑鲁的话。

土门花扑鲁扭头向那汉子望了一眼，平静地道：“突师兄认为小妹说得不对吗?”

“我们用得着向他说这些吗？要杀我们还得先问问我们手中的兵刃，老子突飞惊只会战死杀场，绝对不用向任何人低声下气。”那背杵大汉洪声道。

蔡风冷哼道：“你很有本事吗？那你们突厥为何还要臣服于柔然？土门巴扑鲁为什么还要向阿那壤低头呢?”

土门花扑鲁与毕不胜及突飞惊像是一下子被他夹住了脖子一般，脸色涨得通红，但却说不出话来，因为事实本就是如此，根本就不容反驳。

蔡风的话极为尖损，却一下子将几人的锐气全部扑灭。

“蔡公子说得没错，但每个人都有自己的活法，每个人都有自己活着的原则，这本是个乱世，乱世的人有乱世的生存原则，我们杀人也是为了活着，每一个杀人的人都随时准备着被人杀，这本是无可厚非的。你杀我们，我们自然没有话说，那也是你生存的原则。”土门花扑鲁神情极为平静地道。

蔡风不由得一呆，禁不住重又打量了她一眼，眼中微微露出稍许赞赏之色，却漠然道：“你说的似乎极有道理，这的确是这个世道的罪过，但人的罪过也绝对少不了。这个世道便是人所造成的，若是每个人都顺着这个世道走去，我们便会永远都只在这世道的阴影之中，永远也只能成为这个世道的牺牲品，正如，你们只是那人培养出来杀人的工具一般。”

土门花扑鲁与众人也禁不住有些微微的惊异，但却又无法否认蔡风的话。

风吹得很烈，残阳若血，大漠的黄沙扬起的只是一片迷茫的肃杀。

马低嘶，像是被眼下的气氛给震惊，微微的呻吟像是另一个世界辗转而来的梦呓。

土门花扑鲁在静默之中，惊悚地扫了扫那些伏在马背上呻吟的人，淡淡地问道：“他们不是你一个人出的手？”

蔡风并不否认道：“但你们却是我一个人出手，绝对不会有多余的帮手。”

毕不胜与突飞惊禁不住打量了四周一眼，只有微漠的黄沙，哪里见到多余的人影，不过他们绝对不会怀疑土门花扑鲁的眼光，心头不由得又多了一份阴影。

“你不觉得这样会对我们不公平吗？”土门花扑鲁以异样的眼神打量了蔡风一眼，淡然问道。

“这个世道本就是不公平的世道，既然我说了那话，便不会在意公平与不公平了。”蔡风傲然地道。

土门花扑鲁竟大方地一笑，微微有些叹息地道：“只可惜我们是敌人，否则，我可能真的喜欢上你。”

蔡风一愣，也并不在意地道：“只可惜你们不该去动那一对父女，否则，我们或许可以成为朋友，那样我可能也会被你迷倒。”

土门花扑鲁竟露出一个极为满意而又微微有些酸涩的笑意，一转口风问道：“你刚才说那位姑娘现在在哪里呢？”

蔡风奇怪地打量了土门花扑鲁一眼，心头的杀气又激涌而起，冷声道：“这个很重要吗？”

毕不胜与突飞惊诸人并没有开口，是因为他们绝对相信土门花扑鲁的决断和能力。

土门花扑鲁苦涩地一笑，道：“这本是无关紧要的事，反正我们都必须为所做的事付出一些代价，生与死只在公子一念之间。但人总不会真的想死，我只是想看看我们是否还有合作的可能而已，这样至少可以为我们赎回一些罪孽，对吗？”

蔡风神情也微微一缓，心中一动，却淡漠地应道：“她现在可能在破六韩拔陵的手中。”

"破六韩拔陵?"土门花扑鲁与那六名汉子同时一惊问道。

"很惊讶吗？鲜于修礼在知道我并没有被你们杀死，而被人救走之后，若不能快点寻到一个靠山，便是他躲到天涯海角，都绝对逃不过无穷无尽的追杀。更不可能让他的家人得到安稳，便只能借凌姑娘以拍破六韩拔陵的马屁了。"蔡风冷漠地道。

"你以为你是什么人，鲜于修礼用得着这么惧你吗?"毕不胜极为不诧地反唇相讥道。

"我不是谁，我只是我，我不想天下人惧我，鲜于修礼为什么惧我，你是没有机会问他的了，因为你永远也不可能再见到他。"蔡风冷厉地道。

毕不胜"嘿嘿"两声冷笑，却并未再出声。

土门花扑鲁神色间微微显得有些失望地道："本想为自己罪孽补些什么，看来这一刻是没有机会了。"

蔡风神色一怔，平静地道："却是有，但那无辜的老人的血债却必须先偿还了之后，才有资格说补偿与合作。"

"那你想怎样?"突飞惊忍不住怒声问道。

蔡风冷冷地望了突飞惊一眼，漫不经心地扫了众人一眼，这才缓缓地伸出那修长而白皙的手，向毕不胜淡淡地一指道："那便是他的鲜血，将洒在那无辜老者的坟墓之上。"

"你休想!"那几人全都一声怒吼。

土门花扑鲁神色也变得极为难看，她本想借一个机会能够免去所有人这一死，因为她很明白，今日若是蔡风执意要杀她们，他们绝对不可能逃得过一死。他们还有些自知之明，鲜于修文的武功，比起他们之中的任何一人都好，而鲜于修文的手下武功也绝不比他们弱上多少，这么多人也难挡蔡风的阻杀，何况是他们。更有蔡风那一群神秘的手下，也不知是躲在何处，漠漠的黄沙，几乎处处是杀机，她很明白，只要蔡风一声令下，他们定会在片刻之间身首异处，根本就没有与蔡风谈判的资格。

其实每一个人都不是傻子，每一个人几乎都明白这其中的结果，但是事实已经到了这毫无回转的余地，已经只能以武力解决。

“没有改变的可能吗？”土门花扑鲁平静得有些异常地问道。

“没有，你们有机会，这已经是最大的让步，这是对你们的族人都有绝对好处的决议，能有这个机会，应是你突厥人的幸运。”蔡风冷硬而坚决地道。

土门花扑鲁诸人不由全都一呆，不明白蔡风的话是什么意思，但蔡风坚决而冷硬的承诺让他们似乎有些相信对方并不是在说笑，但无论什么事情，他们能够眼睁睁地望着毕不胜死去吗？他们自然不能。

毕不胜神色先是变得一阵惨白，后又逐渐变得平静，只是定定地望着蔡风，良久，才吸了口凉气有些苦涩地问道：“那话怎讲？可不可以说一些。”

众人似乎听出了一些什么别样的意味，全都骇然地望着毕不胜，突飞惊有些疑惑地问道：“老毕，你这是干什么？”

毕不胜极为平静地道：“没什么，我只是想知道这到底是怎样一个结果而已，难道你不感到奇怪吗？”

土门花扑鲁似乎想到了一些什么，却欲言又止地并没有说话。

蔡风眼中微微露出一丝欣赏之意，但心中的另一个念头正在不断地滋长，冷冷地望了毕不胜一眼，漠然道：“若是你们的族人想恢复自由的话，那么这个机会正是实现你们族人愿望的最好途径，我能告诉你们的便只有这些，其他的却只有等你们想通了我的提议之后才能够解说。但这只会有一刻时间，虽然我很想将你们每一个人都杀死，但这似乎对死者于事无补，我要的只是那杀人的凶手，其他的人我可以暂且放过，我说过，这是我最大的让步。”

“要杀我们便快动手，我们根本就不用想，有本事便将我们全都杀了好了。”突飞惊怒吼道。

“这并不是不可能，如果你想要的话，杀你们七个人只是一件极为简单的事。”蔡风不屑地道。

“我们的确是不用考虑了，我们七个人本就形如一体，谁想要我们其中一人的命，便是要我们七个人的命，因此，你只有杀死我们七人。”土门花扑鲁极为平静地道。

“很好，既然土门姑娘也如此说了，我便成全你们吧，我从来都没有想过我的手下会杀死女人，但既然你们如此齐心，我只好破一次例，算是一个开张吧。”蔡风声音在刹那间竟变得无比冷厉，身体向前大跨一步，整个人的气势便若是发酵的菌子疯长起来。

黄沙飞旋，但却只是在蔡风身体的四周形成一股气旋，北风吹至此，却只是增加了这旋转的狂野。

土门花扑鲁站在七人的最前面，她也是最先感受到蔡风那无形的压力，那种气闷的感觉，让她的血液几乎要在体内膨胀，爆炸，那种像高山大海般的气势，只在她与蔡风之间的这段距离之中涌动翻腾。

毕不胜与突飞惊也同样感受到了这种似乎来自体内的压力。

他们的确没有想到，蔡风竟会有如此可怕，那种自精神上传过来的攻击力，几乎直接袭至他们的心头。那晚的蔡风或许真的是因为凌能丽而弄乱了心神，无法发挥出他应有的功力，这两次受伤之后，静静的疗养，使蔡风的功力进步了不少，无相神功，更是进展快速，虽未趋至大成，但离其大成亦不会很远，自不是毕不胜诸人可以想象得到的。